M.L. Busch hat nicht Medienkommunikation studiert, ist keine Journalistin und arbeitet auch nicht für verschiedene Zeitschriften als freie Autorin. Sie wurde nicht bekannt durch Auftritte im Radio oder Fernsehen. Auch wöchentliche Kolumnen gibt es keine.
Die Autorin lebt in Nordrhein-Westfalen und schreibt „Tussi-Literatur". In ihren Happy-End-Geschichten geht es immer um die Liebe und das Leben. Auch im wirklichen Leben der Autorin gibt es den Humor, der regelmäßig in ihren Büchern zu finden ist.

M. L.
BUSCH

CHECK-IN FOR *Love*

EINE MILLIONAIRE
ROMANCE

Überarbeitete Neuausgabe Januar 2024

Copyright © 2024 dp Verlag, ein Imprint der
dp DIGITAL PUBLISHERS GmbH
Made in Stuttgart with ♥
Alle Rechte vorbehalten

Check-in for Love

ISBN 978-3-98778-926-7
E-Book-ISBN 978-3-98778-930-4
Hörbuch-ISBN: 978-3-98778-966-3

Copyright © 2021, dp Verlag, ein Imprint der
dp DIGITAL PUBLISHERS GmbH
Dies ist eine überarbeitete Neuausgabe des bereits 2021 bei
dp Verlag, ein Imprint der dp DIGITAL PUBLISHERS GmbH erschie-
nenen Titels Liebe all inclusive (ISBN: 978-3-96817-514-0).

Covergestaltung: Herzkontur – Buchcover & Mediendesign
Umschlaggestaltung: ARTC.ore Design
Unter Verwendung von Abbildungen von
shutterstock.com: © Thomas Ramsauer
depositphotos: © feedough
Lektorat: Astrid Rahlfs
Satz: dp DIGITAL PUBLISHERS GmbH
Druck und Bindung: Books on Demand GmbH, Norderstedt

Für Aline, die kein verletztes Katzenbaby aus einem Abwasserkanal gezogen und sich dabei auch nicht die Hand verletzt hat. Danke für die Inspiration.

Herzlich Wilkommen!

Liebe Leser:innen,

schön, dass ihr euch für „Check-in for love" und damit
für einen Besuch im erlebnisreichen Seitensprunghotel
entschieden habt. Herzlich willkommen im „Three
Rooms", dem ausgefallenen Hotel, in dem sämtliche
Unterkunftsbedürfnisse erfüllt werden.
Wir wünschen einen angenehmen Aufenthalt und ver-
gnügliche Lesestunden und hoffen, dass ihr uns nach
eurem Besuch mit Freude weiterempfehlt. Über eine
positive Hotelbewertung, in Form einer Rezension,
würden wir uns freuen.

M.L. Busch & das „Three Rooms"

Kapitel 1

Obwohl Alix gerade den dritten Schokoladenriegel mit einem halben Liter Cola hinuntergespült hatte, fühlte sie sich nur minimal besser. Wenigstens war ihr Heißhunger auf Zucker damit kurzzeitig gestillt. Bedauerlicherweise dauerte es bei solchen Aussetzern nicht lange, bis sich das schlechte Gewissen einstellte. Bevor sie weiter über das ungesunde Essen, das sie gerade zu sich genommen hatte, nachdenken konnte, griff sie nach der Vitamin C-Packung, die neben der Computertastatur lag. Eilig drückte sie gleich drei Tabletten aus dem Streifen. Mit einem Rest Cola schluckte sie die Dinger hinunter. Bestimmt würde das Vitamin C ihr Gewissen nicht vollständig in Schach halten. Aber eine Frau musste sich zu helfen wissen, wenn mal wieder einer dieser Tage anstand.

Alix war gelernte Hotelfachfrau und arbeitete gefühlt rund um die Uhr. Sie war Empfangsdame, Nachtportier, Zimmerkellnerin und zu guter Letzt war sie auch für das Gepäck der wenigen Hotelgäste verantwortlich, wenn sie denn welches hatten. Lediglich den Job als Tellerwäscher und Zimmermädchen erledigte Eddie, die Aushilfskraft, der einmal täglich für ein paar Stunden kam.

An diesem Montagmorgen erwartete sie zwei Gäste, die jeden Augenblick eintreffen konnten. Die Zimmer waren beide für zehn Uhr reserviert worden. Mr „Ich-bin-schön-prominent-und-berühmt" hatte sich heute für den Purpursalon entschieden und der aufgeplusterte Geschäftsmann bevorzugte wie so oft das Waldzimmer mit der schönen Aussicht und den mediterranen Klängen.

Die Möchtegernberühmtheit würde drei Stunden bleiben und mindestens zwei Frauen dabeihaben. Der schweigsame Anzugträger reservierte seine Räumlichkeiten stets den ganzen Tag, auch wenn er nur ein paar Stunden blieb. Offenbar spielte Geld für ihn keine Rolle.

Das *Three Rooms* war im weitesten Sinne ein Seitensprunghotel, welches Alix gehörte und ihre Haupteinnahmequelle darstellte. Das zweistöckige Gebäude, auf dem gleich zwei Hypotheken lagen, befand sich in Shoreditch, einem hippen und sehr angesagten Stadtteil von London, und hatte einen makellosen Ruf.

Es gab im *Three Rooms* – wie der Name schon sagt – lediglich drei Räumlichkeiten, alle mit Bad und kleiner Küche ausgestattet. Da Alix bestrebt war, die Zimmer mehrmals täglich anzubieten, verlangte sie für einen Tag samt Übernachtung eine unerhört hohe Summe. Seit der reiche Geschäftsmann ihr Konzept mit seinen ständigen 24-Stunden-Buchungen ruiniert hatte, hatte sie den Preis allein für ihn schon dreimal angehoben. Es half nichts. Er blieb hartnäckig und kam ständig wieder. Eine Frau – es war immer die gleiche, meist mit Aktentasche und Hosenanzug – brachte er nur äußerst selten mit.

Alix hatte sich schon oft gefragt, was er in dem Zimmer, das einem ruhigen Waldplatz nachempfunden war, trieb. Denn keiner übernachtete in einem Seitensprunghotel, weil die Getränke der Minibar bei einer

Tagesbuchung kostenlos waren. Auch das im Preis inbegriffene Essen, das sie beim Lieferservice bestellte, aß er höchst selten. Es wunderte sie nicht wirklich. Sein Äußeres ließ darauf schließen, dass er weitaus besseres als Pizza und Pasta gewohnt war. Alix konnte sich beim besten Willen nicht vorstellen, warum er ins *Three Rooms* kam. Höchstwahrscheinlich war er nur ein arbeitswütiger Singlemann mit Waldfetisch.

In den letzten zwei Jahren ihrer Selbstständigkeit hatte sie die Kundschaft, die bei ihr ein Zimmer reservierte, studieren und ein Gefühl für sie entwickeln können. Natürlich wusste sie es nicht mit Sicherheit, aber ihrer Vermutung nach befanden sich nur sehr wenige Ehebrecher unter den männlichen Hotelgästen.

Das *Three Rooms* wurde von den unterschiedlichsten Leuten besucht. Auch Frauen kamen mit großem Interesse und buchten sich eine Auszeit vom tagtäglichen Stress.

Eine alleinerziehende Mutter von vier kleinen Kindern kam immer mittwochs vormittags, sobald sie ihre Blagen los war und reservierte sich den Purpursalon für zwei Stunden. Das Zimmer besaß eine runde Badewanne mit Massagedüsen. Die Benutzung der unzähligen Duftkerzen und Badeöle war natürlich im Zimmerpreis inbegriffen. Außerdem gab es superflauschige Handtücher, die nach Lavendel rochen. Nur das Beste für die Gäste.

Alix musste jedes Mal schmunzeln, wenn die ausgeruhte Mutter nach zwei Stunden gut duftend und wunderbar entspannt mit ihrem Buch unter dem Arm abzog. Warum auch nicht? Hier hatte sie mehr Privatsphäre als in jedem Wellnesstempel, in den sie gehen konnte.

Leiser Tumult am Eingang ließ Alix hochschauen. Die Modelberühmtheit war im Anmarsch und hatte diesmal sogar drei Paparazzi an den Hacken. Beim letzten Mal war es nur einer gewesen. Busenwunder eins ging an seiner rechten Seite und Busenwunder zwei schmückte seine linke. Alle drei lächelten und machten hübsche Gesichter für die Fotografen, die nicht ganz so interessiert schienen wie die Modelberühmtheit es gerne gehabt hätte.

Dass Jason Toms ein gefragtes Männermodel war, wusste Alix, weil er ihr das erzählt hatte. Brühwarm und nicht nur einmal. Wenn sie ihn reden hörte, konnte man glatt glauben, er würde demnächst für die Wahl zum „Modelmann des Jahres" kandidieren. Alix bezweifelte das.

Sie reckte das Kinn und starrte durch die verglaste Eingangstür nach draußen. Bestimmt würde Jason sich für die Paparazzi etwas einfallen lassen. Der Frauenschwarm war erfinderisch und bot seinen treuen Fans stets eine gute Show. Letzten Monat war es ein wenig geschickter Nippelblitzer seiner ständig wechselnden Begleitung gewesen. Neugierig verfolgte Alix das Treiben vor dem Hotel. Was es wohl diesmal zu sehen geben würde?

Auch wenn Jason Toms eindeutig ein zu großes Ego besaß, mochte sie den Casanova irgendwie. Sie kaufte ihm nicht eine Sekunde lang ab, dass er auf flotte Dreier stand, wie er alle glauben lassen wollte. Er war unglaublich nett, außerdem sorgte er stets dafür, dass seine Beliebtheit auch für sie Profit abwarf. Seit er das *Three Rooms* in regelmäßigen Abständen besuchte, hatten sich ihre Follower in den sozialen Netzwerken verdoppelt. Kein Wunder, wenn man bedachte, welchen Wirbel er bei jedem Kommen veranstaltete. Das ein oder andere Foto ihres kleinen aber feinen Hotels war so bereits mehrere tausend Mal geliked worden. Natürlich auch aus dem Grund, weil Jason sie freundlicherweise verlinkt hatte.

Sie kam nicht dazu, ihre Neugier zu befriedigen, da Gast Nummer zwei – der reiche Anzugträger – sich räusperte und nach Aufmerksamkeit verlangte. Colton West tippte ungeduldig mit seinem Autoschlüssel auf den Tresen, als würde er schon lange warten.

Alix war verwirrt. *Wo kam er so plötzlich her? Wie war er hereingekommen? Hatte er den Hintereingang benutzt?*

Dass Hotelgäste über den Notausgang ein- und ausgingen, war nicht üblich und hatte bei seinem letzten Besuch eine einmalige Ausnahme bleiben sollen. Wegen eines defekten Türscharniers hatte sie Mr West angeboten, das Hotel durch den hinteren Zugang zu verlassen. Offensichtlich fühlte er sich jetzt berechtigt, immer diese Abkürzung einzuschlagen.

„Guten Morgen, Mr West", begrüßte sie ihn höflich und griff nach dem Schlüssel, an dem ein grüner Baumanhänger aus Holz baumelte. „Es wäre schön, wenn Sie demnächst wieder durch den vorderen Eingang kommen würden." Sie schob ihm den Schlüssel zu. „Auch wenn der Weg vom Parkplatz über den Hintereingang kürzer ist, bleibt er in der Regel allein den Angestellten des Hotels vorbehalten." Dass Eddie ihr einziger Angestellter war, behielt sie für sich.

Die Miene ihres Gastes zeigte kaum eine Regung. Nur ein Mundwinkel bewegte sich minimal. Wie immer trug er einen dunklen Anzug und eine akkurat gebundene Krawatte. „Ich benutze mit Vorliebe den Haupteingang, Ms Harrison, wenn er denn passierbar ist."

Hä?

Wollte er sich über sie lustig machen? Das Scharnier war längst repariert. Der Handwerker hatte noch am selben Tag alles erledigt. Es gab keinen Grund, sich zu beschweren.

Verunsichert blickte Alix zum Eingang. Wo blieben Jason und seine Busenwunder überhaupt? War doch etwas mit der Tür nicht in Ordnung?

Ach du grüne Neune!

Alix klappte der Mund auf. Das Männermodel stellte vor ihren Augen und denen der Paparazzi seinen Bizeps unter Beweis, indem er versuchte, zwei Frauen gleichzeitig über die Schwelle zu tragen. Alle lachten und machten verrückte Posen für die Boulevardpresse. Am Ende nahm er das Blondchen huckepack und klemmte sich die Rothaarige unter den Arm. Es sah merkwürdig und für alle Beteiligten unbequem aus. Außerdem blockierte er mit der Zirkusnummer den kompletten Zugang zum Hotel. Sogar der Bürgersteig war wegen der Paparazzi kaum passierbar. Kein Wunder, dass West den Hintereingang gewählt hatte. Sie hätte es genauso gemacht.

„Es tut mir leid", wandte sie sich an ihren Gast. „Bitte entschuldigen Sie." Alix deutete mit dem Kinn nach vorn. „Das Spektakel war nicht geplant." Wenn sie nicht bald versuchte, Jasons Ausgelassenheit unter Kontrolle zu bekommen, würden seine Besuche auf lange Sicht verlustbringend enden. Das musste sie unbedingt verhindern. Sie hatte schließlich einen Ruf zu verlieren. Neue Follower hin oder her.

Colton West steckte den Schlüssel ein und griff nach seinem Aktenkoffer, den er abgestellt hatte. Er warf einen wenig unauffälligen Blick auf das Schreibtischchaos, das sich völlig selbstständig neben ihrer Computertastatur ausgebreitet hatte und fing an zu grinsen. Verdammt, der Mann sah aus wie ein wahrgewordener Traum, wenn er seine Grübchen spielen ließ. Der leichte Bartschatten, den er eher selten trug, ließ ihn zudem wunderbar verführerisch wirken. Zum Anbeißen.

„PMS?", fragte er und deutete auf die Schokoriegelverpackungen und die leere Flasche Cola. Dabei grinste er noch offensichtlicher, fast schon unverschämt.

Was? Frechheit!

Hatte er das wirklich gefragt? Alix' Schlagfertigkeit blieb ihr im Halse stecken. Leider.

Was wussten Männer schon von den monatlichen Beschwerden und Unpässlichkeiten einer Frau? Gar nichts!

Bevor Alix etwas antworten konnte, zwinkerte er ihr zu und ließ sie im Anmeldebereich zurück. Als Dauergast kannte er natürlich den Weg und fühlte sich wie zu Hause.

Arrrgh.

Leider kam sie nicht dazu, ihm einen schlagfertigen Kommentar hinterherzurufen, weil Jason gerade seine Gespielinnen hereintrug und japsend nach dem Schlüssel verlangte. Offenbar wollte der verrückte Kerl die

Frauen bis ins Bett tragen. Teufel auch! Alix musste einfach lachen, weil sich bereits erste Schweißtropfen auf seiner Oberlippe gebildet hatten. Anscheinend ließ die Fitness von Mr Supermodel zu wünschen übrig. Also doch nix mit „Modelmann des Jahres".

Heute würde sie den Frauenhelden mit der Show, die sich von Mal zu Mal steigerte, durchkommen lassen.

Ausnahmsweise. Ein letztes Mal.

Kapitel 2

Als Alix keine Stunde später den Geruch von Zigarettenqualm wahrnahm, war es an der Zeit, Jason Toms ein paar Grenzen aufzuzeigen. Das *Three Rooms* war ein reines Nichtraucherhotel. Das galt auch für solche Spaßvögel wie ihn.

Der Nase folgend landete sie, wie sie vermutet hatte, vor dem Purpursalon. Sie klopfte und wenig später öffnete Jason ihr mit freiem Oberkörper und einem verschmitzten Lächeln auf den Lippen die Tür. Leises Gekicher ließ Alix vermuten, dass seine Gespielinnen im Bett lagen.

„Lass mich raten", er zeigte ihr die Kippe zwischen seinen Fingern, „du bist gekommen, um mir die Zigarette danach zu verwehren."

Zigarette danach?

Beinahe hätte Alix laut gelacht. Glaubte dieser Supermacho wirklich, sie hätte so wenig Erfahrung in der Branche? Männer die kamen, um eine schnelle Nummer zu schieben, verhielten sich nicht wie Jason.

Sie unterdrückte ein Seufzen und begnügte sich mit einem minimalen Kopfschütteln. „Genau."

Wenn er Wert darauf legte, spielte sie seine Spielchen eben mit. Der Kunde war schließlich König. Irgendwann würde sie herausfinden, warum er sich so viel Mühe gab, eine falsche Vorstellung zu erwecken.

„Dies ist ein Nichtraucherhotel“, informierte sie ihn. „Keine Zigaretten. Auch keine nach einem flotten Dreier.“ *Na bitte.* Bei dem Wort Dreier fing er gleich an zu strahlen. Das war es, was er hatte hören wollen. Ihr außerordentliches Gespür für besondere Gäste bestätigte sich mal wieder.

„Spielverderberin.“ Ihr Gegenüber zog ein letztes Mal am Glimmstängel und marschierte anschließend ins Badezimmer. Sie hörte Wasser rauschen und danach Jasons Stimme. „Erledigt. Ich hab sie ertränkt. Du kannst wieder durchatmen.“

Verrückter Kerl. „Danke.“

Schnell schloss sie die Tür, bevor sich Jason noch animiert fühlte, ihr in seinem Übermut zu beweisen, was für ein starker und potenter Mann er war.

Als Alix an den Anmeldebereich zurückkam, wartete ihr Bruder auf sie. Eindeutig ein Zeichen für Ärger. Dieser Montag schien aber auch von allem etwas parat zu haben.

„Hey“, begrüßte sie ihn reserviert und setzte sich zurück hinter den Tresen an ihren Schreibtisch.

Charly war deutlich größer als sie, hatte breite Schultern, eine schlanke Taille und die gleichen blauen Augen, die sie auch hatte. Die Beziehung zu ihrem kleinen Bruder war kompliziert und wurde ständig schwieriger. Früher hatten sie sich gut verstanden und sogar Gemeinsamkeiten geteilt. Aber das war lange bevor sie das Elternhaus verlassen hatten und nach London gezogen waren.

„Was treibt dich her?“, fragte sie argwöhnisch.

Alix ahnte nichts Gutes und wollte die Antwort eigentlich gar nicht hören. Es würde ihr nicht gefallen, was Charly zu sagen hatte. Sie war sich nicht sicher, aber seine erweiterten Pupillen ließen darauf schließen, dass er irgendetwas genommen hatte. Bis zum letzten Jahr war nur Alkohol sein großes Laster gewesen, aber nun schien noch ein weiteres Problem hinzugekommen zu sein. Es machte sie traurig, ein Familienmitglied in einem solchen Zustand zu sehen. Leider wusste sie nicht mal im Ansatz, wie sie ihm helfen sollte.

„Ich brauche ein Zimmer zum Pennen", informierte er sie und grinste übertrieben. „Und da dachte ich, ich besuche mal meine fürsorgliche Schwester, die so ein hippes Hotel führt." Er taumelte leicht nach links und hielt sich an der Kante des Tresens fest. Anscheinend war er nicht nur high, sondern auch betrunken. Schlechte Kombination.

„Verdammt, Charly, es ist nicht mal Mittag. An einem Montag. Warum bist du nicht auf der Arbeit?"

„Wurde entlassen", säuselte er, „schon letzte Woche." Sein Blick ging wild umher, als könnte er sich nicht auf einen Punkt konzentrieren. „Egal. War eh ein Scheißladen. Ohne den Job kann ich besser feiern und Party machen." Seine Miene verzog sich, wurde anmaßend. „Aber davon hast du natürlich keine Ahnung. Du bist immer brav und strebsam und möchtest mit deinem lächerlichen Minihotel", er machte eine Kreisbewegung mit der Hand um den überschaubaren Anmeldebereich, „ein Vermögen verdienen." Er lachte und es klang hässlich. „Mit drei Zimmern. Welches Hotel hat denn nur drei Zimmer? Damit kann man doch kein Geld verdienen."

Alix spürte Enttäuschung und Schmerz in sich aufsteigen. Ihr Bruder war momentan nicht zurechnungsfähig, versuchte sie ihn zu entschuldigen. Aber trotzdem verletzten sie seine Worte. Es waren dieselben, die ihre Eltern gebraucht hatten, um ihr die ungewöhnliche Idee auszureden. Zugegeben, es war nicht leicht und sie war bis über beide Ohren verschuldet, aber sie hielt sich über Wasser und hatte Spaß an ihrer Arbeit. Außerdem ermöglichte ihr die viele Zeit, die sie an der Anmeldung saß, ihren zweiten Job zu erledigen. Neben dem Hotel arbeitete sie freiberuflich als Webdesignerin. Sie hatte ihr Leben im Griff, Charly nicht.

„Geh nach Hause, Charly. Schlaf deinen Rausch aus." Sie deutete auf die Tür, was gleich eine nächste Lachattacke bei ihm auslöste.

„Geht nicht." Er beugte sich über den Tresen und blies ihr seine Alkoholfahne ins Gesicht. „Überraschung! Sie haben mich rausgeworfen. Kannst du dir das vorstellen? Ich besorge das Zeug, um richtig fett zu feiern und dann werfen meine verfickten Freunde mich aus der WG, nur weil ich in die Küche gekotzt habe."

Oh Gott!

Hoffentlich hatten seine Mitbewohner ihn nicht dauerhaft rausgeworfen. In dem Fall würde er bei ihr unterkommen wollen. Das konnte nur in einer Katastrophe enden. Sie würde mit ihm darüber reden müssen, sobald er nüchtern war. Jetzt hatte das wenig Sinn. Alix gab sich einen Ruck. Er war schließlich ihr Bruder.

„Ich habe ein freies Zimmer für dich." Eigentlich erwartete sie in zwei Stunden Gäste, aber sie würde anrufen und behaupten, es gäbe einen Wasserschaden. Damit würde sie zwar die Einnahmen für einen ganzen

Tag verlieren, aber sie konnte ihren Bruder in dem Zustand schlecht sich selbst überlassen. „Komm, ich helfe dir. Du musst aus den Klamotten raus und dich waschen." Erst jetzt nahm sie den Geruch von Erbrochenem wahr.

Charly klopfte mit der Handfläche auf den Tresen und lächelte selig. „Ich wusste, dass ich mich auf dich verlassen kann, Alexandra." Er setzte sich in Bewegung und schwankte. „Du bist meine große Schwester." Er legte ihr einen Arm um die Schulter, als sie neben ihm auftauchte, um ihn zu stützen. „Meine Schwester ist immer für mich da, wusstest du das?"

Das wusste Alix nur zu gut.

Eine weitere Stunde später war es an der Zeit, Mr West sein Essen zu bestellen und den Purpursalon für das nächste Gästepaar herzurichten. Da Eddie heute nicht kommen würde, um ihr beim Zimmerservice zur Hand zu gehen, musste Alix das selbst übernehmen. In einem Hotel wie ihrem war Sauberkeit das oberste Gebot. Keiner wollte in einem Seitensprunghotel irgendwelche Spuren oder Rückstände von anderen Gästen vorfinden. Das war ein absolutes No-Go. Aus dem Grund wurden nicht nur Bettwäsche und Handtücher gewechselt, sobald ein Paar ausgecheckt hatte, auch das Badezimmer musste nach der Reinigung desinfiziert werden. Vielleicht war Alix in dem Bereich ein bisschen pingelig, aber da sie sich selbst vor einzelnen Haaren anderer Leute ekelte, legte sie besonderen Wert auf akribische Sauberkeit. Die vielen positiven Bewertungen, die ihr kleines Hotel auf den unterschiedlichsten Portalen einheimste, bewiesen, dass sich die Mühe lohnte.

Mit Gummihandschuhen und weniger Elan als gewöhnlich stellte sie sich dem Chaos, das Jason Toms und seine Freundinnen hinterlassen hatten.

Verdammte Supermodels! Beim nächsten Mal würde sie einen Aufschlag für die anschließende Säuberung verlangen. Was hatten die drei nur im Badezimmer veranstaltet? Die runde Badewanne mit den Massagedüsen war voller Farbe. Rot, Blau und ein senfähnliches Gelb zogen sich über den Wannenrand und die Wandfliesen. Auf dem Boden war ein Fußabdruck in grellpink und die Armaturen waren mit lila Sprenkeln übersäht. Wenn diese Schweinerei nicht mit Wasser und Seife wegzuwischen war, würde sie Jason die Hölle heiß machen und ihn anschließend kastrieren. Vor der nächsten Buchung war ein Gespräch fällig. Aber so was von.

Farbspuren in der Menge ließen darauf schließen, dass Toms das Badezimmer benutzt hatte, um Körper zu bemalen. Welche Körper, das war nicht schwer zu erraten. Auf den Brüsten seiner Spielkameradinnen hätten ganze Landschaften oder Stillleben Platz gefunden.

Alix griff nach der Brause und stellte das Wasser an.

Dem Himmel sei Dank! Die Schmierereien ließen sich leicht und mit wenig Mühe abwaschen. Die Farbreste mischten sich in der Wanne, sodass eine braune, wenig appetitliche Brühe entstand, die wenig später im Abfluss verschwand. Wenigstens etwas Gutes.

Ein Blick in den Badezimmermülleimer verriet ihr, dass Jason wie bei jedem Besuch leere Kondomverpackungen zurückgelassen hatte. Heute waren es sogar drei.

Alix musste lachen. Glaubte der Macho wirklich, sie würde ihm das abkaufen? Er musste ungeahnte Höhenflüge durchlitten haben. Welcher Mann konnte in so kurzer Zeit zweimal nachladen? Das war lächerlich.

Immer noch mit einem Schmunzeln auf den Lippen drehte sie sich um und sah Colton West im Türrahmen stehen. Offensichtlich hatte er sie gesucht und nicht an der Anmeldung vorgefunden. Warum hatte er nicht auf sie gewartet oder die Klingel, die für solche Fälle auf dem Tresen stand, gedrückt? Ihrer Meinung nach fühlte sich der geheimnisvolle Dauergast in letzter Zeit ein bisschen zu sehr wie zu Hause. Er war wie ein herrenloses Hündchen, das ihr ständig nachlief und Aufmerksamkeit verlangte.

„Kann ich etwas für Sie tun?", fragte sie höflich, obwohl ihr nicht der Sinn danach stand, ihm bei irgendetwas zu helfen. Mit der frechen Bemerkung über PMS hatte er bei weitem keine Bonuspunkte gesammelt.

„Hat Eddie heute frei?" Er deutete auf ihre wenig eleganten Gummihandschuhe, die ihr viel zu groß waren und grinste herausfordernd.

Hä?

Woher kannte er Eddie? Ihr einziger Angestellter sollte keine Freundschaften mit den Gästen schließen. Dafür war er nicht da. Eddie sollte seinen Job erledigen und keine unnötigen Schwätzchen halten. Noch jemand, mit dem sie in naher Zukunft reden musste.

Streitsucht kochte in ihr hoch und ließ den Unmut über diesen grottenschrecklichen Montag weiter anschwellen. Verdammte Hormone. Die Tage vor den Tagen waren eine Katastrophe.

„Entschuldigung, aber das geht Sie eigentlich nichts an. Eddie arbeitet nur in Teilzeit für das *Three Rooms*. Sie müssen heute mit mir vorliebnehmen."

Vielleicht nahm sie seine PMS-Bemerkung doch mehr mit, als sie vermutet hatte. Sie spürte, wie sich wenig vorteilhafte Schweißtropfen über ihrer Oberlippe und auf der Stirn bildeten. Jason hatte die Heizung hochgedreht, weswegen nicht nur im Badezimmer saunaähnliche Temperaturen herrschten.

„Der Glückskeks fehlt", informierte sie ihr Gast, ohne ihrem wenig freundlichen Kommentar Beachtung zu schenken.

Was? Hatte sie sich verhört?

„Wie bitte?" Alix näherte sich diesem sonderbaren Individuum. Vielleicht schlug ihr die schlechte Laune auf die Ohren. Möglich konnte schließlich alles sein.

„Mein Glückskeks … er ist nicht in der Tüte vom Lieferservice." West hob die Transportbox vom Chinaimbiss an und deutete auf das Logo, als wäre sie schwer von Kapee. „Sehen Sie? Da hätte ein Keks drin sein müssen."

Wollte er sie zur Weißglut treiben? Absichtlich?

Alix sah ihn einen Moment lang in fassungslosem Unglauben an. Sein Gesichtsausdruck verriet nicht, was er dachte. Unbestreitbar meinte dieser versnobte Anzugträger das ernst. Alix wusste nicht, was sie sagen sollte. Erfahrungsgemäß rührte er das Essen, was sie für ihn bestellte, gar nicht an. Und heute? Heute, wo Eddie nicht da war, verlangte er nach einem bescheuerten Glückskeks! Nicht zu glauben. Das Fass war bis zum Überlaufen voll.

Dem Siedepunkt nahe, zog sie sich die Gummihandschuhe von den Händen und ging zu dem kleinen Schreibtisch in der Ecke des Zimmers. Sie nahm den Stift und schrieb etwas auf den Notizblock, der neben dem Telefon lag.

Bringen Sie das Putzteufelchen nicht auf die Palme, indem Sie es nach einem Glückskeks fragen. (Weisheit des Three Rooms)

Fachmännisch, als wäre sie in einem früheren Leben Glückskekshersteller gewesen, faltete sie den Spruch und reichte den Zettel an ihn weiter.

„Bitteschön. Ihr Glückskeksspruch. Heute ohne Kekshülle."

Zufriedenheit erfüllte sie und umschloss sie wie eine warme Decke. Da sollte noch mal einer sagen, die Gäste würden ihr nicht am Herzen liegen. Wenn es möglich war, erfüllte sie jeden Wunsch. Auch verrückte, welche nicht nachzuvollziehen waren.

Womöglich hatte sie den Glückskeksliebhaber mit ihrer Ungezogenheit endgültig vergrault. Auch egal. Wenn er nicht wiederkam, würde ihr Hotel das überleben. Dann konnte sie das Waldzimmer an allen Tagen mehrmals vermieten. Das brachte sowieso mehr Geld in die Kasse.

Mr West faltete den Zettel auseinander. Anders als erwartet, verzog sich sein Mund zu einem charmanten Schmunzeln, samt Funkeln in den Augen. Warum sah bei ihm jedes noch so kleine Lächeln gut aus? Das war nicht fair.

Fand er ihr Geschreibsel etwa witzig? Es war nicht witzig gemeint. Nur das mit der Weisheit vielleicht.

Ihre Laune war wirklich unterirdisch schlecht. Am besten, sie sagte heute gar nichts mehr. Meist konnte sie sich selbst nicht leiden, wenn sie dermaßen kratzbürstig drauf war.

„Sie erinnern mich an meine kleine Schwester." Der glückselige Ausdruck in seinem Blick verschwand. „Der Spruch hätte auch von ihr stammen können." Er tippte mit dem Finger auf die Schrift und schien plötzlich in Gedanken versunken. Eine gewisse Schwermut umgab ihn von jetzt auf gleich.

Ihn so bekümmert zu sehen, die Niedergeschlagenheit zu spüren, ließ Alix' Frust und den Unmut verrauchen.

„Gerne dürfen Sie mein Hotel ihrer Schwester weiterempfehlen", sagte sie, weil die Situation irgendwie unangenehm war. Rasch zog sie die Putzhandschuhe wieder über. Sie war noch lange nicht fertig und sollte sich besser beeilen. Die nächsten Gäste würden in dreißig Minuten eintreffen.

„Danke für die humorvolle und sehr originelle Zurechtweisung. Ich habe verstanden." West sah aus, als hätte er wirklich verstanden. Alix bezweifelte das. „Sie sind anders, als die Leute, die mich für gewöhnlich umgeben. Bitte entschuldigen Sie meine Aufdringlichkeit."

Wo kam das plötzlich her?

War das eine Beleidigung oder ein Kompliment? In jedem Fall eine Entschuldigung. Der Mann war ihr in vieler Hinsicht ein Rätsel.

Mit einem Nicken ließ er sie stehen und verschwand den Gang hinunter. Seine Schultern schienen ein Stück nach unten gesackt zu sein.

Verdammt! Gewissensbisse quälten sie. Hatte sie wirklich so unfreundlich sein müssen?

Alix schwor sich, beim nächsten Mal einen richtigen Glückskeks für ihn parat zu haben. Die Gedanken an seine kleine Schwester schienen ihn traurig gestimmt zu haben. Vielleicht war sie gestorben oder ihr war etwas anderes Schlimmes zugestoßen.

Alix sah auf die Uhr. Sie musste sich sputen und hatte keine Zeit, länger darüber nachzudenken.

Kapitel 3

Der Dienstagmorgen startete vergleichsweise ruhig. Alix saß am Tresen hinter ihrem Computer und probierte einige Farbkonzepte für eine Webseite aus. Der Kunde, ein kleines Elektro-Unternehmen, bevorzugte einen klassischen Stil und klare Linien. Alix gähnte auf den Bildschirm starrend und betete für eine zündende Idee, die nicht total langweilig aussah.

„Guten Morgen." Colton West stand plötzlich vor ihr und legte den Schlüssel mit dem Baumanhänger auf den Tresen. Alix hatte ihn gar nicht kommen hören. Mal wieder. Der Mann konnte sich anscheinend lautlos bewegen.

„Guten Morgen", erwiderte sie steif und setzte sich aufrechter. Augenblicklich war sie auf der Hut. Würde er ihr den Spruch oder ihre aufmüpfige Art von gestern übelnehmen? Im Nachhinein betrachtet war es ein dummes und sehr kindisches Verhalten gewesen. Alix wusste auch nicht, warum sie sich dazu hatte verleiten lassen.

„Möchten Sie noch einen Kaffee, bevor Sie auschecken?" Sie sah erst auf seine wie immer straff gebundene Krawatte und anschließend auf den Aktenkoffer in seiner Hand. „Vielleicht einen zum Mitnehmen?"

Die Idee war ihr spontan gekommen. Frühstück gehörte nicht zu einer Buchung im *Three Rooms*. Aber weil sie einen ausgezeichneten Kaffeevollautomaten besaß, wäre sie bereit, das Gerät heute Morgen mit ihm zu teilen. Quasi als Friedensangebot.

Ihren Gast schien die Frage zu amüsieren. „Ist das ein Versuch, sich zu entschuldigen?"

Autsch!

Hatte sie ihm noch nie einen Kaffee angeboten? Vermutlich war sie lange nicht so nett, wie sie selbst von sich dachte. In Zukunft würde sie mehr darauf achten.

Alix kratzte sich am Kinn. „Zu offensichtlich?" Sie legte den Kopf schief und verzog das Gesicht, in der Hoffnung, dass ihr Charme ihn milde stimmen würde.

Er zuckte mit den Schultern. „Ein bisschen."

„Dann vergessen Sie mein Angebot." Sie winkte ab. „Sie hatten den Spruch verdient. Wer besteht schon auf einen verdammten Glückskeks? Das ist lächerlich." Ihr Mundwinkel begann unkontrolliert zu zucken.

Colton West trat näher heran und legte sogar beide Unterarme auf den Tresen. Er beugte sich ein Stück vor und wenn Alix es nicht besser gewusst hätte, hätte sie vermutet, der neugierige Kerl wollte auf ihren Monitor sehen.

„Ist Ihnen je der Gedanke gekommen, dass dies ein Test war?" Seine Stimme klang butterweich, fast schon geheimnisvoll.

Was?

Alix blieb die Luft weg. Sie klappte den Mund auf und schloss in wieder, als sie merkte, dass sie darauf nichts zu erwidern hatte.

Ein Test?

Warum sollte sie jemand testen? Ihre Gedanken überschlugen sich, nahmen Fahrt auf und ließen einen Eisklotz in ihrer Brust entstehen. Steckte hinter Wests Aufenthalten im *Three Rooms* ein Plan mit Hintergedanken? Wollte er ihrem Hotel einen Preis oder eine Auszeichnung verleihen? Sie auf Herz und Nieren prüfen? Das würde zumindest die ständigen Tagesbuchungen erklären. Oder kam er vom Gesundheitsamt, um die Sauberkeit zu kontrollieren?

Alix spürte, wie ihr Gesicht an Farbe verlor und ihr Herzschlag sich beschleunigte. Hatte ihr vorlautes Mundwerk sie frühzeitig ruiniert? Warum hatte sie sich gestern nicht zurückgehalten? Sie hatte einem ihrer Gäste einen unpassenden Spruch serviert und würde nun für ihre Gedankenlosigkeit bezahlen. Verdammt! Daran war nur das verfluchte PMS schuld.

„Ms Harrison?" Eine Hand berührte ihren Arm, was Alix zusammenzucken ließ. Anscheinend hatte West sie bereits mehr als einmal angesprochen. Sie holte Luft und stieß verunsichert den Atem aus.

Ihr Gegenüber lächelte, als sie ihm in die Augen sah. Sein Blick war ungemein freundlich und liebenswert. So sah kein Mann aus, der ein kleines, unscheinbares Hotel in Shoreditch mit seiner Kritik ruinieren wollte.

„Ja?" Sie räusperte sich und wartete auf das, was jetzt kommen würde. Hoffentlich war es noch nicht zu spät. Egal wofür.

„Ich bin sehr beeindruckt von Ihnen und der Art, wie Sie Ihr Hotel führen." Er nickte anerkennend. „Das ist mit ein Grund, warum ich häufig herkomme."

Alix spürte, wie ihr Herzschlag sich verlangsamte und der Eisklotz in ihrer Brust zu schmelzen begann. Er war zufrieden mit ihrem Service, sogar beeindruckt. Wahnsinn. Sie hatte es nicht in den Sand gesetzt. Was für ein Segen. Ein kleines Wunder.

„Danke." Für einen kurzen Moment schloss sie die Augen. Bevor er sich fragen konnte, was das sollte, öffnete Alix sie wieder und lächelte ihn an. „Das freut mich zu hören. Bitte entschuldigen Sie die Sache mit dem Glückskeks." Umständlich räusperte sie sich und blickte verlegen auf ihre Hände, die nichts zu tun hatten. „Das nächste Mal wird garantiert ein Keks für sie bereitliegen." Alix schwor sich, gleich eine ganze Packung dieser blöden Dinger zu kaufen. Sicher war sicher. Auf den Lieferservice war anscheinend kein Verlass.

West nickte, als hätte er nichts anderes erwartet. Ohne den angeblichen Test ein weiteres Mal zu erwähnen, gab er ihr seine Kreditkarte, um die Rechnung zu begleichen.

Noch bevor sie ihm die Karte samt Quittung zurückgeben konnte, schob er ihr eine Visitenkarte hinterher. Fragend sah sie ihn an.

„Ich möchte Ihnen einen Job anbieten, natürlich in der Hotelbranche." Er seufzte, als würde es ihm schwerfallen weiterzusprechen. „Ich bin mir im Klaren darüber, dass Sie womöglich mit dem, was Sie sich aufgebaut haben zufrieden sind, aber es wäre eine einmalige Gelegenheit. Ein Angebot, das ich nicht jeden Tag ausspreche." Er grinste fast schon ein wenig verlegen und nahm die Arme vom Tresen. Wohl um Abstand zu schaffen. „Eigentlich habe ich noch nie so ein Angebot gemacht."

WOW. Und noch mal WOW.

Alix fühlte sich geschmeichelt. Dieses Wechselbad der Gefühle ließ sie schwindeln. Hatte ihr Mr West, der Mann, der ihr gerade noch Angst wegen einer möglichen Prüfung eingejagt hatte, einen Job angeboten? Was sollte das für eine Arbeit sein?

Alix kam nicht dazu, irgendetwas zu erwidern, weil Charly an die Anmeldung trat. Ein Blick in seine Miene und sie wusste, dass Ärger im Anmarsch war. Offensichtlich hatte ihr Bruder einen schlimmen Kater und war bereit, seinen Unmut darüber an ihr und ihren Gästen auszulassen. Das konnte schlimm enden.

Alix wollte gerade etwas sagen und der drohenden Katastrophe zuvorkommen, da klopfte Charly Mr West bereits auf die Schulter, als wären sie beste Kumpel. Ihr Bruder sah nur minimal besser aus als am Tag zuvor. Seine Augenränder waren dunkel und die Alkoholfahne, die von ihm ausging, ließ sie die Nase rümpfen. Da er in seiner Kleidung geschlafen hatte, war sie völlig zerknittert wie bei einem Obdachlosen.

„Na, war die Nacht erfolgreich? Weiß Ihre Frau von dem hier?" Er zeigte auf den Schlüssel mit dem Baumanhänger, der immer noch zwischen ihnen lag.

Schnell nahm Alix den Schlüssel an sich und gab West die Kreditkarte samt Rechnung. Hoffentlich verstand er den Wink und würde schnell verschwinden. Charly war eindeutig auf Krawall gebürstet.

„Oh, oh!" Ihr Bruder sah auf die Kreditkarte und schüttelte den Kopf, als hätte West gerade eine große Dummheit begangen. „Nur Barzahlung. Das weiß doch jeder." Er lachte und es klang viel zu laut. „Sie betrügen Ihre Frau wohl zum ersten Mal, was?"

„Charlyyyy!"

Das ging zu weit. Wollte er sie bloßstellen?

Wests Miene versteinerte. Er schob Charlys Hand mit stoischer Gelassenheit von seiner Schulter und trat zurück. Als hätte er alle Zeit der Welt, steckte er die Kreditkarte zurück in sein Portemonnaie. Wie es aussah, war er ein Mann von Welt, der nicht leicht aus der Ruhe zu bringen war. Sein Schweigen deutete Alix als Zeichen. Ob als ein gutes oder schlechtes, wusste sie noch nicht.

„Was?" Charly wandte sich ihr zu. „Stimmt doch, was ich sage." Er ging um den Anmeldebereich herum und trat neben sie. Ohne zu fragen, nahm er sich ihren Kaffee und trank einen Schluck.

Alix schüttelte den Kopf und beschloss, keine Szene zu machen. Wenn sie Glück hatte, ging West ohne etwas zu erwidern. Sobald er verschwunden wäre, könnte sie sich ihren Bruder vorknöpfen. Diesmal war Charly zu weit gegangen. Er mochte seinen Spaß daran haben, sich über sie lustig zu machen, aber seine frechen Sprüche waren unpassend und geschäftsschädigend. Sehr sogar.

„Ich habe meiner Schwester schon oft geraten, dass jeder Gast eine Anleitung für den perfekten Seitensprung bekommen sollte. Gleich beim Einchecken." Er lachte und verschüttete dabei Kaffee. „Sie wissen schon: *Zehn Tipps, wie ich meine Frau betrüge.* Oder so ähnlich."

Das war ihr Untergang.

Am liebsten wäre Alix im Boden versunken. Ihr Bruder würde es schaffen, sie an einem einzigen Tag zu ruinieren. Schwer enttäuscht sah sie ihn an. „Es reicht!" Ihre Stimme klang messerscharf.

Kurz entstand Stille. Charly erwiderte ihren Blick, war aber schlau genug, den Mund zu halten.

„Mein Angebot steht", sagte West und hustete leicht. Alix sah ihn an. Sein Blick war wider Erwarten mitfühlend. Vielleicht war seine Schwester genauso unmöglich wie ihr Bruder. Seine Bemerkung von gestern ließ darauf schließen, dass sie zu der schwierigen Sorte Geschwister gehörte.

„Rufen Sie mich an, wenn Sie Interesse haben. Meine Karte haben Sie." Ohne auf ihre Reaktion zu warten, verschwand er durch den Hintereingang.

Sie konnte dem Mann die plötzliche Flucht nicht verübeln. Sie stand selbst kurz davor, die Beine in die Hand zu nehmen und ihren Bruder sich selbst zu überlassen.

„Was für ein Angebot?", fragte Charly und tat so, als wäre alles völlig in Ordnung.

Alix schnellte herum. „Glaubst du, du hast ein Recht darauf, mich danach zu fragen? Du bist ein Idiot! Nimm deine Sachen und verschwinde. Sofort!"

„Alexandra ..."

„Hau ab! Und zwar schnell." Sie nahm ihm die jetzt leere Kaffeetasse ab. „Krieg dein Leben auf die Reihe und hör auf, dich selbst zu bemitleiden. Und komm ja nicht wieder her, falls deine Freunde dich nicht zurücknehmen. Ich will dich nicht hier haben, wenn du darauf aus bist, meine Gäste zu vergraulen."

Schreck! Jetzt war es raus.

„Alix ..."

Seine Stimme wurde weich, aber das machte alles nur schlimmer. Sie war stinkwütend auf ihn. Ihre Hände zitterten und ihr Innerstes drohte zu platzen. Diese Person konnte unmöglich ihr Bruder sein. Ihr kleiner Bruder war lieb und nett gewesen und hatte sie verstanden. Er hatte mit ihr gemeinsam gegen ihre strengen Eltern rebelliert. Sie waren ein Team gewesen. Damals – als sie noch Kinder waren.

Verdammt. Sie brauchte eine Auszeit.

„Geh!" Erschöpft holte sie Luft und versuchte, sich unter Kontrolle zu bekommen. „Und komm am besten nicht zurück. Nie mehr!"

Stille.

Hatte sie das wirklich gesagt?

Ihr Bruder erstarrte und wurde blass.

Mist! So hart und unnahbar hatten ihre Worte gar nicht klingen sollen. So war sie nicht.

Wenig später senkte Charly den Blick und ging. Ohne sich noch einmal umzudrehen oder seine Jacke aus dem Zimmer zu holen, verließ er das Hotel.

Alix wollte ihn zurückrufen, aber sie bekam den Mund nicht auf. Warum war alles so schrecklich kompliziert mit ihm?

Sie fühlte sich, als hätte sie gerade einen Welpen getreten. Nur dass ihr Bruder schon lange kein kleiner Welpe mehr war. Der Welpenschutz war abgelaufen.

Alix brauchte eine gefühlte Ewigkeit, um ihre Nerven zu beruhigen und ihren Körper auf Betriebstemperatur herunterzukühlen. Die Arbeit an der Webseite hatte sie für heute abgebrochen. Dermaßen aufgewühlt würde sie sowieso nichts zustande bringen.

Jeglichen Gedanken an ihren Bruder und wohin er jetzt gehen würde, nachdem sie ihn rausgeschmissen hatte, verschob sie auf später. Zuerst brauchte sie Abstand. Sie musste über etwas anderes nachdenken, als darüber, dass Charly nur noch einen Wimpernschlag davon entfernt war, in der Gosse zu landen. Ein schrecklicher Gedanke.

Ob ihre Eltern von seinen Problemen wussten? Sicher nicht. Womöglich war es an der Zeit, sie in die neusten Schwierigkeiten ihres Sohnes einzuweihen. Die Idee war entsetzlich. Alix war noch nie eine Petze gewesen. Sie hatte ein ungutes Gefühl bei der Sache und würde diesen Ausweg nur im äußersten Notfall wählen.

Mühsam zwang sie sich zur Ruhe und nahm die Visitenkarte von Colton West in die Hand, die sie unachtsam zur Seite gelegt hatte. War das wirklich eine Visitenkarte? Sie drehte das Kärtchen um und wurde mit einer blanken Rückseite belohnt. Merkwürdig. Mehr als ein Name stand nicht darauf.

Wer besaß denn eine Visitenkarte, auf der nur ein Name stand? Streng genommen war es nicht mal ein Name, sondern lediglich eine Hotelkette. Zugegeben, eine sehr bekannte Hotelkette, aber trotzdem.

Ihr Gehirn setzte eins und eins zusammen. Konnte es tatsächlich sein, dass Colton West, der Mann mit dem Waldfetisch, etwas mit den *West Hotels* zu tun hatte? Natürlich kannte Alix die luxuriösen Hotels, deren Fronten meist mit viel Chrom und Glas verkleidet waren und in denen eine Suite ein kleines Vermögen kostete.

Unter Umständen war Colton West ein Verwandter vom großen Boss. Alix würde auf der Internetseite recherchieren und herausfinden, in welcher Beziehung der Glückskeksliebhaber zu der Hotelkette stand. Er konnte unmöglich der Besitzer sein.

Das wäre wenig wahrscheinlich, versuchte sie ihre Gedanken im Zaum zu halten, die mal wieder Purzelbäume schlugen.

Sie betrachtete die kleine weiße Karte mit den Augen einer Designerin. Webseiten waren ihre Spezialität, aber sie machte auch alles andere, was mit Werbung zu tun hatte. Das komplette Erscheinungsbild des *Three Rooms* hatte sie selbst entworfen. Darauf war sie mächtig stolz.

Wests Visitenkarte war eigentlich nichts anderes als ein hochwertiges Stück Büttenpapier, auf dem in klassischen Buchstaben ein Name geschrieben stand – mittig und in das feine Papier eingeprägt. Es war schlicht und einfach.

Zu einfach? Nein. Gerade die Einfachheit und das Fehlen jeglicher Information machte es irgendwie interessant. Zwar ein bisschen sinnlos ohne Adresse und so, aber interessant.

Ob er seine Handynummer in seltenen Fällen per Hand dazuschrieb? Möglich war es. Schließlich wurde er nicht tagtäglich von nichtsnutzigen Brüdern vertrieben.

Ihr Computer stand direkt vor ihr, also beschloss Alix, den Namen, in Kombination mit der Hotelkette, in die Suchmaschine einzugeben und ein bisschen zu stöbern.

Nur zehn Minuten später wusste sie, dass Colton West tatsächlich der Besitzer der *West Hotels* war.

Schreck lass nach. Sie hatte tatsächlich ein Foto von ihm im Impressum gefunden.

Auf dem Bild sah er so aus, wie sie ihn kannte: maßgeschneiderter Anzug und akkurat gebundene Krawatte. Der einzige Unterschied: Auf dem Foto lächelte er nicht. Dabei hatte er so ein charmantes Lächeln.

Ein nervöses Kribbeln setzte ein und ließ sie innehalten. In Gedanken ließ sie ihre Verfehlungen der letzten Wochen Revue passieren. Unbehagen machte sich breit.

Woher hätte sie das denn wissen sollen? West war ein geläufiger Nachname. Es gab in London sicher unzählige Wests, die nichts mit der Hotelkette zu tun hatten. Wer konnte denn ahnen, dass der Besitzer des *London West Hotels* in einer winzigen Unterkunft wie ihrer absteigen würde? Sogar zum Stammgast wurde.

Warum tat er das? Kam er zum Arbeiten her? Brachte er deshalb in unregelmäßigen Abständen die Frau mit, die ganz hervorragend als seine persönliche Assistentin durchgehen könnte? Jedenfalls wenn Alix von der Frau auf die spießige Bürokleidung samt Brille schloss.

Oh Gott! Erst jetzt wurde ihr bewusst, was es bedeutete, dass er ihr einen Job angeboten hatte. Wollte er, dass sie für ihn arbeitete? In einem seiner Hotels? Sie hatte nachgeschaut. Allein in London gab es drei *West Hotels*.

Nein. Das war lächerlich! Alix war gelernte Hotelfachfrau, die sich mit einem kleinen, aber feinen Hotel selbstständig gemacht hatte. Das *Three Rooms* hatte gerade mal drei Zimmer.

Sein Hotel im Zentrum der Stadt hatte ... sie schlug kurz nach ... über zweihundert Suiten und ein paar Einzelzimmer.

Aufgewühlt unterdrückte sie ein Kichern. Irgendwie drollig.

Was sollte das für ein Job sein? Und warum glaubte er, sie würde in ein Imperium wie seines passen? Fragen, die sie ihm stellen würde, sollte er das nächste Mal ein Zimmer reservieren. Oder auch nicht. Eventuell kam es gar nicht dazu. Charly hatte schließlich ganze Arbeit geleistet. Im Leute-vor-den-Kopf-stoßen war ihr Bruder kaum zu übertreffen.

Kapitel 4

Seit wann bot er Leuten Jobs an? Colton war von sich selbst überrascht. Mehr als das. Er saß in seinem Büro und konnte sich nicht auf die Arbeit konzentrieren. Ständig musste er an Alix Harrison denken. Alix war die Abkürzung für Alexandra, das hatte er von ihrem wenig charmanten Bruder erfahren. Auf dem Weg zu seinem Auto hatte er ein paar Wortfetzen aufgeschnappt, die sicher nicht für seine Ohren bestimmt gewesen waren. Dieser Jüngling schien ein ganz anderes Kaliber zu sein als die Frau, die seinen persönlichen Entspannungsort führte. Ein Ort, den er für nichts auf der Welt mehr missen wollte. Das Waldzimmer war sein Schatz, den er höchstpersönlich gefunden hatte, als er auf der Suche nach einem eintägigen Erholungstrip auf der Internetseite des *Three Rooms* gelandet war.

Colton war sich der Tatsache, dass es sich bei seinem Fund um ein Stundenhotel handelte, durchaus bewusst. Und dennoch ... selten hatte er sich in einem Hotel so wohlgefühlt wie in diesem. Und das wollte etwas heißen. Denn schließlich war er ein geborener West. Er war in Hotels aufgewachsen, hatte dort seine Kindheit und Jugend verbracht. Er lebte von jeher in Hotelzimmern und Penthouse-Suiten. Nichts anderes kannte er.

Seine Eltern führten in der zweiten Generation exklusive Hotels in verschiedenen Großstädten. Wenn sie in der Vergangenheit hatten reisen müssen, war er dabei gewesen. Er war in seiner Kindheit oft umgezogen und später sogar von einem Privatlehrer unterrichtet worden, weil seine Schulbildung unter keinen Umständen unter den vielen verschiedenen Aufenthaltsorten hatte leiden dürfen.

Colton war nicht glücklich mit diesem Arrangement gewesen. Aber seine Schwester hatte es deutlich härter getroffen. Sie war jünger, unschuldiger und mangels Umgang mit Gleichgesinnten schnell in eine frühe Trotzphase gefallen. Dass sie nie lange genug an einem Ort geblieben waren, um Freunde zu finden, hatte das Ganze für sie nicht besser gemacht.

Ob Alix in ihrer Jugend auch eine Trotzphase durchlitten hatte? Zuzutrauen wäre es ihr. Der freche Spruch, den sie ihm auf einem Zettelchen serviert hatte, hätte auch von seiner Schwester stammen können. Bestimmt würden die beiden sich gut verstehen, sollten sie sich jemals über den Weg laufen. Was natürlich unwahrscheinlich war.

Woher kamen solche verrückten Gedanken? Colton schüttelte den Kopf und versuchte, gedanklich an seinen Schreibtisch zurückzukehren. Er sollte nicht in Erinnerungen schwelgen. Seine Eltern waren schon vor Jahren zurückgetreten und hatten ihm die Führung des West-Imperiums überlassen. Seine Schwester würde in ihren Augen immer zu unreif und oberflächlich bleiben, um Verantwortung zu tragen, weswegen sie sich fernab des Hotelgewerbes ihren eigenen Weg gesucht hatte.

Anders als seine Eltern war Colton stolz auf Tammi. Er führte lediglich die Arbeit seiner Eltern und Großeltern fort. Aber seine Schwester hatte vor einem Jahr ihre Sachen gepackt und sich auf den Weg gemacht. Mit gerade mal neunzehn Jahren bereiste sie als Backpacker die amerikanische Westküste und ... suchte. Wonach, wusste Colton nicht genau. Vielleicht nur ein Abenteuer. Aber allein dass sie versuchte, den Familienzwang, der ihnen beiden auferlegt worden war, zu durchbrechen, war in seinen Augen eine Meisterleistung. Er hatte das nicht geschafft. Kein Stück, in all den Jahren nicht.

Aber nun wollte auch er versuchen, etwas an seinem stupiden Arbeitsalltag zu ändern. Sich ebenfalls einen Traum erfüllen und etwas Neues und Spektakuläres erschaffen. Etwas, bei dem es nicht darum ging, unendlich viel Geld zu verdienen oder ein neues *West Hotel* in einer neuen Stadt hochzuziehen. In seinen Augen gab es genug davon.

Und um dieses Vorhaben in die Tat umzusetzen, brauchte er Alexandra Harrison. Sie hatte in seinen Augen den richtigen Riecher gehabt. Und mit dem *Three Rooms*, das in seinen Augen eher ein Erlebnishotel als ein Stundenhotel war, eine Nische gefunden.

Hoffentlich war sie wenigstens bereit, sich sein Angebot anzuhören. Wenn sie nicht nur so eigensinnig wie Tammi war, sondern auch genauso stur, dann würde sie ein harter Verhandlungspartner sein.

Gerne hätte er sich jetzt wieder seiner gewohnten Arbeit gewidmet, aber aus Erfahrung wusste er, dass er sich nicht würde konzentrieren können. Nicht, solange er nicht wenigstens den Grundstein für sein Vorhaben gelegt hatte.

Ohne sich länger zu quälen, ließ er sich von seiner Assistentin mit dem *Three Rooms* verbinden. Da Alix bis auf Eddie niemanden beschäftigte – zumindest waren ihm keine anderen Angestellten aufgefallen – war er sich ziemlich sicher, dass sie das Gespräch persönlich annehmen würde. Darauf setzte er.

Wie erwartet nahm sie nach dem dritten Klingeln ab. Sie stellte sich vor und endete mit der Frage: „Was kann ich für Sie tun?"

Das war seine Chance. Er umklammerte den Hörer fester. „Colton West hier. Haben Sie über mein Angebot nachgedacht? Wären Sie bereit, sich meinen Vorschlag anzuhören?"

Zugegeben, freundlich klang er nicht gerade. Aber Meetings, die das Geschäft betrafen, organisierte für gewöhnlich seine Assistentin. Unter Umständen war es ungünstig, mit der Tür ins Haus zu fallen. Leider kam ihm der Gedanke reichlich spät.

Er vernahm ein viel zu tiefes Seufzen am Ende der Leitung. „Mr West ..."

Der unfertige Satz hing in der Luft. Wollte sie ihm eine Absage erteilen, noch bevor sie wusste, worum es überhaupt ging? Das war neu und absolut ungewöhnlich. Hatte er sie falsch eingeschätzt? Wusste sie nicht, wie töricht das war? Das Angebot eines Wests lehnte keiner ungehört ab. Zumindest bis jetzt hatte das niemand in seinem Umfeld jemals getan.

„Wenn Sie mich abwimmeln, ohne mich angehört zu haben, sind Sie dümmer als ich geglaubt habe. In dem Fall wäre es vielleicht besser, nicht mit Ihnen arbeiten zu wollen."

Empörung stand unausgesprochen zwischen ihnen.

„Ich bin nicht dumm."

Interessant. Anscheinend hatte er einen wunden Punkt getroffen. „Beweisen Sie es.“

Es herrschte kurz Stille. Colton konnte die Rädchen, die sich wie wild in Alix' Kopf drehten, förmlich hören.

„Also schön.“ Wieder war ein Seufzen zu vernehmen. Die nächsten Worte fielen ihr offenbar nicht leicht. „Was wollen Sie?“

„Gehen Sie mit mir essen und ich erkläre es Ihnen.“

Seine Gesprächspartnerin gluckste. „Ist das Ihre Masche, um an ein Date zu gelangen? Geht es nicht ein wenig subtiler?“

Sein Mundwinkel zuckte unkontrolliert. Die kleine Ms Harrison hatte offensichtlich keine Scheu, drauflos zu plappern und zu sagen, was sie dachte. Ob das gut oder schlecht war, konnte er noch nicht beurteilen. Auf jeden Fall war es erfrischend anders.

„Ich denke, ich kenne den Unterschied zwischen einem Date und einem Geschäftsessen. Dies ist eine Einladung zu einem Geschäftsessen.“

Möglicherweise war es gut, dass sie das gleich zu Beginn klärten. Mit Leuten, mit denen er Geschäfte machte, hatte er keine Dates.

„Okay. Also gut.“ Klang sie enttäuscht oder ergeben? Es hatte fast den Anschein.

Colton vernahm Geräusche und anschließend die Stimme eines Gastes, der nach seinem Schlüssel verlangte. „Ich hole Sie am Samstag um neunzehn Uhr ab. Ziehen Sie etwas Hübsches an.“ Er stieß die Worte schnell und hastig aus und ärgerte sich, dass er irgendwie nervös klang. Er klang nie nervös.

Ein empörtes Luftschnappen war zu hören. Bevor seine eigensinnige Gesprächspartnerin sich über seinen kühn ausgesprochen Wunsch, sich etwas Hübsches anzuziehen, aufregen konnte, legte er auf. Vielleicht hätte er das nicht sagen sollen. Bedeutete es nicht im Umkehrschluss, dass sie sonst nichts Hübsches trug? Was für ein Durcheinander.

Egal. Besser nicht drüber nachdenken. Komplimente und dieser zwischenmenschliche Kram, von dem seine Schwester eine Menge Ahnung hatte, waren noch nie sein Ding gewesen.

Mit einem zufriedenen Gefühl sah Colton auf den Berg Akten auf seinem Schreibtisch. Endlich konnte er in Ruhe arbeiten. Bis Samstag würde er nicht mehr an Alexandra Harrison denken müssen. Das war jedenfalls sein Plan.

***

Alix fühlte sich nicht wohl in ihrer Haut. Sie hatte ihr einziges schwarzes Businesskostüm aus den Untiefen ihres Kleiderschranks gefischt und wartete seit fünf Minuten auf Colton West, um sich zu einem Geschäftsessen ausführen zu lassen. Ob der Besitzer der *West Hotels* ihr Outfit *hübsch* genug fand? Schwierig zu sagen, da sie nicht wusste, wohin er mit ihr gehen wollte. Mr West würde sie nehmen müssen wie sie war. Pech für ihn, falls er ein Kleid erwartete.

Die Einladung war immer noch äußerst merkwürdig. Wenn Alix nicht so verflucht neugierig gewesen wäre, hätte sie das Angebot im Keim erstickt. Das war streng genommen immer noch ihr Plan, sollte es darum gehen, in einem seiner Hotels als Angestellte zu arbeiten.

Nein danke! Sie war ihre eigene Herrin und darauf war sie mächtig stolz. Auch wenn das Finanzielle alles andere als einfach war und sie tagtäglich ums Überleben kämpfen musste, würde sie es nicht anders wollen.

Nicht auszuschließen war allerdings, dass West in ihre Idee investieren wollte. Er war schließlich ganz vernarrt in das Waldzimmer mit seinem faszinierenden, wenn auch künstlichen Ausblick. Vielleicht wollte er ein ähnliches Zimmer in einem seiner Hotels haben. Abwarten. Es war zu früh für Spekulationen. Nach dem Abendessen würde sie mehr wissen.

Gerade hatte Alix ein weiteres Mal auf die Uhr gesehen – West war jetzt fast zehn Minuten zu spät – da ging die Tür zum Hintereingang auf. Wieder mal.

Alix verdrehte die Augen. Seit wann zogen ihre Gäste es vor, durch den Lieferanteneingang zu marschieren? Das war lästig und es gefiel ihr überhaupt nicht.

Der Kerl, der hereinpolterte, als gehörte ihm der Laden persönlich, trug zerrissene Klamotten und wirkte irgendwie überdreht. Nicht nur seine Hose wies unzählige Löcher auf, auch seine dunkle Jeansjacke war schmutzig und an den Ärmeln abgewetzt. Der Look sah eher verkommen als gewollt aus.

Bevor Alix feststellen konnte, dass vor ihr kein Gast stand, zog der heruntergekommene Halunke eine Pistole aus dem locker sitzenden Hosenbund.

„Hände hoch!", sagte er und richtete die Mündung auf ihr Gesicht.

Hä! Was zur Hölle …?

Alix verschlug es glatt die Sprache. War das tatsächlich eine funktionierende Schusswaffe, die da auf sie gerichtet war?

Etwas in der Art war ihr noch nie passiert. Völlig überrumpelt hob sie beide Hände und ließ den Knaller nicht aus den Augen. Wenn das ein Spaß sein sollte, war er nicht witzig. Leider stand der Idiot höchstens vier Meter entfernt. Die Wahrscheinlichkeit, dass er sein Ziel verfehlen würde, sollte es kein Spaß sein, war verschwindend gering. Aus dieser Entfernung schoss niemand daneben. Konnte ihr Leben so jämmerlich zu Ende gehen?

Alix schluckte trockene Spucke hinunter und bekam ein mulmiges Gefühl. Sagen konnte sie nichts. Der Unglaube über das, was gerade passierte, hatte sie fest im Griff. Sie musste träumen. Eine andere Erklärung gab es nicht.

„Wo ist Charly?", fragte der Typ und tänzelte unruhig auf der Stelle, als würde er sich für irgendetwas warm machen. Schweiß stand ihm auf der Stirn, außerdem war er atemlos, als wäre er gerade einen Marathon gelaufen. Keine guten Vorzeichen. Dass dieser offensichtlich Süchtige auf der Suche nach ihrem Bruder war, ließ Alix mehr und mehr glauben, dass Charly Hilfe brauchte. Und zwar schnell.

Ach Brüderchen, was hast du nur angestellt?

„Mein Bruder ist nicht hier. Ich habe ihn zuletzt am Dienstagmorgen gesehen." Alix wünschte sich, es wäre anders, aber Charly schien ihren Rauswurf ernst genommen zu haben. Dem Anschein nach war er untergetaucht. So tief, dass nicht mal dieser Hampelmann wusste, wo er steckte.

„Dann wirst *du* seine Schulden bezahlen." Er trat vor und hielt ihr den Lauf der Knarre direkt unter die Nase. „Räum die Kasse aus! Schnell! Hopp hopp! Ich will das komplette Bargeld." Vermutlich war ihm der Gedanke gerade erst gekommen, denn er nickte wild, als müsste er sich diese grandiose Idee selbst bestätigen.

Alix hatte immer noch das Gefühl in einem Albtraum zu stecken. Das konnte doch nicht die Realität sein. So etwas passierte im Fernsehen, aber doch nicht ihr. Sie besaß lediglich ein paar Kröten. Kein Dieb konnte an ihren Einnahmen reich werden.

Beim nächsten Atemzug fing sie die Ausdünstungen, die von Charlys ungebetenem Besuch ausgingen, auf und rümpfte die Nase. Alkohol und Schweiß, gemischt mit abgestandenem Zigarettenrauch. Ekelig. Sie versuchte flach zu atmen, um dem Angriff auf ihre Sinne zu entkommen.

„Ich führe ein Hotel." Sie zog sich so weit zurück, bis sie den Tresen im Rücken spürte. „Das ist kein Kiosk. Meine Gäste zahlen fast ausschließlich mit Kreditkarte." Das stimmte nur zum Teil. Es gab auch einige Kunden, die aus offensichtlichen Gründen Bargeld bevorzugten.

Trotzdem war sie nicht bereit, ihre Tageseinnahmen mir nichts dir nichts aufzugeben. Es war Samstag, der umsatzstärkste Tag der Woche. Ein Verlust wie dieser würde ein beträchtliches Loch in ihre Monatsabrechnung reißen.

Wo waren eigentlich die Männer und selbsternannten Superhelden, wenn eine Frau in einer Notsituation Hilfe brauchte? Jetzt wäre der perfekte Zeitpunkt für einen Rettungseinsatz. Wo zum Geier blieb Colton West? Musste er ausgerechnet heute zu spät kommen?

Höchstwahrscheinlich gehörte er eh nicht zu den Männern, die sich für eine fremde Frau eine Kugel einfingen.

„Los! Geld her. Mach schon!" Ihr Angreifer wedelte mit der Kanone und sah leicht panisch rechts und links den Flur hinunter. Zu Alix' Pech war gerade kein Gast in Sicht.

Sollte sie rufen oder um Hilfe schreien? Besser nicht. Niemand wusste, wie locker der Finger dieses Idioten am Abzug saß. Ihr Leben konnte schneller zu Ende sein, als sie je für möglich gehalten hätte. Besser, sie gab ihm das Geld. Es lohnte nicht, dafür zu sterben.

„Immer locker bleiben." Mit erhobenen Händen drehte sie sich langsam um und öffnete die Schublade unter dem Tresen, wo sich ihre Tageseinnahmen befanden. „Es ist kein Gast im Haus. Sie können sich also beruhigen."

Jetzt, wo sie sich entschieden hatte, ihm das Geld auszuhändigen, wollte sie ihn in Sicherheit wiegen. „Ich gebe Ihnen alles, was ich habe." Sie griff nach ein paar Scheinen. Es waren nur Fünfer und Zehner. „Bestellen Sie Charly einen Gruß von mir." Zu ihrem eigenen Entsetzen warf sie dem Nichtsnutz die Scheine direkt vor die Füße. Einfach so.

Ganz spontan.

Ohne zu denken hatte sie dem Drang nachgegeben und etwas total Hirnverbranntes getan. Diese Übersprunghandlungen waren nicht ungewöhnlich, sie gehörten zu ihrem aufbrausenden Wesen. Aber der Moment war denkbar ungünstig, dem nachzugeben. Hoffentlich war das kein Eigentor.

Ein bisschen Geld segelte durch die Luft, während sie hinter ihrem Schreibtischstuhl in Deckung ging. Der Fluchtweg zur Eingangstür war ihr durch den Tresen versperrt. Etwas, das ihr gerade erst bewusst wurde und äußerst ungünstig war.

Dumm gelaufen.

„Du miese Schlampe!", fluchte ihr Angreifer. Anscheinend war er überfordert und nicht sicher, ob er die Scheine aufheben oder auf sie schießen sollte.

Plötzlich hörte Alix einen ohrenbetäubenden Knall und wusste, dass er sich fürs Schießen entschieden hatte. Verflixte Kurzschlusshandlung!

Jetzt wurde es brenzlig. Der Schreibtischstuhl bot ihr nur unzureichend Deckung. Ohne zu wissen warum, griff sie nach dem Mülleimer, der unter dem Tresen stand und hielt ihn sich vors Gesicht. Das war lächerlich, total verrückt und auf jeden Fall völlig sinnlos. Ein echter Schutz würde das Teil aus Plastik nicht sein.

Warum tat ihr eigentlich nichts weh? Hatte dieser Idiot in die Luft geschossen? Ein wenig Putz rieselte wie auf Kommando von der Decke in den Mülleimer. Auch wenn sie ihm nicht mehr Nase an Nase gegenüberstand, befand sie sich streng genommen direkt vor seinen Augen. Vielleicht vernebelten ihm die Drogen die Sinne. Ihr Glück, dass er offenbar einiges intus hatte und nicht gut zielen konnte.

Anders als erwartet ignorierte er sie und griff nach den übriggeblieben Scheinen, die sich noch in der

Schublade befanden. Es waren vermutlich die Fünfziger.

Kaum hatte der Schuft sie in der Hand, küsste er ihre Tageseinnahmen und fing an, breit und hässlich zu grinsen.

Alix fragte sich schon, ob er sie unter dem Tresen hinter dem Stuhl vergessen hatte, als sein messerscharfer Blick sich auf sie richtete.

Nicht gut. Dieser Blick war nicht gut. Und sehr gefährlich.

„Miststück." Er zielte mit der Waffe. Noch bevor Alix sich bewegen oder mit einem Satz zur Seite springen konnte, drückte er ab. Zum zweiten Mal ertönte ein markerschütternder Knall. Schmerz explodierte in ihrer Schulter und ließ ihr schwarz vor Augen werden.

Dieser Vollpfosten hatte es tatsächlich getan. Charlys angeblicher Freund hatte auf sie geschossen. Mit einer Pistole. Wie im Fernsehen. Kaum zu fassen. Und diesmal hatte er sogar getroffen. Ein hässliches Lachen, gefolgt von einem schnell ausgesprochenen *Bye Bye Baby* und dann fiel die Hintertür ins Schloss. Weg war der ungebetene Taugenichts. Mitsamt ihrem Geld. Verbrecher!

Alix ließ sich tiefer sinken und stellte den Mülleimer an seinen Platz zurück. Ihre Schulter brannte und etwas Warmes rann ihr den Arm hinunter.

Gott, tat das weh. Übelkeit stieg in ihr auf. Sie spürte, wie ihr Kreislauf absackte. Schnell ließ sie sich gänzlich zu Boden fallen. Sie musste liegen, möglichst flach. Am besten sofort, wenn sie bei Bewusstsein bleiben wollte.

Einen Moment konnte sie sich gönnen, danach würde sie sich aufrichten, ans Telefon gehen und sich einen Rettungswagen rufen.

Kapitel 5

Alix wusste nicht, wie viel Zeit vergangen war, ehe sie beschloss, sich aufzurichten und nach Hilfe zu rufen. Erst der Rettungswagen oder erst die Polizei? Ihr war nicht schwindelig, aber trotzdem fühlte sie sich leicht verwirrt. Ihr Kreislauf hatte sich offenbar stabilisiert. Lediglich ihre Schulter brannte wie Feuer, immer noch. Der Schmerz hatte noch kein bisschen nachgelassen. Wenn Alix nicht so feige gewesen wäre, hätte sie einen Blick riskiert. Durchschuss oder Streifschuss? Die Schmerzen ließen keine genaue Diagnose zu. Wie es schien, hatte die Wunde aufgehört zu bluten. Jedenfalls fühlte es sich so an. Kein frisches Blut lief ihr mehr den Arm hinunter. Das war gut. Sie würde es überleben.

Sie würde es überleben und das nächste Geld in eine Überwachungsanlage investieren. Wenn dieser technische Schnickschnack nur nicht so unsagbar teuer wäre, hätte sie längst dafür gesorgt, dass der Anmeldebereich videoüberwacht wurde. Jetzt musste sie sich damit auseinandersetzen und Preise vergleichen. Durch den Vorfall von heute bekam das Ganze eine nicht zu unterschätzende Dringlichkeit.

„Aua!" Mit einem Stöhnen kam sie auf die Füße und wartete ab, ob der Schwindel zunehmen würde. Gott sei Dank blieb die Welt im Gleichgewicht. Den Arm mit der verletzten Schulter hielt sie dicht an ihren Körper gepresst. Nur nicht mehr als nötig bewegen.

Als Alix mit großer Kraftanstrengung nach dem Telefon griff, das neben ihrem Computer an der Anmeldung lag, wusste sie immer noch nicht, wen sie anrufen sollte. Das musste der Schock sein. Sie starte auf die Zahlen und war sich nicht sicher, welche sie drücken sollte.

Völlig durcheinander blickte sie auf das Tastenfeld, das nun doch wieder leicht verschwamm, als die Tür zum Haupteingang aufging und Colton West hereingescheit kam, als wäre er nicht mehr als zehn Minuten zu spät dran.

Verdammt! Ihn hätte sie deutlich eher gebrauchen können.

Warum war er zu spät? Warum kam er erst jetzt, wo alles vorbei war und sie ihr ganzes Bargeld verloren hatte? Tränen traten ihr in die Augen und verschleierten ihr zusätzlich zu dem Schwindel die Sicht. Emotional angeschlagen war sie also auch. Na toll!

„Du bist zu spät!", blaffte sie ihn an und verzichtete darauf, ihn zu siezen. Die Wut sammelte sich von ganz allein in ihrem Bauch und blubberte an die Oberfläche, noch bevor er den Tresen erreicht hatte. Gut so, dann würde sie wenigstens nicht ohnmächtig werden.

„Ich weiß, entschuldige bitte. Ich wurde im Büro aufgehalten."

Sein dämliches Mundwinkelzucken, das sie sonst für äußerst charmant hielt, trieb ihren Blutdruck in ungeahnte Höhen.

„Du bist samstags nach neunzehn Uhr noch im Büro?" Ungläubig riss sie die Augen weiter auf und zerdrückte beinahe das Telefon. Der Schmerz in ihrer Schulter nahm bei der unnützen Bewegung zu.

West zuckte mit den Achseln. „Du bist schließlich auch noch auf der Arbeit."

„Das ist etwas anderes." Sie verzog das Gesicht, weil sie aus Versehen gegen den Arm gestoßen war, den sie unnatürlich verkrampft gegen ihre Seite drückte. „Ich bin schließlich allein. Wenn ich nicht da bin, ist die Anmeldung nicht besetzt. Dann müssen die Gäste mich auf dem Handy anrufen, sollten sie etwas benötigen oder ein Problem haben." Warum erzählte sie ihm diesen unwichtigen organisatorischen Quatsch? Jetzt, wo sie sich eigentlich einen Rettungswagen rufen wollte. Oder doch erst die Polizei? Sie war noch immer nicht sicher.

West trat näher und erblickte im nächsten Moment die offen stehende Schublade und die vielen Fünfer und Zehner, die auf dem Boden verstreut lagen.

„Was ist denn hier passiert?", fragte er mit Entsetzen in der Stimme und sah ihr ins Gesicht. Offenbar glaubte er, dort eine Antwort ablesen zu können. Seine Miene erstarrte im nächsten Augenblick. Reichlich spät für ihren Geschmack. Sah sie wirklich so schlecht aus? Hatte sie irgendwo Blutspritzer? Warum runzelte er die Stirn, als würde er etwas sehr Seltsames vor sich sehen?

„Alix ...?"

Seit wann redeten sie sich mit Vornamen an? Und woher kannte er überhaupt ihren Spitznamen? Gütiger Himmel! Sie war wirklich von der Rolle, wenn sie sich das fragen musste. Der Schock forderte seinen Tribut, sodass ihre Gedanken sich ohne ihr Zutun verselbstständigten. Dumme Sache.

Ihr Gegenüber blieb für den Moment noch stumm, sah sie aber auf Antwort wartend an. Sorge und tiefe Bestürzung standen in seinem Blick.

„Colton." Sie versuchte so zu grinsen, wie er es häufig tat, smart und selbstbewusst. Eine andere Antwort fiel ihr nicht ein. Dass ihr Magen sich plötzlich hob und ihre Knie weich wurden, war ziemlich ungünstig.

„Verdammt, Alix! Ist das Blut?"

Colton sprang mit einem gekonnten Satz über den Tresen und fing sie in dem Moment auf, in dem sie zu Boden gleiten wollte. Überaus sportlich für einen Hotelbesitzer, der samstags bis neunzehn Uhr im Büro abhing. Ihr Tresen hatte eine ansehnliche Höhe und war kein gewöhnlicher Schreibtisch. Wann er wohl ins Fitnessstudio ging? Wieder eine dieser Fragen, die sie sich nicht unbedingt jetzt stellen musste.

„Kannst du einen Rettungswagen rufen? Oder die Polizei?" Sie drückte ihm das Telefon gegen die Brust und hoffte, dass er wusste, wen er davon zuerst anrufen sollte. Sie wusste es definitiv nicht. „Mir ist nicht gut. Ich muss mich hinlegen."

„Verdammt." Sanft ließ er sich mit ihr im Arm zu Boden gleiten. „Was ist passiert? Du blutest."

Er legte das Festnetztelefon zur Seite und zog sein Handy aus dem Jackett. Kaum dass er eine Nummer eingegeben hatte, schüttelte er den Kopf und ließ den Blick über ihren Körper wandern. „Blutest du nur an der Schulter? Oder auch woanders?" Sein sorgenvoller Blick blieb an ihrer Hand hängen, die voller Blut war, weil es ihr den Arm hinuntergelaufen war.

„Nur die Schulter." Alix ließ den Kopf gegen seine Brust sinken und genoss das Gefühl, dass sie die

Kontrolle abgeben konnte. Colton würde sich um alles kümmern. Sie konnte innehalten und seinen wunderbar erdigen Duft einatmen. Sie musste keine unwichtigen Gedanken hin- und herschieben und konnte sogar die Augen schließen, wenn sie wollte. Er war ein Gentleman und würde sie ganz sicher nicht fallen lassen.

Vielleicht war er doch ein Held. Auch wenn er zu spät gekommen war.

Alix seufzte und ließ ihren Körper schwer werden. Jedenfalls fühlte es sich so an. Der Schmerz hatte ein wenig nachgelassen und das Zittern ihrer Finger schien ebenfalls weniger zu werden. Sie hörte Colton sprechen, hatte aber keine Lust, auf die Worte zu lauschen. Seine Stimme klang aufgebracht und viel zu laut in ihren Ohren. Wie sollte sie da schlafen? Plötzlich war sie hundemüde und sehnte sich danach, in die Schwärze abzutauchen.

„Nicht einschlafen, Alix." Colton legte sein Handy aus der Hand und schüttelte sie sacht. Unglücklicherweise entfachte er damit den Schmerz in ihrer Schulter neu. Sie schrie kurz auf und sogleich hörte er damit auf, ein Erdbeben in ihrem Innern auszulösen.

„Nicht einschlafen. Hast du gehört? Nicht einschlafen." Er suchte ihren Blick. „Ich weiß zwar nicht, warum das wichtig ist", gluckste er leicht spöttisch, „aber im Fernsehen dürfen die Verwundeten auch nie einschlafen."

Mit dem dämlichen Spruch entlockte er ihr ein Lächeln. Es fühlte sich ein wenig schief an und sah höchstwahrscheinlich gequält aus. „Okay." Kaum ausgesprochen, fielen ihr wieder die Augen zu. „Ich glaube, ich bin nicht lebensgefährlich verletzt. Ein kurzes Päuschen wird mir nicht schaden."

Colton fluchte unverständlich.

Im nächsten Moment schwankte der Untergrund, als ihr neuer Beschützer mit ihr auf dem Arm aufstand. „Der Boden ist zu kalt. Du zitterst. Außerdem ist es besser, wenn du dich hinlegst, bis der Rettungswagen da ist."

Also hatte er den Rettungswagen gerufen, als er telefoniert hatte. Gut, dann würde sie die Polizei später übernehmen. Sie würde Anzeige erstatten oder weiß der Geier. Sie wollte nicht darüber nachdenken. Nicht jetzt. Später würde sie eine Lösung finden. Viel später.

Als Colton sie in Richtung Waldzimmer trug, wurde ihr schlagartig bewusst, was er vorhatte.

„Stopp!" Sie hob den gesunden Arm.

Natürlich hielt er nicht an. Also bewegte sie sich und versuchte, losgelassen zu werden.

Colton fluchte erneut und packte sie fester. „Alix. Ich möchte es dir doch nur warm und bequem machen, bis Hilfe kommt."

„Aber dein Zimmer ist besetzt." Am liebsten hätte sie sich mit der Hand an die Stirn geschlagen. Jetzt sagte sie schon *sein* Zimmer. Dabei war es überhaupt nicht *sein* Zimmer. Er war nur ein häufiger Gast, der das Waldzimmer bevorzugte.

„Wohin dann?" Er schien die Geduld zu verlieren. Oder sie wurde ihm zu schwer. Wahrscheinlich ein bisschen von beidem.

„Das Liebesnest. Den Gang runter und dann die erste Tür links. Das ist das einzige Zimmer, das gerade unbenutzt ist."

Ein Schnaufen drang an ihr Ohr. „Na dann ... ab ins Liebesnest." Der Mistkerl lächelte tatsächlich. Unverschämtheit! Sie hatte Schmerzen und er lächelte. Zu gerne hätte sie ihn geboxt. Aber da sie kein Leichtgewicht war, würde er sie vielleicht fallen lassen. Das konnte sie nicht riskieren. Sie wollte ins Bett. Eine warme Decke hörte sich plötzlich ungemein verlockend an.

Offensichtlich hatte er an alles gedacht und ihren Schlüsselbund von der Anmeldung mitgenommen. Sehr beachtlich. Er war nicht nur sportlich, sondern auch ein Mann, der vorausschauend handelte. Eine sexy Kombination. Wenn er jetzt noch tätowiert war, würde sie ihr Herz verlieren und sich hemmungslos in ihn verlieben.

Bei dem Gedanken entfleuchte ihr ein Lachen, das als hysterisch hätte durchgehen können. Blödsinn. Der betuchte Boss und Inhaber der *West Hotels* war sicherlich nicht tätowiert. Nein, auf keinen Fall.

Colton hatte etwas länger gebraucht, um mit ihr auf dem Arm die Tür zu öffnen, aber nun war er eingetreten und blieb mitten im Eingang stehen. Alix freute sich. Wie jedes Mal, wenn ihren neuen Gästen das passierte. Seine Reaktion war üblich. Das Liebesnest war ihr ganzer Stolz. Die vielen Lampen, die in Fünfergruppen in Vogelkäfigen von der Decke baumelten, waren ihre Idee gewesen. Wenn er das Licht einschaltete, würde er feststellen, dass in jedem Käfig eine andere Farbe zu Hause war. Neben den Vogelkäfigen gab es noch einzelne Glühbirnen mit weißem Licht, die zwischen den Käfigen ohne Tür baumelten. Es sollte so wirken, als wären sie ausgeflogen. Fantasie war etwas Wunderbares. Sie hatte eine Menge davon.

Die Wände bestanden aus nacktem Stein. Das Mauerwerk war an einigen Stellen zu erkennen, wo der Putz abgefallen war. Sie hatte sich nicht die Mühe gemacht, an dem leicht verkommenen Industriecharme etwas zu ändern. In mühevoller Kleinarbeit hatte sie alles weiß getüncht und ließ nun das Licht und die Lampen für sich sprechen. Und natürlich das Himmelbett, das in der Mitte des Raumes stand und das sie nun mit ihrem Blut besudeln würde, wenn sie nicht aufpasste.

Vielleicht sollte West sie doch lieber auf den Boden legen. Lange konnte es schließlich nicht mehr dauern, bis der Rettungswagen kam. Sie würde es überleben. Ihre Verletzung war schließlich nicht lebensbedrohlich. Die blutbeschmierten Laken müsste sie anschließend wegwerfen. Das war mal sicher.

Gerade als Colton sich in Bewegung setzen wollte, deutete sie auf den quadratischen Hocker, der nahe dem Bett stand. „Bitte da."

Es gab nur den Hocker und das Bett. Mehr Möbel brauchte das Zimmer nicht. Es war klar, dass die Leute nicht kamen, um am Schreibtisch zu arbeiten.

Colton zögerte. „Warum nicht das Bett?"

Das konnte auch nur ein Mann fragen.

„Ich blute, wie du bereits festgestellt hast. Die Bettlaken sind weiß."

Am liebsten hätte sie noch mehr gesagt. Aber sie hielt den *Idiot* erfolgreich zurück. „Blutflecken bekommt man nur schwer wieder raus." Da sie nicht sicher war, ob er das wusste, fühlte sie sich genötigt, ihn aufzuklären. Ohne Zweifel wusch er seine Bettwäsche nicht selbst. Darauf würde sie wetten.

Ihr selbst ernannter Retter ging kommentarlos am Hocker vorbei und legte sie aufs Bett. „Ich kaufe dir neue Laken“, klärte er sie mit grimmiger Stimme auf.

„Wie bitte?“ Dass sie sich endlich zurücklehnen konnte, machte etwas mit ihrem Kopf. Der Schwindel und das leichte Gefühl der Übelkeit zogen sich augenblicklich zurück. Als Colton auch noch die Decke über sie legte und die wohlige Wärme sich in ihrem zitternden Körper ausbreitete, ging es ihr schon deutlich besser. Wann hatte das Zittern zugenommen? Es war ihr gar nicht aufgefallen.

„Du hast einen Schock. Wärme ist wichtig. Weiße Laken nicht.“ Er griff nach ihrer Hand und drückte sie. „Der Rettungswagen dürfte gleich da sein.“

Wenn er das so überzeugend sagte, wollte sie es ihm glauben.

Alix schloss die Augen und einmal mehr freute sie sich, dass er die Entscheidungen traf. „Okay.“

„Nicht einschlafen.“ Er setzte sich neben sie und strich ihr eine Haarsträhne aus dem Gesicht. Wie nett. Seine Finger waren wunderbar warm. Und weich.

„Okay.“ Alix schloss trotzdem die Augen und war sich seines Blickes auf sich bewusst. Er machte sich große Sorgen. Das allein sagte ihr seine Stimme und die Tatsache, dass er sie unbedingt ins Bett hatte legen wollen.

Als sie Sirenen hörte, stand Colton abrupt auf. „Ich gehe nach vorne und zeige den Sanitätern den Weg. Bleib liegen. Ich bin gleich zurück.“

„Okay." Ihre Stimme klang irgendwie anders. Das war gut. Alles war gut, wenn sie nur weiter hier liegen durfte.

Kapitel 6

Alix verabscheute das Krankenhaus. Es roch stets nach Desinfektionsmittel und Industriereiniger. Außerdem war es für ihren Geschmack immer ein bisschen zu warm. Dass die Fenster bis auf ein paar wenige geschlossen bleiben mussten, mochte auch ein Grund für die warme und schlechte Luft sein.

Zumindest war sie umgehend erstversorgt worden, als der Rettungswagen sie vor wenigen Minuten gebracht hatte. Eine Schussverletzung – auch ein Streifschuss – wurde offenbar gesondert behandelt. Alix sollte es Recht sein, dann brauchte sie sich um die Polizei nicht zu sorgen. Sie würde von ganz allein hier auftauchen und sie befragen. Also sparte sie sich den Weg zur Polizeistation. Das war gut.

Sie machte sich keine Hoffnung, dass ihr Angreifer und Bargelddieb gefasst werden würde. Sie konnte ihn zwar beschreiben, aber es gab unzählige Typen, die so aussahen wie Charlys schießwütiger Freund.

Sollte sie der Polizei von Charly und der Verbindung zu diesem Ganoven erzählen? Bestimmt würde ihr Bruder der Polizei sagen können, wer auf sie geschossen hatte. Zumindest könnte er eine Vermutung äußern. Aber gleichzeitig würde er selbst ins Visier der Gesetzeshüter geraten. Schwierige Entscheidung ...

Eigentlich war das etwas, das Alix wenn möglich vermeiden wollte. Besser keine Nachforschungen. Sie hatte die Hoffnung noch nicht aufgegeben, dass Charly von allein zur Besinnung kam. Dass er momentan weder eine Bleibe noch Geld hatte, musste ihn doch wachrütteln. Das hoffte sie zumindest. Und wenn nicht das, dann die Tatsache, dass seine Schwester angeschossen worden war.

Sie konnte die Ungeheuerlichkeit immer noch nicht fassen. Etwas Verrücktes wie in der Art war ihr noch nie passiert. Ihr kleines Hotel befand sich schließlich nicht in einem heruntergekommenen Viertel, wo jeder damit rechnen musste, überfallen zu werden.

Sobald Alix hier raus wäre, würde sie Charly anrufen und ihm ihre Hilfe anbieten. Dass ihr beim letzten Mal die Pferde durchgegangen waren, bereute sie längst. Er war doch ihr kleiner Bruder – würde es immer bleiben. Egal was passierte.

Sie redeten miteinander und zogen sich stets gegenseitig aus dem Dreck. Das war immer so gewesen, schon zur Sandkastenzeit. Es ärgerte sie, dass sie das kurzzeitig vergessen hatte.

Alix wartete noch auf den Assistenzarzt, der ihre Schulter nähen und verbinden sollte, als es sacht an der Tür klopfte.

„Ja bitte?"

Ein Kopf tauchte im Türrahmen auf. „Kann ich reinkommen?"

Wie von selbst schlich sich ein Lächeln auf ihr Gesicht. „Natürlich."

Sie winkte Colton mit dem unverletzten Arm näher. Ihr Retter war da. Irgendwie war es ihr peinlich, dass er sie derart unpässlich erlebt hatte. Hoffentlich hatte sie nichts Wirres von sich gegeben, während er bei ihr geblieben war. Alix wusste, dass sie unausstehlich wurde, wenn sie Schmerzen hatte. Ob sie zwischenzeitlich ohnmächtig geworden war? Sie glaubte tatsächlich, einen kleinen Filmriss zu haben.

„Wie geht es dir?"

Alix fühlte sich ein wenig unbeholfen. „Gut."

Erst jetzt fiel ihr auf, dass sein weißes Anzughemd und das Revers seines sicher maßgeschneiderten Sakkos voller Blut waren. Ihrem Blut. Himmel, wieso hinterließ ein simpler Streifschuss eine solche Schweinerei? Sie würde ihm den Anzug ersetzen müssen. Erschöpft legte Alix den Kopf zurück und seufzte. Weitere Kosten, die sie nach dem Verlust von heute nicht gebrauchen konnte.

„Hast du starke Schmerzen?"

Offensichtlich interpretierte er ihr Seufzen falsch. Mit einem leichten Schütteln hob sie den Kopf. „Nein. Sie haben mir ein Wundermittel gespritzt, das alles himmlisch weich erscheinen lässt. Ich habe keine Schmerzen."

„Gut." Er zog einen Stuhl heran und setzte sich. „Ich habe mit dem Arzt gesprochen. Sobald du versorgt bist und die Polizei deine Aussage aufgenommen hat, kannst du gehen."

Colton West hatte mit ihrem Arzt gesprochen. Außerdem war er wie selbstverständlich beim Du geblieben. Warum? Warum war er überhaupt noch hier? War das, was er ihr auf dem Geschäftsessen hatte mitteilen wollen so wichtig, dass er an ihrem Bett auftauchen musste? Konnten sie nicht einfach nächste Woche darüber reden? Wenn es ihr besser ging?

Ein Anflug von schlechter Laune überkam Alix, obwohl sie eigentlich dankbar sein sollte. „Okay …"

Sie richtete sich etwas auf und verzog kurz das Gesicht, als ein schmerzhaftes Zucken ihren Arm bis hin zu den Fingern durchlief. „Was wolltest du mir heute Abend erzählen? Du wolltest mir ein Angebot machen. Offensichtlich ist es dringender als gedacht." Dann würden sie eben doch jetzt reden.

Wests Miene wurde eisig. Seine Augenbrauen zogen sich zusammen und ließen eine steile Falte dazwischen entstehen. Die blauen Augen schienen grauer und dunkler zu werden. Auch sein Mund war ein gerader Strich. Hielt er etwa die Luft an? Hatte sie etwas Falsches gesagt?

„Alix!" Ein Wort, streng ausgesprochen.

„Bist du nicht hier, um mit mir darüber zu reden?" *Woher sollte sie das wissen?*

Er schüttelte den Kopf und sah kurz auf den Boden. Dann hörte sie, wie er lange und kontrolliert ausatmete, als müsste er sich zusammenreißen. Er beherrschte diese Atemtechnik ausgesprochen gut. Wenn sie seinen Worten Glauben schenken wollte, dass sie wie seine Schwester war, hatte er das sicherlich schon öfter machen müssen.

„Hier." Er reichte ihr eine kleine Flasche Cola, die offensichtlich aus einem der Getränkeautomaten auf dem Flur stammte. „Trink. Der Arzt hat gesagt, du brauchst viel Flüssigkeit. Außerdem sollst du dich in den nächsten Tagen schonen."

Alix nahm die Flasche entgegen und sah ihm ins Gesicht. Der Inhaber der *West Hotels* sah so erschöpft aus, wie sie sich fühlte. Sogar seine Gesichtsfarbe war leicht blass. Hatte er sich ernsthaft um sie gesorgt? Sie kannten sich doch kaum. Ihr schwirrte der Kopf.

„Danke."

Jetzt, wo sie das Getränk in den Händen hielt, spürte sie den Durst. Ihr Mund war entsetzlich trocken. „Würdest du mir die Flasche öffnen? Mit einer Hand ist das …"

Bevor sie *schwierig* sagen konnte, hatte er ihr die Cola wieder abgenommen. Sekunden später drückte er ihr die geöffnete Flasche zurück in die Hand. Sehr zuvorkommend. Er schien wirklich darauf bedacht zu sein, dass es ihr an nichts fehlte. Ein schönes Gefühl. Vielleicht konnte sie ihn überreden, zu bleiben, zumindest so lange, bis die Polizei kam. Sie war sich plötzlich nicht sicher, ob sie das Gespräch allein führen wollte. Eine bisschen Unterstützung, allein durch seine Anwesenheit, wäre sicher nicht schlecht.

Mit wenigen großen Schlucken leerte sie die Flasche. Das tat gut. Das war es, was ihr zu dem wunderbar weichen Empfinden in den Gliedern noch gefehlt hatte. Sie fühlte sich gleich besser. „Danke."

Er nickte und nahm ihr die Flasche ab. „Brauchst du noch etwas?"

Alix schüttelte den Kopf, ließ ihn aber nicht aus den Augen. „Ich glaube nicht."

Sollte sie es wagen? Ihn zu fragen, ob er mit ihr auf die Polizei warten würde? Für gewöhnlich war sie nicht auf den Mund gefallen, aber wenn es darum ging, eine Schwäche einzugestehen, war sie eine Niete. Das fiel ihr unsagbar schwer. Sie wollte nicht schwach erscheinen. Aber wenn sie ihn bat, zu bleiben, war das eindeutig der Fall. Oder nicht?

„Das mit deinem Anzug tut mir leid." Sie zeigte auf die Blutflecken und umging die Frage, die ihr auf der Zunge brannte. „Ich werde die Reinigung bezahlen." Hoffentlich ließ sich das schicke Teil säubern.

Colton sah an sich herunter. „Ich denke, der ist ruiniert."

Das dachte Alix auch. Aber sie hätte zu gerne gehofft, dass es doch möglich war. Was würde ein Anzug wie dieser kosten?

„Dann muss ich dir wohl einen neuen besorgen." Sie lachte unbeholfen und ging in Gedanken ihre Versicherungen durch. Gab es da eine, die einen solchen Schaden übernehmen würde? War das ein Fall für die Haftpflicht?

Colton starrte sie einen Moment ungläubig, fast schon entsetzt, an. „Wie kannst du erst an die Laken im Hotel denken und jetzt an meinen Anzug?" Er schüttelte den Kopf, als wäre das etwas, das sich seiner Vorstellung entzog. „Ich möchte weder, dass du meinen Anzug zur Reinigung gibst, noch dass du mir einen neuen besorgst. Weißt du, wie viele Anzüge ich besitze?" Er stieß ein ungläubiges Schnauben aus und zerdrückte die leere Flasche in seiner Hand.

Alix durchlief ein warmer Schauer. Sie mochte Männer, die eine deutliche Sprache sprachen und wussten, was sie wollten. „Viele?" Sie hob eine Augenbraue und versuchte, ihre Belustigung dahinter zu verstecken.

„Verdammt, ja, ich habe viele Anzüge." Er stand auf und donnerte die leere Flasche in den Mülleimer. Dann blieb er mit dem Rücken zu ihr stehen.

Alix erschrak über die heftige Reaktion. Was war los? Hatte er ebenfalls einen Schock erlitten und brauchte nun ein Ventil? Warum benahm er sich so?

Gewissensbisse meldeten sich. Hatte sie ihm überhaupt schon für seine Hilfe gedankt? Sie war wirklich nicht ganz auf der Höhe. Für gewöhnlich war sie ein äußerst dankbarer und freundlicher Mensch. In den letzten Tagen war einiges schiefgelaufen.

Zeit, die Richtung zu ändern.

„Es tut mir leid. Ich werde dir deinen Anzug nicht ersetzen und habe auch nicht vergessen, dass du mir neue Laken besorgen wolltest."

Er schüttelte bei ihren ernst ausgesprochenen Worten den Kopf, drehte sich aber nicht um.

„Colton ... danke, dass du mir geholfen hast, bei mir geblieben bist und auf den Rettungswagen gewartet hast. Das war sehr nett von dir." Beim letzten Satz wurde ihre Stimme weich.

Ein Seufzen erfüllte den Raum. „Entschuldige meinen Ausbruch. Ich denke, der Vorfall hat mir auch ein wenig zugesetzt." Ihrem Blick ausweichend, kehrte er zu dem Stuhl zurück. „Die Kugel hätte dich töten können."

Daran versuchte Alix nicht zu denken. „Hat sie aber nicht." *Gott sei Dank.*

Er nickte und sah nachdenklich auf seine Finger. Auch an ihnen klebte Blut. Im nächsten Augenblick griff er in seine Jackentasche und zog etwas heraus. „Ich habe dein Handy mitgebracht und das Geld aufgesammelt, das auf dem Boden lag. Außerdem habe ich die Anmeldung abgeschlossen und das Schild mit deiner Handynummer aufgehängt." Mit einem Klimpern zog er ihren Schlüsselbund aus der anderen Tasche.

Er gab ihr alles und stand auf. Seinen Blick hielt er gesenkt. „Ich bin gleich wieder da. Ich muss mir die Hände waschen."

Wow!

Weg war er. Ohne sich noch einmal umzudrehen.

Colton West hatte wirklich an alles gedacht – mal wieder. Sogar daran, die Anmeldung abzuschließen, wie sie es stets machte, wenn sie nicht im Haus war.

Ob er eine Freundin hatte? Wenn ja konnte die Frau sich glücklich schätzen. Männer wie er waren eine Seltenheit.

***

Colton schäumte sich zum zweiten Mal die Hände ein und versuchte auch die letzten Reste dieses Wahnsinns abzuwaschen. Die vergangene Stunde war ein Albtraum gewesen. Wieso ballerte jemand in einem winzigen Hotel wie dem *Three Rooms* herum? Und alles nur wegen ein paar lumpiger Kröten. Sehr hoch konnte die Ausbeute nicht gewesen sein.

Verdammter Verbrecher!

Er war sich nicht sicher, ob Alix sich im Klaren darüber war, wie viel Glück sie wirklich gehabt hatte. Der Schuss hätte sie auch weiter links treffen können, dann wäre sie womöglich jetzt tot. Er stieß einen fassungslosen Laut aus und trocknete sich die Hände ab. Hauptsache die Laken ihres Liebesnests bekamen keine Flecken. Diese Frau war sonderbar.

Ohne Zweifel bedeutete ihr das Hotel alles. Ein zusätzlicher Grund, warum er mit ihr zusammenarbeiten wollte. Diese außergewöhnliche Hingabe besaß nicht jeder. Es war etwas Besonderes. Eine Ausnahme.

Colton liebte sein Hotelimperium ebenfalls. Aber er hatte die *West Hotels* nicht aufgebaut. Er führte sie in der dritten Generation und würde sich niemals in einen Kugelhagel werfen, um seine Einnahmen zu retten. Nicht dass die Möglichkeit jemals bestehen würde. Er hatte schließlich rund um die Uhr Angestellte und Sicherheitspersonal im Haus.

Selten hatte Colton sich so geärgert, zu spät zu einem Termin gekommen zu sein. Wenn er da gewesen wäre, hätte er Alexandra Harrison von dieser Dummheit, sich mit dem Dieb anzulegen, abhalten können. Ganz sicher sogar. Er war schließlich größer und stärker als sie.

Seit er vor sechs Monaten zum ersten Mal das Waldzimmer gebucht hatte, ging Alix ihm nicht mehr aus dem Kopf. Sie war eine bemerkenswerte Frau und führte das Hotel nahezu allein. Was in seinen Augen ein Ding der Unmöglichkeit darstellte. Entweder sie saß an der Anmeldung und arbeitete – woran auch immer – oder der verglaste Bereich um ihren Computer herum war abgeschlossen. In dem Fall wurden die Gäste gebeten, sich notfalls auf dem Handy zu melden.

Colton mochte sich gar nicht vorstellen, wie festgeschnallt sie sich manchmal fühlen musste. Wie es schien, war sie ununterbrochen im Einsatz. Er bewunderte Menschen, die bereit waren, für einen Traum alles zu geben.

Er drehte das Wasser ab und griff nach einem Papiertuch, um sich die Hände zu trocknen. Es wurde Zeit zurückzukehren. Alix wusste es noch nicht, aber er plante, sie nach Hause zu bringen, egal wie lange er hier noch ausharren musste. Es war nicht nur sein schlechtes Gewissen, was ihn dazu drängte. Er mochte diese faszinierende Frau und wollte sich vergewissern, dass sie mit der verletzten Schulter allein klarkam.

Kapitel 7

Alix war zutiefst beeindruckt von Colton West, ihrem selbsternannten Retter. Er war nicht nur ins Krankenhaus gekommen, er war auch geblieben, während die Polizei ihre Fragen gestellt hatte. Und die Krönung: Nach all den Strapazen hatte er sie um drei Uhr morgens nach Hause gefahren, ohne einmal zu murren. Sehr beeindruckend.

Als er ihr nun aus seinem Luxusschlitten half, fühlte sie sich wie nach einer langen Bergexpedition, die sie in der Endphase ohne rettende Kohlenhydrate hatte überleben müssen.

Sie war erledigt und hundemüde, ihre Schulter tat trotz der Schmerzmittel, die sie im Krankenhaus bekommen hatte, weh und außerdem wusste sie nicht, wie sie sich mit einer Hand ausziehen und morgen wieder anziehen sollte. Den Arm mit der verletzten Schulter trug sie leider Gottes in einer Schlinge vor der Brust. Der Gedanke, in den verdreckten Sachen zu schlafen, war zwar ekelig, aber extrem verlockend.

„Du solltest noch etwas essen, bevor du dich ins Bett legst." Colton schloss die Autotür und trat an ihre Seite, als ob er befürchtete, sie könnte umkippen, wenn er nicht aufpasste. Zum Glück hatte er den Parkplatz auf der Rückseite des Hotels gewählt, sodass sie nicht weit laufen musste.

War er immer so fürsorglich? Das gefiel Alix ausgesprochen gut. Sie gehörte zu den Frauen, die es mochten, sich umsorgen zu lassen. Hin und wieder war das eine willkommene Abwechslung.

„Hmm." Allein der Gedanke an eine Mahlzeit ließ Alix' Magen knurren. Da sie gedacht hatte, mit Colton essen zu gehen, hatte sie seit dem Frühstück nichts mehr zu sich genommen. Im Krankenhaus war sie noch nicht hungrig gewesen, aber seit der Schreck etwas nachgelassen und Colton die Führung übernommen hatte, kam das Hungergefühl mit Macht zurück.

„Mach ich", antwortete sie und überlegte gleichzeitig, ob sie nicht doch besser ins Bett kroch und sich die Decke über den Kopf zog. Sie würde die Entscheidung vom Inhalt ihres Kühlschranks abhängig machen. Ihr letzter Einkauf war schon eine Weile her.

„Alix?" Colton war vor dem Hintereingang des *Three Rooms* stehen geblieben. „Gib mir deinen Schlüssel."

Sie tat, wie ihr geheißen, ohne zu widersprechen. Ihr Retter schloss auf und Alix wollte sich ihm zuwenden, um sich von ihm zu verabschieden, als er sich vorbeugte, unter ihre Knie fasste und sie hochhob.

Huch!

Mit nur einem Arm klammerte sie sich umständlich an seinen Hals und gab ein hilfloses Quieken von sich. „Colton!"

Natürlich ignorierte er ihren Protest. „Wo soll ich hin? Du musst mir den Weg weisen." Er grinste, als würde es ihm nichts ausmachen, sie zu tragen. Zum zweiten Mal an diesem verrückten Tag.

„Rechts entlang, am Ende des Flures, ist eine Tür, auf der *privat* steht. Da wohne ich."

Nickend setzte der wunderbare Mann mit einer Brust aus stahlharten Muskeln sich in Bewegung. „Glaubst du, du kommst alleine klar oder soll ich noch etwas für dich erledigen?"

Hilf mir beim Ausziehen!

Stopp!

Bevor Alix von den zweideutigen Gedanken einen roten Kopf bekam, presste sie hervor: „Danke, du hast schon mehr getan, als ich verlangen kann."

Vor ihrem Privatbereich setzte er sie behutsam ab und schloss auch diese Tür für sie auf. Alix konnte ein Gähnen nicht unterdrücken.

„Wo ist das Schlafzimmer?"

Sie hielt inne. „Warum?", fragte sie und klappte den Mund zu.

Colton grinste, wie es nur ein Mann konnte, der sich seiner Ausstrahlung absolut sicher war. „Ich würde dich gerne ins Bett bringen. Ich glaube, du bist hundemüde."

Da hatte er verdammt recht. Trotzdem würde seine Hilfe jetzt und hier enden. Sie waren kein Paar und sie würde sich ganz sicher nicht von ihm wie ein kleines Mädchen ins Bett bringen lassen. Das ging eindeutig zu weit!

Bevor er ein weiteres Mal nach ihr greifen und sich über sie hinwegsetzen konnte, legte sie ihm ihre freie Hand auf die Brust, die sie eben schon kurz hatte erfühlen dürfen.

„Ab jetzt komme ich allein klar. Danke für deine Hilfe." Ihre Stimme war freundlich, hatte aber einen festen Klang und duldete keinen Widerspruch. Das schien auch Colton zu spüren, denn er nickte und zog sich innerlich zurück. Sie sah es an seinen Augen. War er etwa ein klitzekleines Bisschen enttäuscht?

„Wie du willst." Unglaublich sanft strich er ihr über die Wange und sah sie lange an. „Vergiss nicht, noch etwas zu essen. Schmerzmittel auf nüchternen Magen sind nie gut." Er drehte sich um, augenblicklich wieder gut gelaunt. „Wir sehen uns morgen."

Was?

Fragend blickte Alix auf seine ansehnliche Kehrseite. *Warum sahen sie sich morgen?*

***

Als Colton sich während seiner Mittagspause, die er für gewöhnlich nicht außer Haus verbrachte, plötzlich in Shoreditch wiederfand, war er sich nicht sicher, ob er das Richtige tat. Seine Schwester hatte ihm schon oft geraten, weniger aufdringlich zu sein. Aber er konnte unmöglich in seinem Büro sitzen, wenn er nicht wusste, wie es Alexandra Harrison ging. Hatte sie überhaupt Schlaf gefunden? Sie war entkräftet und müde gewesen, als er sie abgesetzt hatte. Aber das musste nichts heißen. Eine Garantie für erholsamen Schlaf war Erschöpfung nicht. Schon gar nicht, wenn sie die Bilder dieses Schießwütigen verfolgen würden und sie wegen der Schulter nicht richtig liegen konnte.

Zu gerne hätte er mehr für sie getan. Aber sie hatte ihm einen Korb gegeben und ihn nicht mal über die Türschwelle treten lassen. Ob ihr privates Reich genauso extravagant war wie die drei Zimmer, die sie vermietete? Zutrauen würde er ihr alles.

Colton betrat das *Three Rooms* und sah Alix über ihren Computer gebeugt an der Anmeldung sitzen. Nichts ließ darauf schließen, dass sie erst vor wenigen Stunden angeschossen worden war. Außer vielleicht der Arm, den sie angewinkelt in einer Schlinge trug. Wie konnte sie so unvernünftig sein und heute arbeiten?

„Solltest du nicht im Bett liegen?", begrüßte er sie wenig freundlich. Sofort ärgerte er sich über sich selbst. Er hatte sich doch vorgenommen, sich in den Griff zu kriegen und seine Emotionen besser im Zaum zu halten. Dieses bemutternde Verhalten ließ seine Schwester stets mit den Augen rollen. Alternativ zeigte sie ihm auch gerne den Mittelfinger.

„Mr West, mit Ihnen habe ich heute nicht gerechnet. Sind Sie gekommen, um mir neue Laken zu bringen?" Alix schmückte ihre Frage mit einem Lächeln aus, das leicht erschöpft wirkte.

Verdammt! Die Laken hatte er völlig vergessen. Zog sie ihn damit auf? Oder meinte sie das tatsächlich ernst? Er war verwirrt.

„Sind wir jetzt wieder bei Mr West angelangt, Ms Harrison?" Ihm hatte das Colton aus ihrem Mund gefallen. Es hatte etwas Vertrautes, das sich nach dem verrücken Vorfall von gestern gut angefühlt hatte. Er war nicht bereit, es wieder aufzugeben. Er wollte seinen Vornamen aus ihrem Mund hören.

„Das war gestern. Die Situation war ... eine besondere gewesen. Ich habe mich kurzzeitig vergessen, weil Sie so nett waren." Sie räusperte sich und jetzt wusste Colton, dass sie nicht nur erschöpft aussah, sie würde gleich vom Stuhl kippen, wenn sie nicht aufpasste. Was sollte der Mist?

„Alix!" Er sah sie scharf an und beugte sich über den Tresen in ihre Richtung. „Du gehörst ins Bett und nicht hinter einen Computer. Wie lange sitzt du schon hier?" Schon oft hatte er gesehen, dass sie an verschiedenen Webseiten arbeitete, während sie auf Hotelgäste wartete.

Die Frau vor ihm versuchte offenbar, ihre Gefühle hinter einem erzwungenen Lächeln zu verstecken. Der Gast war schließlich König. Er wusste das genauso gut wie sie.

„Also schön. Guten Morgen, *Colton*." Sie seufzte und ihr Lächeln wurde herzlicher. „Ich weiß zwar nicht, warum du dich um mich sorgst und hier bist, aber ich warte auf einen Freund. Der wird mich ablösen. Dann kann ich mich für ein paar Stunden ausruhen."

Na wenigstens etwas.

„Gut." Er riss sich zusammen und bohrte nicht weiter nach. Ob sie überhaupt geschlafen hatte? Viele Stunden konnten es nicht gewesen sein. Sie waren schließlich erst gegen drei Uhr zurückgekommen. „Du solltest heute nicht arbeiten. Und morgen auch nicht."

Mit der Bemerkung entlockte er ihr ein Augenrollen, das dem seiner Schwester sehr ähnlich war. „Du hast recht. Aber manchmal kann ich mir das nicht aussuchen. Ich bin für mein Hotel allein verantwortlich. Da du selbst Besitzer mehrerer Hotels bist, wirst du mich sicher verstehen." Ihr Blick war zuckersüß, als wollte sie ihn mit der Antwort herausfordern, etwas anderes zu behaupten.

Offensichtlich hatte sie Nachforschungen über ihn angestellt. Er hatte damit gerechnet. Sie war eine clevere Geschäftsfrau und wäre unter keinen Umständen unvorbereitet in ein Geschäftsessen mit ihm gegangen.

Noch ein Grund mehr, sie für seine Idee zu begeistern. Sie würden perfekt zusammenarbeiten.

„Wie geht es dir?" Ihm fiel auf, dass das die Frage war, die er besser gleich zu Beginn gestellt hätte. Beim nächsten Mal würde er sich daran erinnern.

„Gut."

Colton studierte ihr blasses Gesicht und glaubte ihr nicht. „Versuch es noch mal und sag mir ehrlich, wie es dir geht. Hast du Schmerzen?" Er deutete auf ihre Schulter. Dass sie eine Sportjacke mit Reißverschluss trug, sagte ihm, dass sie es nicht geschafft hatte, ein Kleidungsstück über den Kopf zu ziehen.

Alix seufzte und schloss sämtliche Fenster auf ihrem Monitor. Sie hielt den Oberkörper merkwürdig verkrampft und bemühte sich, sich so wenig wie möglich zu bewegen.

Am liebsten hätte Colton sie gepackt und ins Bett getragen. Es hatte ihm gefallen, ihren Körper an seinem zu spüren. Sie war klein und zierlich und wog fast nichts. Zumindest empfand er das so.

„Du hast recht. Es geht mir nicht so gut, wie ich gehofft habe. Meine Schulter schmerzt und die Tabletten, die ich bekommen habe, wirken nicht. Sie machen mich nur unendlich müde."

Wenn sie nicht verletzt gewesen wäre, hätte er sie am liebsten geschüttelt. Was dachte sie denn? Dass sie nach einer solchen Nacht wie gewohnt weitermachen konnte?

„Alix ..." Er redete sanft und leise, als würde er mit einem scheuen Tier sprechen. Vielleicht ging es ihr genauso und sie freute sich, ihren Spitznamen aus seinem Mund zu hören. „Du hast etwas Schlimmes erlebt und solltest dir eine Auszeit nehmen." Er griff nach ihrer Hand und drückte sie. Dabei strich er mit dem Daumen über ihren Handrücken.

Sie sah erst auf seine Finger und anschließend in sein Gesicht. Ihr Blick hielt etwas zurück, das er nicht deuten konnte.

„Du wirst lachen", sie räusperte sich, „zu dem Schluss bin ich vor wenigen Minuten auch gekommen." Sie ließ sich verkrampft von dem hohen Stuhl hinter dem Tresen gleiten. Anscheinend widerstrebte es ihr, Schwäche zu zeigen oder klein beizugeben. „Deshalb kommt Austin. Er wird mich bis heute Abend vertreten. Dummerweise ist ausgerechnet heute viel los, sodass ich die Anmeldung nicht unbesetzt lassen kann."

Er sah sie einen Moment an. „Wer ist Austin?"

Eigentlich ging ihn das nichts an. Aber wenn dieser Austin zur Familie gehörte und vom gleichen Schlag wie Alix' Bruder war, würde er ihr lieber seine Hilfe anbieten. Er beschäftigte genug Personal, um ihr aushelfen zu können, wenn es nötig sein sollte. Das mochte ungewöhnlich sein, aber er strebte eine Zusammenarbeit mit ihr an und deshalb brauchte er sie gesund und fit. Wenn sie sich nicht ausruhen konnte, würde das auch seinem Plan für die gemeinsame Zukunft schaden.

Alix hielt seinem Blick stand, bevor sie antwortete. Offensichtlich fragte sie sich ebenfalls, warum er das wissen wollte. „Austin ist in erster Linie ein Freund und in zweiter Linie ein Geschäftspartner.“

Sofort spitze Colton die Ohren. Sie hatte einen Geschäftspartner? Wenn sie bereits mit jemandem verbündet war, würde sie sein Angebot möglicherweise ablehnen. Oder sie konnte keine Entscheidungen ohne Rücksprache treffen. Das wäre ungünstig.

Alix lachte und hielt sich gleich darauf den Arm, während sie die Lippen schmerzverzogen zusammenpresste. Lachen war offensichtlich keine gute Idee.

„Du müsstest dein Gesicht sehen“, sagte sie grinsend, nachdem sie zu Ende gegluckst hatte. „Du siehst so überrascht aus, als hätte ich dich um eine wilde Nummer in einem meiner Zimmer gebeten.“ Wieder versuchte sie ein Lachen zu unterdrücken.

Was?!

So sah er ganz sicher nicht aus! Wenn sie ihn um Sex bitten würde, dann … keine Ahnung. Den Gedanken würde er jetzt nicht zu Ende denken. Aber sein Gesichtsausdruck wäre auf jeden Fall völlig anders.

„Ist Austin dein fester Freund?“ Er nahm an, dass sie keinen Freund hatte. Wenn dem so wäre, wäre er sicher ins Krankenhaus gekommen. Dann hätte sie ihn bei erster Gelegenheit angerufen. Aber er wollte sich vergewissern, deshalb fragte er lieber nach.

„Nein.“ Ihre Miene wurde ernst. „Ich denke, er würde es gerne sein, was auch ein Grund ist, warum er mir geholfen hat, das Startkapital für das hier …“, sie machte eine Kreisbewegung mit der Hand, die das Hotel einschließen sollte, „… zu bekommen. Er arbeitet als Investmentbanker. Wir haben uns zufällig in der Bank getroffen, als ich einen Kredit beantragen wollte.“ Sie zuckte mit der gesunden Schulter. „So haben wir uns kennengelernt. Ich wollte mich nach verschiedenen Möglichkeiten erkundigen und dann hat Austin nach einer kurzen Kennenlernphase angeboten, mir zu helfen. Als klar wurde, dass ich ohne zusätzliche Sicherheiten keinen Kredit bekommen würde, ist er ohne zu überlegen eingesprungen.“

Wie löblich. Wenn dieser Austin nur ein Geldgeber war, konnte Colton damit leben.

„Hast du eine Freundin? Eine Frau?“ Alix stellte die Fragen und mied seinen Blick. Interessant. Was das wohl bedeutete? War sie nur neugierig oder mochte sie ihn vielleicht mehr als sie sich eingestehen wollte? Er mochte sie. Sehr sogar.

„Nein.“ Er näherte sich ihr und hoffte, dass sie nicht zurückweichen würde. Er wollte ihren Duft riechen. Ob sie es geschafft hatte, mit der verletzten Schulter zu duschen? Wenn nicht, sollte er ihr für den nächsten Versuch seine Hilfe anbieten.

Stopp! Woran dachte er da?

Colton räusperte sich. „Ich habe weder eine Freundin noch bin ich verheiratet. Die einzige Frau in meinem Leben ist meine nervige kleine Schwester. Und natürlich meine Mutter.“

Alix wirkte plötzlich befangen. Waren das zu viele Informationen? Diese Frau führte ein Stundenhotel und bekam bei einer harmlosen Antwort wie dieser einen roten Halsansatz? Wie niedlich.

„Alexandra Harrison. Was höre ich da? Du bist angeschossen worden?“ Ein tiefer Bariton tönte hinter ihnen und ließ den intimen Moment sofort zerplatzen.

Als Alix über seine Schulter spähte und anschließend erstrahlte, drehte Colton sich um.

„Austin! Wie schön, dass du Zeit hast", begrüßte sie ihren Besuch und wandte sich gänzlich von Colton ab. Im nächsten Moment bekam sie gleich drei Begrüßungsküsschen auf die Wangen gedrückt. Ihre Erschöpfung schien sich in Luft aufzulösen. Zumindest äußerlich.

Colton starrte den Mann, der bereit war für Alix einzuspringen, an. Diesen alten Sack konnte er sich nur zu gut in einer Bank vorstellen. Er schätzte ihn auf Mitte fünfzig. Er trug einen Anzug, der seinem von Qualität und Standard in nichts nachstand. Außerdem schmückte ein Ziegenbärtchen sein kantiges Kinn und in der linken Hand hielt er einen schwarzen Regenschirm, der ihm vermutlich als Spazierstock diente.

Träumte er? Der Kerl war gut dreißig Jahre älter als Alix! Hatte sie ihm nicht erst vor wenigen Minuten erzählt, dass Austin an einer Beziehung mit ihr interessiert wäre?

Never ever! Der Mann könnte ihr Vater sein.

„Darf ich dir Colton West vorstellen?" Sie zog ihren in seinen Augen altersschwachen Freund am Arm in seine Richtung. „Colton, das ist Austin St. John. Ein guter Freund von mir."

Noch bevor Colton etwas – bestimmt Unpassendes – sagen konnte, klingelte sein Handy. Eindeutig Fügung. So bekam er einen Moment, sich die nächsten Worte gut zu überlegen. Er war wegen seines forschen Auftretens schon in genug Fettnäpfchen getreten.

Er lächelte Alix' Freund an, hob entschuldigend die Hand und nahm das Gespräch entgegen. Es war seine

Assistentin, die ihm mitteilte, dass sein nächster Termin im Haus war und auf ihn wartete.

Verdammt! Hastig sah er auf die Uhr. Es war mehr Zeit vergangen, als er für eine gewöhnliche Mittagspause benötigte. „Es tut mir leid. Ich wurde aufgehalten", antwortete er seiner Assistentin. „Ich bin in zehn … nein, sagen wir sieben Minuten zurück. Bitte kümmern Sie sich um alles." Er legte ohne auf eine Antwort zu warten auf und sah Alix entschuldigend an. „Ich muss los. Leider." Er steckte das Handy weg und ignorierte St. Johns fragenden Blick.

„Natürlich. Das verstehe ich." Sie zwinkerte ihm verschwörerisch zu, als wollte sie sagen: *Ich führe ebenfalls ein Hotel. Termine gehen vor.*

Verrücktes Huhn.

„St. John", verabschiedete er sich mit einem höflichen Nicken, das nichts preisgab, von ihrem Freund. Am liebsten hätte er Alix vor dessen Augen ein Küsschen auf die Wange gehaucht.

Warum eigentlich nicht? Dieser aufdringliche Kerl hatte ihr schließlich gleich drei gegeben.

Colton tat, was ihm durch den Kopf ging und umarmte Alix zusätzlich. „Ruh dich aus", flüsterte er ihr ins Ohr und zog sich zurück. Hoffentlich beherzigte sie seinen Vorschlag. Vorzugsweise allein.

Kapitel 8

Alix starrte Colton hinterher.

„Wer war das denn?" fragte Austin irritiert. Coltons Duft hing noch in der Luft und Alix' Wange fühlte sich kribbelig an, wo er sie geküsst hatte.

Überrascht stellte sie fest, dass sie im ersten Moment keine Antwort wusste. Wer war der Mann, der gerade in Windeseile zu seinem Auto hetzte? Ein Retter in der Not? Ein Freund? Ein möglicher Geschäftspartner? Ein Hotelgast? Himmel! Sie war erschöpft und verwirrt. Irgendwie war Colton West in den letzten Tagen von allem ein bisschen gewesen.

„Er ist ein Hotelgast, der mir gestern den Arsch gerettet hat", entschied sie sich zu sagen. Sie lehnte sich mit dem Rücken gegen den Tresen und spürte eine neue Welle der Erschöpfung in sich aufsteigen. Sie brauchte eine Mütze Schlaf – und zwar bald. „Ohne ihn läge ich womöglich noch immer blutend auf dem Boden hinter der Anmeldung." Ihre Augen schlossen sich für eine Sekunde.

„Für einen Hotelgast ist er aber sehr vertraut mit dir umgegangen." Austin schnaubte.

Hörte sie da Eifersucht heraus? Alix atmete durch und öffnete die Augen. „Er ist ein Stammgast und jetzt ein Freund." Dass er ihr einen Job angeboten hatte, würde sie Austin nicht verraten. Sie wusste ohnehin nicht, was das für eine Chance war, die sie laut West besser nicht ausschlagen sollte. Dummerweise war Austin ein sehr besitzergreifender Mann. Es wäre ihm sicherlich nicht recht, wenn Alix eine geschäftliche Veränderung in Betracht ziehen würde.

Streng genommen war es eh kaum möglich, solange das Darlehen nicht getilgt war. Sie war von der Bank abhängig und hatte Raten zu zahlen. Keiner wusste das besser als Austin. Schließlich war er ihr Berater gewesen. Ihr ganz persönlicher Berater, der ihr mehr geholfen hatte als sie sich jemals erhofft hatte. Er war sogar mit eigenem Kapital eingestiegen, weil die Bank ihr weniger angeboten hatte als für die Renovierung und Eröffnung des *Three Rooms* vonnöten gewesen war.

Alix hatte sich damals sehr über die Tatsache gefreut, dass er an ihren Traum glaubte. Zu Recht, wie sie nach nicht mal einem Jahr fand. Ihr Hotel lief gut, besser als erwartet. Austin brauchte seine Investition nicht zu bereuen.

„Du bist blass." Er legte ihr eine Hand auf die Schulter und riss sie aus den Gedanken. „Geh und leg dich hin. Du kannst mir später erzählen, was gestern überhaupt passiert ist." Sein Blick wurde einfühlsam. „Ich komme allein klar. Ist ja nicht das erste Mal, dass ich für dich übernehme."

Hörte sie da einen Vorwurf heraus? Es klang fast so. Sanft aber bestimmt drückte er sie. Alix fuhr zusammen und erstarrte. Au! Er hatte seine Hand gleich neben ihre Verletzung gelegt. Kurz wurde es dunkel um sie. Der Schmerz ließ sie innehalten. Alix stieß die Luft aus und trat zurück, sodass er die Hand wegnehmen musste.

„Gib mir ein paar Stunden, dann kann ich dich wieder ablösen." Bevor er mitbekam, wie schlecht es ihr wirklich ging, drehte sie sich um und ging den Gang hinunter zu ihren Privaträumen. Sobald sie allein wäre, würde sie eine weitere dieser Schmerzpillen einwerfen. Unter Umständen musste sie nur die Dosis erhöhen, damit die verfluchten Dinger Wirkung zeigten.

Am frühen Abend fühlte Alix sich erholt genug, um Austin nach Hause zu schicken. Sie hatte ein paar Stunden tief und fest geschlafen, sodass es ihr deutlich besser ging. Außerdem schien sie endlich die richtige Dosierung für die Schmerzmittel gefunden zu haben. Entweder das oder die Heilung setzte bereits ein. Sie würde es wissen, sobald sie später das Pflaster gewechselt und einen Blick auf die Wunde geworfen hätte.

Mit einem Lächeln auf den Lippen trat sie an die Anmeldung, hinter der Austin saß. Er war in sein Handy vertieft und bemerkte sie nicht sofort. Vor ihm stand ein Laptop, auf dem ein Bankdokument geladen war. Anscheinend hatte er seinen Arbeitsplatz kurzfristig verlagert.

Alix fühlte sich gleich besser. Wenn er die Zeit sinnvoll nutzen konnte, brauchte sie kein schlechtes Gewissen zu haben. Sie hielt ihn schließlich von nichts ab.

„Hey du", begrüßte sie ihn und klang noch ein wenig verschlafen.

„Alix." Er sah hoch und steckte das Handy weg. „Du siehst besser aus. Hast sogar mehr Farbe im Gesicht." Er lächelte breit.

„Ich fühle mich auch besser. Die kurze Pause hat Wunder gewirkt." Sie erwiderte sein freundliches Lächeln. „Danke, dass du eingesprungen bist."

„Habe ich gern gemacht. Das weißt du doch." Er stand auf, kam um den Tresen herum und schloss sie in die Arme. Alix ließ sich gegen ihn sinken und genoss das warme Gefühl der Geborgenheit. Sie war deutlich kleiner als Austin, weswegen sein Ziegenbärtchen sie an der Stirn kitzelte. Als ihr der Duft seines Aftershaves zu viel wurde, löste sie sich von ihm. Er hatte das Prinzip von weniger ist mehr noch nicht verstanden.

„Ist irgendwas Ungewöhnliches in den letzten Stunden passiert?"

„Nein." Austin grinste, während sie an ihren Arbeitsplatz ging. „Alles paletti, dein Hotel steht noch. Keiner wurde angeschossen, kein Blut ist geflossen und ins Krankenhaus musste auch niemand."

Alix setzte sich. Im Handumdrehen war ihr schlechtes Gewissen wieder da. „Du möchtest wissen, was gestern passiert ist." Es war eine Feststellung, keine Frage. Sie griff nach einem Kugelschreiber, damit ihre Hände etwas zu tun hatten. Schlagartig war sie nervös. Als sie ihn am Morgen angerufen und um Hilfe gebeten hatte, hatte sie ihm nur das Nötigste berichtet. Wie viel konnte sie Austin erzählen? Sollte sie erwähnen, dass der Schütze ein Freund von Charly gewesen war? Der Polizei hatte sie diese Kleinigkeit vorenthalten.

„Aber natürlich. Du dachtest doch nicht etwa, dass ich gehe, ohne eine Erklärung zu verlangen." Austins Blick wurde ernst. Er guckte wie ihr Vater vor einer Strafpredigt. „Ich war von Anfang an für ein extern überwachtes Sicherheitssystem. Zumindest eine Videoüberwachung der Anmeldung ist in meinen Augen unverzichtbar." Sorge, die sie durchaus nachvollziehen konnte, sprach aus seiner Stimme.

Alix wusste, dass Austin großen Wert auf Sicherheit legte. Sie diskutierten darüber nicht zum ersten Mal. Diesmal würde sie ihm Recht geben müssen. In Zukunft musste sich etwas ändern. Ein zweites Mal durfte so etwas nicht passieren.

Von jetzt auf gleich war die Erschöpfung, die sie so erfolgreich mit ein paar Stunden Schlaf bekämpft hatte, zurück. Aus tiefster Seele seufzte sie und fing an, von dem Überfall zu berichten.

Austin war ein guter Zuhörer. Er unterbrach sie nicht und stellte auch keine Zwischenfragen. Er hörte ihr zu und zuckte nur leicht mit der Augenbraue, als Charlys Name fiel. Spontan hatte Alix beschlossen, ihren Bruder zu erwähnen. Austin war nicht die Polizei. Sie vertraute ihm und das sollte er auch wissen. Dass er den Charly von früher kaum kannte, machte es natürlich nicht leichter, Verständnis zu zeigen. Der neue Charly war umso vieles schwieriger.

„Ich werde mich nächste Woche mit einigen Sicherheitsfirmen in Verbindung setzen und Kostenvoranschläge einholen", schloss sie ihren Bericht und hoffte, ihn damit zufriedenzustellen. Schließlich war es genau das, was er seit Wochen von ihr hören wollte.

Austin nickte und wirkte hochzufrieden. „Ich kann dir eine Auswahl verschiedener Firmen mit gutem Preis-Leistungs-Verhältnis zusammenstellen. Ich habe erst kürzlich selbst nach etwas Passendem für mein Sommerhaus gesucht."

Richtig. Er besaß ja ein Strandhaus in Cornwall. Sehr exklusiv, beste Lage, aber auch total versnobt. Alix konnte sich nicht vorstellen, jemals ein Sommerhaus zu besitzen. Wozu? Nur um dort ein paar Tage im Jahr Urlaub zu machen?

Sie wischte den Gedanken weg und holte Luft. Das Reden hatte sie angestrengt.

„Über deine Hilfe würde ich mich freuen", antwortete sie verspätet.

Ihre Unterhaltung fühlte sich plötzlich merkwürdig gestelzt an. Alix wusste nicht, was sie noch sagen sollte. Etwas, das sich ungewohnt und ein wenig fremd anfühlte, stand auf einmal zwischen ihnen.

„Kann ich dich noch zum Essen einladen?", fragte sie nach einem schweigsamen Moment, der viel zu lange dauerte. „Als Dank." Sie zwinkerte, um sich selbst locker zu machen. „Wir haben einen neuen China-Imbiss in der Straße, der auch ausliefert. Bis auf die Tatsache, dass er hin und wieder die Glückskekse vergisst, ist er wirklich gut."

Austin lachte und hangelte nach seinem Laptop, der immer noch geöffnet vor ihm stand. Der Bildschirmschoner war längst angesprungen. „Danke nein." Er klappte sein Arbeitsgerät zu und verstaute es in seiner Aktentasche. „Nach achtzehn Uhr esse ich keine Kohlenhydrate mehr. Und für Glückskekse habe ich mich noch nie interessiert."

Alix musste über seinen Kommentar schmunzeln. Colton West hatte da offensichtlich eine ganz andere Meinung.

In den nächsten zwei Tagen hörte sie nichts von Colton. Auch ihr Bruder, den sie versucht hatte über das Handy zu erreichen, meldete sich nicht zurück. Entweder traute er sich nicht zu antworten oder er hatte tatsächlich mit ihr gebrochen. Das wollte Alix nicht glauben. Bloß das nicht.

Es gab auch noch eine dritte Alternative, bei der er zugedröhnt und halbtot im Straßengraben lag. Sie schüttelte sich. Daran wollte sie erst recht nicht denken. Niemals.

Keine Nachrichten konnten auch gute Nachrichten bedeuten. Daran musste sie festhalten.

Mit einem unguten Gefühl im Bauch hatte sie gestern bei ihren Eltern angerufen und ihnen von dem Überfall erzählt. Natürlich bekam ihre Familie nur die geschönte Kurzfassung zu hören. Wie erwartet hatte ihre Mutter wenig positiv reagiert. Anstatt sich zu freuen, dass ihr nichts Schlimmeres zugestoßen war, hatte sie sich über die Gefahren ausgelassen, die ein Hotel wie das *Three Rooms* mit sich brachte. Zum Glück war Alix schlau genug gewesen, den Streifschuss unerwähnt zu lassen. Die Information hätte ihre Mutter nur schwer verdauen können. Da war es besser, sie glaubte, dass Alix nur vorsorglich im Krankenhaus untersucht worden war.

Nach dem Gespräch hatte Alix ihr versichern müssen, dass sie bereits mit Austin über eine Sicherheitsfirma gesprochen hatte und es in Zukunft keinen Überfall mehr geben würde. Sobald der Name Austin gefallen war, war ihre Mutter gefügig geworden. Sie hielt eine Menge von dem Mann, der sein Vermögen im Bankwesen gemacht hatte. Dass Austin im Gegenzug wusste, wie er mit ihrer Mutter umgehen musste, machte vieles leichter. Noch etwas, wofür sie ihm dankbar sein konnte.

Wenn er nicht an ihr Hotelprojekt geglaubt und es vor ihren Eltern verteidigt hätte, hätte ihre Mutter sicher versucht, ihr das Seitensprunghotel auszureden.

Schon oft hatte Alix darüber nachgedacht, was eine Ehe mit Austin St. John ihr bringen würde. Nur Gutes.

Und trotzdem war sie heilfroh, dass er ihr bis jetzt keinen Antrag gemacht hatte. Sie war sich nicht sicher, ob sie ihn hätte annehmen können. Auch wenn sie sich gegenseitig sehr mochten und gut zusammenpassen würden, liebte sie ihn nicht. Nicht wirklich.

Austin schien mehr für sie zu schwärmen als sie für ihn.

In ihren Augen sah echte Liebe anders aus. Liebe war mehr als eine funktionierende Geschäftsbeziehung. Auch die Tatsache, dass sie zwanzig Jahre jünger war als er, schien ihm besonders gut zu gefallen.

Er war bereits achtundvierzig, wirkte aber deutlich älter. Das mochte an dem etwas zu langen Ziegenbärtchen und dem Regenschirm liegen, den er stets bei sich trug, selbst wenn es ein strahlend schöner Tag war. Diese Marotte war lächerlich und irgendwie altbacken. Vermutlich war sie, was Regenschirme anging, vorbelastet. Ihr längst verstorbener Grandpa hatte einen ähnlichen Regenschirm als Spazierstock genutzt. Eindeutig ein „Alte-Leute-Teil".

Schon oft hatte Alix gedacht, dass eine deutlich jüngere Freundin möglicherweise etwas war, womit Austin vor seinen Geschäftspartnern angeben konnte. Es war nur eine Vermutung. So genau kannte Alix sich in

Austins Freundeskreis nicht aus. Sie hatte bisher nur wenige von seinen Leuten kennengelernt. Er schien nicht viele echte Freunde zu haben.

„Woran denkst du?", riss eine vertraute, leicht belustigte Stimme sie aus den Gedanken.

Colton.

Der Mann, der dicht vor ihr an der Anmeldung stand und sie aus den Tagträumen gerissen hatte, strahlte sie an, sodass ihr sofort warm ums Herz wurde. So sah gute Laune aus. Er hatte sich auf den Tresen gestützt und sie offenbar schon länger beim Grübeln beobachtet. Wie hatte ihr das entgehen können?

„Hey." Ihre Freude über seinen Besuch war nicht gespielt. Sie hatte schon befürchtet, dass er sie und das Jobangebot vergessen hatte. „Ich denke über nichts Bestimmtes nach", sagte sie lächelnd und räusperte sich, weil ihre Stimme irgendwie anders klang. Piepsiger.

Wie immer, wenn sie ihn bisher gesehen hatte, trug er einen Anzug und war glatt rasiert. Allerdings wirkten seine schwarzen Haare heute ein wenig zerzauster als sie es von ihm gewohnt war. Vielleicht war es draußen windig.

„Was treibt dich her? Brauchst du das Waldzimmer? Es ist leider bis heute Abend belegt."

Ihre Stimme klang immer noch ungewöhnlich. Seit sie blutend in seinen Armen gelegen hatte, war irgendetwas anders. Alix wollte es nicht zugeben, aber dieser gut duftende Mann machte sie ein kleines bisschen nervös. Vor allem, wenn er so nah vor ihr stand und sie im Auge behielt.

„Ich bin nicht wegen einer Reservierung hier. Ich bin für eine Frau gekommen, der ich ein Geschäftsessen schulde", antwortete er ernst und ließ seinen Blick über ihre verletzte Schulter gleiten. Da die blöde Schlinge sie während der Arbeit behindert hatte, hatte sie sie einfach weggelassen.

„Das Geschäftsessen. Dann hast du es also doch nicht vergessen." Das warme Gefühl von eben breitete sich weiter aus.

„Natürlich nicht." Er schien empört. „Ich hatte nur viel zu tun und wollte dir ein paar Tage Zeit geben, dich zu erholen."

Das hörte sich logisch an.

„Wie alt bist du?", rutsche es ihr heraus. Kaum ausgesprochen schoss ihr die Röte ins Gesicht. Ach Gottchen! Das hatte sie gar nicht fragen wollen. Nur weil sie eben über ihren Altersunterschied zu Austin nachgedacht hatte, war ihr die Frage rausgeflutscht.

Colton lachte herzlich und aus dem Bauch heraus. „Lass mich raten ...", sagte er, nachdem er sich wieder eingekriegt hatte, „... du fragst das, weil du nicht noch eine Geschäftsbeziehung mit einem alten Sack wie diesem St. John eingehen willst."

„Er ist kein alter Sack." Alix fühlte sich genötigt, Austin zu verteidigen. „Er ist gerade mal achtundvierzig. Das ist nicht alt."

„Stimmt", pflichtete Colton ihr bei und beugte sich weiter vor. „Ich hätte ihn älter geschätzt. Aber ich kann dich beruhigen. Ich bin letzten Monat erst dreißig geworden. Es dauert also noch ein paar Jahre, bis ich in Rente gehe."

Wie schön.

„Herzlichen Glückwunsch nachträglich."

„Danke. Wie alt bist du?" Gespannt und viel zu neugierig sah er ihr ins Gesicht.

„Das fragt man eine Frau nicht."

Colton zuckte mit den Schultern. „Du kannst es mir jetzt verraten oder ich erfahre es aus den Personalakten, wenn du mein Jobangebot annimmst."

Unverschämter Kerl!

„Du scheinst dir sehr sicher zu sein", empörte sie sich.

„Bin ich." Lässig zuckte er mit den Schultern und richtete sich auf. Dabei entfernte er sich ein Stück.

Alix stieß einen Seufzer aus, der mit einem Stechen in der Schulter endete. „Ich bin achtundzwanzig", verriet sie ihm.

„Du siehst deutlich jünger aus." Sein Kinn senkte sich.

„Gut möglich."

Er war nicht der Erste, der ihr das sagte. Alix war klein und zierlich und schminkte sich nicht sehr auffällig. Meistens benutze sie nur eine getönte Feuchtigkeitscreme und ein bisschen Wimperntusche, um ihre hellen Wimpern abzudecken. Ihre blonden langen Haare trug sie oft zurückgebunden, da es sie störte, wenn sie ihr beim Arbeiten am Computer ins Gesicht fielen. Alles in allem war sie kein auffälliger Vogel.

„Hast du Zeit für ein Mittagessen?" Coltons Blick bekam etwas Bittendes. „Wir könnten in der Nähe etwas essen gehen und dabei reden."

Alix freute sich. Bestimmt war es höchst ungewöhnlich, wegen eines Mittagessens aus dem Häuschen zu geraten. Trotzdem schmeichelte es ihr, dass sie wichtig genug war, dass er nicht lockerlassen wollte. Höchstwahrscheinlich ging er nicht oft in einen Imbiss. Das

Gespräch musste von Bedeutung sein. Zumindest für ihn.

„Wenn wir bis zwei zurück sind, können wir gerne zu dem Chinesen an der Ecke gehen." Sie zwinkerte und biss sich auf die Unterlippe, um ein Grinsen zu vermeiden. „Du weißt schon, der Laden, der gerne mal die Glückskekse vergisst."

Alix hätte vermutet, dass Colton über ihren lahmen Witz lachen würde, zumindest ein bisschen schmunzeln ... aber das tat er nicht. Er näherte sich ihr wieder, trat dichter heran als eben und sah ihr in die Augen. Seine Iris war blau und tief.

„An dem Tag hast du mich gehasst, gib es zu." Sein Mundwinkel zuckte jetzt doch verräterisch.

„Ein bisschen vielleicht." Sie sah kurz weg. „Ich dachte, du wolltest mich schikanieren. Wer legt schon Wert auf einen blöden Glückskeks?"

„Du hast recht." Jetzt sah er ihren Mund an.

Wie bitte?

„Du wolltest mich schikanieren? Absichtlich?" Ihre Überraschung darüber, dass er das einfach so zugab, war nicht gespielt. Was für eine bodenlose Frechheit! Am liebsten hätte sie ihn dafür geschlagen.

„Ich wollte dich testen. Ich wollte wissen, zu was du bereit bist. Wie wichtig dir die Zufriedenheit deiner Gäste ist."

Alix erstarrte innerlich. In der Regel ging ihr die Zufriedenheit ihrer Gäste über alles.

„Dann bin ich an dem Tag wohl durchgefallen." Was hatte sie noch mal auf das Papierchen, das sie ihm gereicht hatte, geschrieben?

„Nein, bist du nicht", sagte er beruhigend und sah ihr für einen Moment tiefer in die Augen. „Du beeindruckst mich stets aufs Neue, wenn ich hier bin. Du brennst für dein Hotel und deine Gäste. Ich habe noch nie jemanden wie dich kennengelernt." Den letzten Satz sprach er deutlich leiser, fast schon bewegt, aus.

Colton beugte sich vor und dann ... küsste er sie. Sein Mund war plötzlich auf ihrem. Zärtlich strich er mit seinen Lippen über ihre und sandte ein Kribbeln durch ihren Körper. Als hätte er alle Zeit der Welt, legte er eine Hand an ihre Wange. Sein Daumen streichelte über ihre Haut, während sein Mund sie weiter verwöhnte. Seine Zunge neckte sie, fuhr über ihre Unterlippe, drang aber nicht in ihren Mund ein.

Verdammt, war das gut.

Es war unmöglich, den kleinen genüsslichen Laut, der ihr entschlüpfen wollte, zurückzuhalten. Sie sank gegen ihn und war sich sicher, noch nie zuvor mit so viel Hingabe geküsst worden zu sein. Colton war zärtlich und einfühlsam zugleich.

Bevor er den Kuss vertiefen oder die Zunge einsetzen konnte, löste er sich von ihr und schaffte etwas Raum. Die Hand ließ er, wo sie war.

„Entschuldige. Das war nicht geplant." Er strich ein letztes Mal mit dem Daumen über ihre Wange, dann zog er seine Finger zurück. „Es ist einfach über mich gekommen", sagte er und räusperte sich.

Wahnsinn! Das war gut. Wenn es nach ihr ginge, konnte es öfter über ihn kommen. Alix war schon viel zu lange Single. Sie war nicht nur seit Jahren ohne feste Beziehung, sie hatte auch keine Zeit für Sex gehabt, seit sie das *Three Rooms* eröffnet hatte. Ihr Kopf war im letzten Jahr ständig mit anderen, viel wichtigeren Dingen beschäftigt gewesen. Da gab es keinen Platz für Männerbekanntschaften oder Spaß.

Möglicherweise konnte Colton der Durststrecke ein Ende bereiten. Der Besitzer der *West Hotels* war ohne Frage eine Augenweide. Dass er zu der selbstbewussten Sorte Mann gehörte, die gern die Führung übernahm, war ein zusätzlicher Pluspunkt.

„Komm, schließ die Anmeldung ab, häng dein Schild auf und lass uns gehen." Er streckte die Hand aus. „Ich verhungere."

Das tat Alix auch. Aber auf andere Art und Weise.

Kapitel 9

In dem Restaurant, es war eher ein Schnellimbiss, der über ein paar wenige Sitzgelegenheiten verfügte, zog Colton sie an der Hand zu einem kleinen Zwei-Personen-Tisch in der hinteren Ecke und wies sie an, Platz zu nehmen.

Er ließ sich ihr gegenüber nieder und griff nach dem Faltblatt, das auf dem Tisch lag. Wie bei einem Imbiss üblich, gab es keine umfangreiche Speisekarte, nur das Faltblatt oder die große Tafel, die über der Bestellannahme hing.

„Weißt du schon, was du möchtest?" Er studierte die Auswahl und verzog das Gesicht, als wäre das eine Zumutung.

Alix gluckste und schlug gleich darauf die Hand vor den Mund, als sie merkte, dass er blitzschnell zu ihr hochsah. Wie schon vermutet, war er Besseres gewohnt.

„Was?" Sein Blick spießte sie förmlich auf.

„Nichts ..." Sie nahm die Hand weg. „Es ist nur zu offensichtlich, dass du eher selten deine Mittagspause in einem Imbiss verbringst."

„Da hast du recht." Er legte das Blatt aus der Hand. „Such du etwas für mich aus. Das hast du schließlich bisher auch getan." Jetzt war es an ihm, zu grinsen und überlegen dreinzuschauen.

„Und du hast es fast nie angerührt", beschwerte sie sich. Alix hasste es, Essen wegzuwerfen.

„Vielleicht hätte ich dir sagen sollen, dass ich nicht auf Fastfood stehe." Sein Tonfall klang entschuldigend.

„Lass mich raten. Das gehörte auch zu dem Test."

Colton kratzte sich am Kopf und fühlte sich sichtlich unwohl. „Ich wollte wissen, wie flexibel du bist." Er räusperte sich umständlich. „Sei mir nicht böse, aber ich musste genau Bescheid wissen, bevor ich dir ein Angebot mache."

„Das muss ja ein tolles Angebot sein." Alix grinste und winkte dem Mann hinter der Kasse zu. Auch wenn sie nicht übermäßig hungrig war, konnte sie doch eine Kleinigkeit vertragen. Dummerweise war sie viel zu nervös, um das Essen zu genießen. Coltons Anwesenheit sowie sein Duft nach Mann und etwas sehr Reizvollem ließen ihren Körper von innen heraus kribbeln.

„Ich hoffe, dass du zusagst."

„Dafür muss ich erst mal wissen, worum es geht."

Der Imbissangestellte kam und sah erst Colton und anschließend Alix an. In der Hand hielt er einen Stift und einen Block.

Alix blickte kurz auf die Tafel mit der Auswahl. Wenn sie das Essen nicht schaffte, könnte sie es später einpacken lassen. „Wir nehmen zweimal das Mittagsmenu, eine Cola und …" Alix sah Colton an.

„… noch eine Cola", ergänzte er.

Kaum war der Mann mit ihrer Bestellung abgezogen, lehnte Alix sich zurück und verschränkte abwartend die Arme vor der Brust. In der Position spürte sie ihre Verletzung kaum. „Ich müsste lügen, wenn ich behaupten würde, nicht neugierig zu sein. Willst du mir endlich erzählen, worum es bei deinem Superduperangebot geht?“

Colton ließ sich nicht in die Karten gucken. Seine Miene war plötzlich verschlossen, fast schon geheimnisvoll. War er eben nett und zuvorkommend gewesen, ein Freund, war er jetzt zum knallharten Geschäftsmann mutiert. Alix war ein kleines bisschen beeindruckt.

„Ich liebe das Waldzimmer und seine Atmosphäre“, fing er mit seiner Erklärung an.

„Das ist mir aufgefallen“, sagte sie leicht sarkastisch, um seine Schale zu durchbrechen. „Meine Vermutung geht dahin, dass du einen Waldfetisch hast.“

Colton riss die Augen auf. „Was zur Hölle ist ein Waldfetisch?“ Er schüttelte bestürzt den Kopf und lehnte sich zurück. „Ich habe überhaupt keinen Fetisch. Wie kommst du darauf?“

Über seinen verdutzten Gesichtsausdruck hätte Alix am liebsten laut gelacht, aber ihre verletzte Schulter würde es ihr nicht danken. Deshalb begnügte sie sich lediglich mit einem frechen Schmunzeln. Sie schüttelte den Kopf.

„Nun rede endlich“, forderte sie ihn auf. „Mach es nicht so spannend. Was ist das für ein Angebot, von dem du die ganze Zeit sprichst?“ Dieser lockere Umgangston, mit dem sie das Gespräch führten, gefiel ihr.

Colton beugte sich wieder über den Tisch, um ihr näher zu sein. „Ich will dich für mein Hotel, hier in London. Ich möchte, dass du für mich arbeitest.“

Alix löste die verschränkten Arme. Sie war verwirrt. Das war das Angebot, um das er so einen Wirbel gemacht hatte? Da hatte sie eindeutig mehr erwartet. Sie war enttäuscht.

„Warum sollte ich das wollen? Ich bin glücklich mit meiner Arbeit im *Three Rooms*. Ich führe mein eigenes Hotel."

„Das weiß ich. Aber ich möchte das ursprüngliche *West Hotel* erweitern. Ich habe das angrenzende Gebäude gekauft und plane etwas vollkommen Neues." Er griff nach ihrer Hand. „Und da kommst du ins Spiel."

„Okay ..." Jetzt ahnte sie, wohin der Hase lief. Aber konnte das sein? „Du willst ein Seitensprunghotel eröffnen?"

Das wäre irgendwie schräg. Eigentlich unvorstellbar.

Colton hielt kurz inne, dann lachte er laut auf. „Oh Gott, ich glaube, meine Großeltern würden sich im Grab umdrehen, wenn ich das planen würde."

Alix hob eine Augenbraue. Wie sollte sie die Bemerkung verstehen? Sie mochte es nicht, wenn Leute schlecht über ihr Hotel sprachen. Es war so viel mehr als ein gewinnorientiertes Stundenhotel. Colton sollte schleunigst seine Taktik ändern, wenn er wollte, dass sie für ihn arbeitete.

„Ich möchte, dass du mir bei den Zimmern behilflich bist", fuhr er fort. „Das Waldzimmer ist toll und seit ich dich ins Liebesnest getragen habe, ist der Drang, etwas ähnlich Verrücktes und leicht Verruchtes zu erschaffen, noch stärker geworden. Du bist unglaublich kreativ und hast mit den wenigen Zimmern deines Hotels viel erreicht. Arbeite für mich und hilf mir, mein neues Projekt zu designen. Entwerfe zwanzig unterschiedliche Themenzimmer sowie einen aufsehenerregenden Wellnessbereich."

Die Katze war aus dem Sack. Holla die Waldfee! Alix war kurz sprachlos. Das war ein Angebot, das eine Frau nicht alle Tage bekam.

Ihre Getränke wurden serviert und verschafften Alix einen Moment, um die Worte sacken zu lassen. Zwanzig Zimmer! Alle unterschiedlich. Das war eine Herausforderung. Sie liebte Herausforderungen. Schweigend trank sie einen Schluck Cola und war sich Coltons abwartendem Blick bewusst.

„Wenn es kein Stundenhotel werden soll, was wird es dann? Ein Wellnesshotel? Ein Rückzugsort für reiche und gut betuchte Leute?“

Colton zuckte bei ihren hart ausgesprochenen Worten nicht zusammen. Nicht mal ein bisschen. Er blieb gelassen und unbekümmert. „Ich bevorzuge, es Erlebnishotel zu betiteln. Aber im Grunde stimmt es, was du sagst. Die Preise für eine Übernachtung werden mit deinen nicht vergleichbar sein.“

Ehrliche Worte. Vielleicht sollte Alix nicht abfällig über Reiche-Leute-Hotels reden, wenn sie sich das für ihr Hotel auch nicht wünschte. Jede Übernachtungsstätte hatte eben seine eigene Zielgruppe. Daran war nichts verkehrt.

Ihr Essen kam und roch wirklich wunderbar. Alix griff nach der Gabel. Sie brauchte Zeit.

„Kann ich darüber nachdenken?“ Sie spießte ein Stück Hühnchen auf. „Ich müsste mir etwas überlegen. Ich habe aktuell nicht den Freiraum für etwas, das so viel Zeit in Anspruch nimmt. Das *Three Rooms* muss schließlich weiterlaufen.“

„Das kann ich verstehen.“ Auch Colton griff nach seinem Besteck. „Ich würde dich gut bezahlen und wenn du möchtest, auch dafür sorgen, dass du mehr Personal für das *Three Rooms* bekommst. Du bräuchtest dann nicht mehr selbst an der Anmeldung zu sitzen."

Alix kaute ihr Hühnchen, ohne es zu schmecken. Wollte sie das? Sie liebte ihr kleines Hotel. Und auch die Tatsache, dass sie es völlig allein schaffte, es zu führen. Aber Coltons Projekt wäre schließlich irgendwann abgeschlossen und dann würde sie wieder übernehmen können. Allein, was sie für ausgefallene Ideen entwickeln könnte ... Wahnsinn. Ihrer Fantasie wären keine Grenzen gesetzt. Es kribbelte ihr bereits in den Fingern. Und da Colton über das nötige Kleingeld verfügte, würde sie aus dem Vollen schöpfen können. Sie könnte ein Edelsteinzimmer entwerfen oder etwas anderes Pompöses mit vergoldeten Armaturen oder ...

„Alix." Colton piekte sie mit der Gabel in den Arm. „Bist du noch anwesend?" Er lächelte und sah unglaublich zufrieden und selbstgefällig aus.

„Entschuldige." War sie von den durcheinanderwirbelnden Gedanken fleckig im Gesicht geworden? Manchmal passierte das, wenn sie sich in eine Sache von jetzt auf gleich hineinsteigerte. Es war wie ein Sog, dem sie sich nicht entziehen konnte.

„Du brauchst dich für nichts zu entschuldigen oder rechtzufertigen. Wegen deiner Hingabe, dich zu begeistern, habe ich dich ausgewählt. Ich würde mein neues Projekt nicht jedem anvertrauen." Er fing wieder an zu essen. „Ich glaube an dich, deine Fähigkeiten und deinen Ideenreichtum. Diese geistige Unaufmerksamkeit. Gerade eben war der beste Beweis." Ein Zwinkern folgte seinen Worten.

Was für eine Bestätigung! Dabei kannte er sie kaum. Von intensiv ganz zu schweigen ...

Alix legte die Gabel zur Seite. Sie war fertig. Das Essen würde sie sich einpacken lassen müssen. Ihr Magen war zu aufgewühlt, um es jetzt und hier genießen zu können.

„Ich muss nachdenken", wiederholte sie sich. „Außerdem muss ich das mit Austin abklären. Ich bin ihm gegenüber zu nichts verpflichtet, aber er hat mir sehr geholfen, als die Bank sich quergestellt hat und verdient es, über Veränderungen im *Three Rooms* Bescheid zu wissen."

Sie glaubte nicht, dass Austin ihr Probleme bereiten würde. Schließlich würde eine Chance wie diese auch ihm nützen. Wenn Colton sie bezahlte und der Hotelbetrieb während ihrer Arbeit im neuen *West Hotel* weiterlief, konnte sie Austin das Geld, das sie ihm schuldete, viel eher zurückzahlen. Ein Gedanke, der ihr besonders gut gefiel. Sie liebte ihre Unabhängigkeit.

„Austin St. John?" Coltons Miene verschloss sich. „Dein Geschäftspartner?"

„Ja. Und guter Freund", fühlte Alix sich verpflichtet zu ergänzen. „Ich möchte mit ihm darüber sprechen – mich von ihm beraten lassen. Das schulde ich ihm."

Einen Moment schwieg Colton. Seine Miene hatte sich erneut verschlossen. Auch er hatte seinen Teller nicht mehr angerührt. Wie es schien, waren sie beide satt und das Essen beendet.

„Ich würde mich freuen, wenn du mit mir zusammenarbeiten würdest." Das Lächeln, das er ihr schenkte, hatte etwas Sanftes. Er griff nach ihrer Hand und hielt sie. „Wenn du es von ganzem Herzen möchtest, Alix, mache ich es möglich. Ich kann diesen St. John ausbezahlen, sodass du frei von Verpflichtungen bist." Genauso sanft wie er gelächelt hatte, strich er nun über ihren Handrücken. „Ich habe unendliche Möglichkeiten. Ich bin bereit, eine Menge Herzblut, Geld und Schweiß in das Projekt zu stecken. Es bedeutet mir sehr viel. Bitte schlafe eine Nacht drüber und dann sag ja."

***

Colton saß in seinem Büro, kaute auf dem Ende eines Bleistifts herum und hing seinen Gedanken nach. Das Projekt, mit dessen Planung er bereits vor Wochen angefangen hatte, sollte ein Hotel für überprivilegierte Reiche werden. Ein krasser Gegensatz zu Alix' *Three Rooms*. Die Pläne der Architekten für die untere Etage lagen längst im Tresor und warteten nur darauf, umgesetzt zu werden.

West Wellness oder ähnlich wollte er den neuen Hotelzweig nennen, der sich von den übrigen *West Hotels* unterscheiden würde. Colton könnte die ersten Handwerker anfangen lassen, ein paar Wände einzureißen, aber das wollte er nicht. Nicht bevor Alix einen Blick auf die Pläne geworfen hatte. Ihre Meinung war ihm wichtig.

Auch wenn ihr die Vorstellung offensichtlich nicht schmeckte, einen überteuerten Nobelschuppen für eine ihr unsympathische Zielgruppe zu entwerfen, war sie die richtige Frau dafür. Er wusste das, genauso wie er wusste, dass sie es perfekt machen würde. Perfekter und individueller als irgendjemand anders. Warum er sich so sicher war, konnte er nicht genau bestimmen. Er wusste es einfach. Es gab keinen triftigen Grund.

In seinem Kopf hörte er sich wie ein verliebter Trottel an. Dass er sie gebeten hatte, Ja zu sagen, als wäre sein Angebot ein verdammter Heiratsantrag, machte es nicht besser. Was für eine katastrophale Formulierung! Ungeduldig und neugierig wie er selten war, hatte er sie sogar geküsst.

Himmel! Was war das für ein Kuss gewesen? Noch nie hatte ein unschuldiges Küsschen eine solche Wirkung auf ihn gehabt. Er hatte Alix' Lippen nur leicht berührt und seine Zunge im Zaum gehalten. Und trotzdem ... seiner unteren Körperregion schien das vollkommen egal gewesen zu sein. Hätte er diese Liebkosung nicht so schnell abgebrochen, hätte es überaus peinlich für ihn werden können.

Teufel auch! Wie alt war er eigentlich?

Colton rieb sich über das Gesicht und legte den Bleistift aus der Hand. Seine Zahnabdrücke zierten das Ende des Stifts, der in dem Zustand nichts mehr auf seinem Schreibtisch zu suchen hatte. Er warf das verunstaltete Schreibgerät in den Müll und überlegte, wie er Alix die Entscheidung erleichtern konnte. Es musste doch etwas geben, das sie begehrte.

Ihr Gespräch lag zwei Tage zurück und sie hatte sich bisher nicht bei ihm gemeldet. Vermutlich war er zu ungeduldig, aber er brannte darauf, anzufangen und Einzelheiten mit ihr zu besprechen. Dieses tatenlose Herumsitzen nervte. Außerdem kostete ihn jeder verlorene Tag Geld. Je eher die Arbeiten beginnen konnten, desto besser.

Colton grübelte vor sich hin. War Alexandra Harrison eine Frau, der ein Ausflug auf einen sonntäglichen Antikmarkt gefallen würde? Natürlich mit der Option zu kaufen? Viel zu kaufen? Konnte er ihr damit eine Freude bereiten?

Er wollte gerade seine Assistentin bitten, ein paar Termine in der näheren Umgebung herauszusuchen, als sie über die Gegensprechanlage einen Besucher ohne Termin ankündigte. Wer konnte das sein?

Hoffnung keimte in Colton auf. Ob das Alix war? War sie gekommen, um ihm eine Zusage zu erteilen? Sein Herzschlag beschleunigte sich. Aufregung erfüllte ihn.

Endlich! Das Warten hatte ein Ende. Vorfreude, kombiniert mit einem Glücksgefühl, erfasste ihn. Am liebsten wäre er aufgesprungen. Gott sei Dank konnte er sich gerade noch bremsen und die Peinlichkeit verhindern.

„Immer rein damit!", wies er seine Assistentin fast schon ein bisschen zu übermütig an, ohne nach dem Namen des Besuchers oder dem Grund seines Kommens zu fragen.

Als die Tür aufschwang und er wider Erwarten nicht Alix sah, wurde seine gute Laune in Windeseile von Sprachlosigkeit abgelöst. Was wollte St. John hier? War er gekommen, um mit ihm an Alix' Stelle über das Angebot zu reden? Der Gedanke schmeckte nicht besonders gut. Er hatte sogar einen ganz üblen Nachgeschmack.

Colton zweifelte nicht daran, dass Austin St. John, was Investitionen und Geldangelegenheiten anging, der richtige Mann war. Schließlich war er im Bankwesen kein unbeschriebenes Blatt. Aber dass Alix diesen Regenschirmfutzi schickte und damit bewies, dass sie kein Vertrauen in ihn hatte, verletzte ihn doch ein wenig. Er wollte dem *Three Rooms* einen Geldsegen bescheren und nicht seine Besitzerin über den Tisch ziehen. Konnte sie das denn nicht erkennen?

„Mr St. John hat mir versichert, Sie wüssten, um was es bei seinem Anliegen geht", klärte seine Assistentin ihn in leicht verunsichertem Ton auf. Sie war aufgetaucht, kaum dass St. John die Tür geöffnet hatte. Da er selten bis nie Meetings ohne vorherige Absprache führte, war ihre Verunsicherung verständlich. Colton nickte seiner Assistentin zu und wies seinen Besuch an, Platz zu nehmen.

„Mr St. John. Was führt Sie her?" Er war sich sicher, die Antwort zu kennen, trotzdem wollte er sie aus seinem Mund hören.

Alexandra Harrisons Vorbote setzte sich, schlug die Beine übereinander und wartete, bis die Tür sich geschlossen hatte. Den schwarzen Regenschirm, den er auch bei ihrem letzten Aufeinandertreffen dabei gehabt hatte, hielt er wie ein Zepter in der Hand. Das sah äußerst merkwürdig aus.

„Sie haben meiner Freundin ein Angebot unterbreitet."

Seiner Freundin?

Soweit Colton wusste, stimmte das nicht ganz. Laut Alix waren sie kein Paar. Oder er hatte etwas falsch verstanden.

„Ich habe Ihrer Geschäftspartnerin ein Angebot gemacht." Er kniff die Augen zusammen. „Sind Sie überhaupt Geschäftspartner oder haben Sie lediglich für das Darlehen gesorgt, das Alix benötigt hat?"

Sein Gegenüber verzog keine Miene. „Ich bin Alexandras Freund." St. John hielt Blickkontakt, als wäre das etwas, das ihm besonders wichtig erschien. „Da können Sie sicher sein. Außerdem bin ich stiller Teilhaber des *Three Rooms* und somit an allen Entscheidungen, die Alexandra trifft, beteiligt."

Kluges Kerlchen.

Colton zuckte mit den Schultern, um seinen Frust zu verbergen und gelassen zu erscheinen. „Ich zahle Sie aus. Das ist kein Problem."

Das waren Peanuts. Wenn St. John wegen einer Abfindung gekommen war, sollte es ihm recht sein. Eine störende Person mit schlechtem Geschmack weniger in der Gleichung. Es war ihm sowieso lieber, wenn Alix sich frei entscheiden konnte und nicht bei diesem Oberprivilegierten um Erlaubnis fragen musste. Die Tage, die verstrichen, ohne das endlich mit der Arbeit begonnen werden konnte, kosteten ihn mehr als die läppische Abfindung, die St. John verlangen konnte.

Alix' Freund straffte die Schultern und schien wenig begeistert von dem Gedanken, sich auszahlen zu lassen.

„Ich teile nicht", erklärte er, ohne den Blickkontakt zu unterbrechen. Er blinzelte nicht und schien innerlich mit sich zu ringen. Drei Worte, die so ausgesprochen einer Kampfansage gleichkamen. Was wohl als Nächstes passieren würde? Würde er sein improvisiertes Zepter schwingen?

Einen Moment lang herrschte eine aufgeladene Stille. Der Ärger vor seinem Schreibtisch besaß sogar die Dreistigkeit, zu lächeln. Minimal und kaum zu erkennen. Aber die Genugtuung, am längeren Hebel zu sitzen, war eindeutig spürbar.

Coltons Augen funkelten und auch sein Atem geriet kurz ins Stocken. Am liebsten hätte er sich irgendwie Luft verschafft.

„Ich sehe, Sie verstehen." Selbstgefälliger konnte ein Mann kaum klingen.

Was für ein Idiot!

„Nicht wirklich. Klären Sie mich auf." Den scharfen Ton wollte Colton gar nicht verhindern. Der Mann schien es darauf anzulegen, ihn zu reizen. Möglicherweise hatte er ihn unterschätzt.

„Sie wollen, dass Alexandra für Sie arbeitet. Sie wollen ihre genialen Ideen und ihre Kreativität." Er zuckte gelassen mit den Schultern, als wäre das etwas Verständliches. „Ich habe nichts dagegen. Es ist eine einmalige Chance, die ihr sicher nicht jeden Tag in den Schoß fällt. Solange sie nur auf beruflicher Ebene zusammen agieren, habe ich nichts dagegen."

Wie gütig ...

„Aber sollten Sie versuchen, sich an meine Freundin heranzumachen, werde ich ungehalten."

Beinahe hätte Colton laut gelacht. Hatte St. John ihn gerade angepinkelt? Kaum zu glauben! Colton wusste noch nicht, ob der Mann nur unwissend oder lebensmüde war. Ein West ließ sich nicht anpinkeln. Niemals! Von keinem.

Völlig fassungslos musste er sich kurz sammeln, bevor er antworten konnte. Er war nicht bereit, sein Projekt wegen eines unnützen Wutausbruchs zu gefährden. Dazu war er zu clever.

„Ich bin nicht daran interessiert, Alexandra Harrison einen Heiratsantrag zu machen. Weder in den nächsten Tagen noch später. Ich möchte, dass sie ein Hotelkonzept für mich entwirft." Die letzten Worte sprach er mit dem nötigen Nachdruck aus. „Mehr nicht."

Colton ließ sich in seinem Stuhl nach hinten sinken und wartete ab. In ihm brodelte es gewaltig. Ein Besucher wie dieser schneite auch nicht alle Tage in sein Büro, um ihn herauszufordern.

St. John nickte und schien mit der Antwort und seiner Reaktion darauf zufrieden zu sein. Er griff mit der freien Hand in seine Jackentasche und legte eine Visitenkarte auf den Aktenberg vor seiner Nase. „Schicken Sie Ihr Angebot in doppelter Ausführung an diese Adresse. Ich werde es im Beisein meiner Anwälte prüfen. Erst danach können Alexandra und ich uns entscheiden." Der aufgeblasene Snob erhob sich. „Guten Tag." Er tippte sich mit dem Griff des Regenschirms an die Stirn, als säße dort ein Hut und ging.

Verdammter Mist! Austin St. John würde weitere Probleme verursachen, da war Colton sich sicher.

Kapitel 10

Alix ging es deutlich besser. Ihre Schulterverletzung bereitete ihr nur noch Probleme, wenn sie nicht aufpasste und schusselig wie sie war, dagegen stieß. Aber solange sie sich schonte und den Arm nicht zu viel bewegte, kam sie klar.

Dem Himmel sei Dank, dass an dem Tag nichts Schlimmeres passiert war. Die Polizei hatte sich heute Morgen bei ihr gemeldet und sie darüber in Kenntnis gesetzt, dass die Ermittlungen in ihrem Fall bisher zu keinem Ergebnis geführt hatten.

Alix war einerseits froh, andererseits hatte sie ein schlechtes Gewissen. Wie eng war ihr Bruder wohl mit dem von der Polizei Gesuchten befreundet? Vielleicht waren sie nur eine Art von Geschäftspartnern. Der Gedanke gruselte Alix zutiefst. Wenn dem so war, dann konnten es keine legalen Geschäfte sein.

Charly hatte sie nicht zurückgerufen und ihr auch sonst keine Nachricht zukommen lassen. Und das, obwohl sie mehrfach versucht hatte, ihn zu erreichen. Ihr kleiner Bruder war untergetaucht, vom Erdboden verschluckt. Oder schlimmer ...

Sie machte sich Sorgen und wusste nicht, wie sie sich verhalten sollte. Konnte sie eine Vermisstenanzeige aufgeben? Wäre das klug?

Alix seufzte und ließ den Kopf auf ihren Arbeitsplatz sinken. Warum konnte er nicht einfach an sein Handy gehen und ihr versichern, dass es ihm gutging? Dass er dabei war, sich Hilfe zu besorgen.

Sie hob den Kopf und lauschte, als sie Schritte hörte.

„Du siehst unglaublich müde aus", informierte Jason Toms sie netterweise mit einem ebenso ermatteten Lächeln, kaum dass er vor ihr stand. Das Männermodel war allein, keine Mädchen mit zu viel Busen hingen an seinen Armen. Auch die Paparazzi hatte er offensichtlich nicht im Schlepptau. Jedenfalls konnte Alix keinen Tumult am Eingang ausmachen.

Der mal wieder perfekt Gestylte sah mitfühlend auf sie hinunter. Anscheinend ging es ihm ähnlich wie ihr. Erschöpfung drang ihm aus jeder Pore.

Obwohl er müde aussah, war Jason eine Augenweide. In solchen Momenten wusste Alix, warum er als Model so gut verdiente. Dieses Lächeln, der warme Blick, kombiniert mit der rauen Ausstrahlung, die ihm der Dreitagebart bescherte, waren magisch. Zumindest hatte sie das Bedürfnis, ihn noch ein bisschen länger anzuschauen. Alix bemühte sich, zurückzulächeln, aber nicht zu schmachten.

„Geht schon", antwortete sie auf seine Bemerkung. „In den letzten Tagen war viel los." Sie richtete sich vollständig auf und checkte die Buchungen auf dem Monitor. „Hast du reserviert?"

Jason trat ein Stück näher und sein Blick wurde entschuldigend. Er stütze sich mit den Ellenbogen auf den Tresen und beugte sich vor. „Nein, ich habe gehofft, du hast etwas frei. Zwei Stunden würden ausreichen."

Skeptisch nahm sie ihn in Augenschein. Alix erinnerte sich zu gut an die Schweinerei, die er bei seinem letzten Besuch im Badezimmer hinterlassen hatte. Sie hatte sich geschworen, dass das kein weiteres Mal passieren durfte.

„Jason ...“ Sie machte eine Pause und bemühte sich, ihn nicht direkt anzusehen. Wenn sie nicht aufpasste, verfiele sie seinem Lächeln schneller als sie dreimal hintereinander Nein sagen konnte. „Du ...“

„Ich weiß“, unterbrach er sie und hob beschwichtigend die Hand. „Zu viel Techtelmechtel, zu viel Wirbel. Ich entschuldige mich.“ Ein Dackelblick folgte seinen Worten.

Alix musste einfach lachen. „Du kannst mit so vielen Frauen rummachen, wie du möchtest, selbstverständlich auch gleichzeitig. Ich vermiete die Zimmer stundenweise, das habe ich nicht vergessen.“ Sie schüttelte den Kopf, weil er sich offenbar keiner anderen Schuld bewusst war. „Ich habe da eher an deine Farbexperimente gedacht.“ Ihr Blick wurde streng. „Das ging eindeutig zu weit. Die Reinigung des Purpursalons hat Stunden gedauert.“

Jason schluckte beschämt und griff in seine Hosentasche. Er zog eine Kreditkarte heraus und legte sie vor Alix auf den Tresen. Dabei guckte er überaus betreten drein.

„Stell mir das Saubermachen in Rechnung. Anita ist Künstlerin, eine Bodypainterin, und wollte an dem Tag etwas Neues ausprobieren. Ich entschuldige mich für die Sauerei.“

Schockschwerenot!

Das war ungerecht. Wenn er so betroffen aussah, konnte eine Frau nur nachsehend reagieren.

„Also schön.“ Sie nahm die Karte, um ihm eine Rechnung auszustellen. „Ich nehme deine Entschuldigung an. Aber trotzdem habe ich momentan kein freies Zimmer für dich. Alle drei Räume sind belegt." Sie zog die Karte durch den Schlitz und reichte sie ihm zurück. „Tut mir leid."

Jason steckte die Karte zurück in die Hosentasche. Alix kannte keinen Mann, der eine Kreditkarte lose in der Tasche trug. Bedenken, sie zu verlieren, schien der Gute nicht zu haben. „Verdammt. Ich hatte damit gerechnet, mich kurz ausruhen zu können. Ich muss in zwei Stunden bei meinem nächsten Termin sein und vorher dringend ein wenig schlafen."

Auf den zweiten Blick konnte Alix erkennen, wie erschöpft das Männermodel aussah. „Langen Tag gehabt?"

Er gluckste wenig vergnügt. „Du hast keine Vorstellung. Zwischen den letzten beiden Fototerminen lagen keine vier Stunden." Er rieb sich über die Augen und kniff sich anschließend mit Zeigefinger und Daumen neben die Nasenwurzel. „Und in zwei Stunden muss ich im nächsten Studio sein." Er lachte, aber es klang trocken, fast wie Husten. „Frisch und ausgeruht, versteht sich. Katalogshootings sind mörderisch anstrengend."

Alix bekam Mitleid. Dass sie ihm die vielen Stunden Arbeit und den wenigen Schlaf ansehen konnte, machte es nur schlimmer. „Wenn du nicht wählerisch bist und dich wirklich nur ein wenig hinlegen möchtest, hätte ich vielleicht eine Lösung." Der Gedanke war ihr spontan gekommen. Es würde sich zeigen, ob es ein guter war.

„Wirklich?" Hoffnung sprach aus dem einen Wort. Jason stellte sich gerade hin und wartete darauf, dass sie weitersprach. „Bitte, ich nehme alles, was du zu bieten hast. Ich brauche eine kleine Auszeit vor dem nächsten Job. Dringend. Bitte bitte."

Ein doppeltes Bitte, so verzweifelt ausgesprochen, ließ Alix alle Bedenken vergessen. „Es ist nicht viel." Sie zeigte auf die kleine Couch, die im Vorraum zur Anmeldung stand und von ihrer Position aus nur zur Hälfte zu sehen war. Es war ein Zweisitzer in Rot. Der Samtbezug schimmerte und passte perfekt zu den goldenen Nieten, mit denen die Nähte aufgepeppt worden waren. Die Couch hatte sie lediglich angeschafft, weil es ein Schnäppchen gewesen war, an dem sie nicht hatte vorbeigehen können. Dass unter Umständen der ein oder andere Gast warten musste und eine Sitzgelegenheit brauchte, war ihre Rechtfertigung für den Spontankauf gewesen. Keine sehr gute. Bis jetzt war sie noch nie zum Einsatz gekommen.

„Ich nehme, was ich kriegen kann. Hast du nicht mitbekommen, wie verzweifelt ich bin?"

„Der Zweisitzer ist nicht groß." Alix sah an Jason hoch und musste schmunzeln. Vielleicht war die Idee doch nicht so genial. Er würde einen steifen Nacken bekommen. „Du müsstest die Beine über die Lehne baumeln lassen oder im Sitzen ausruhen."

Jason war bereits in Richtung seines persönlichen Entspannungsortes gelaufen. Er schien keine Sekunde verschenken zu wollen. Ehe Alix ihm mit der ausgedruckten Rechnung folgen konnte, hatte er sich bereits gesetzt. Er federte leicht auf und ab und ließ sich anschließend zufrieden zur Seite kippen. Sein Kopf landete auf dem schwarzen Fellkissen, das lediglich als Dekoration diente. Die Beine zog er an. Trotz der Embryonalstellung hatte er kaum Platz. Die Knie berührten praktisch sein Kinn. Jason schloss die Augen und stieß einen langgezogenen Seufzer aus. „Weckst du mich in zwei Stunden?"

Was? Verrückter Kerl! Wollte er wirklich zwei Stunden schlafen? So? Unfassbar! Und warum aktivierte er nicht die Weckfunktion an seinem Handy, wo es doch so wichtig schien, pünktlich zu seinem Termin zu kommen? Seine Wohnung musste weit außerhalb liegen, wenn er es vorzog, auf ihrer Couch zu schlafen, anstatt den Weg nach Hause in Kauf zu nehmen.

Eine Antwort konnte Alix sich sparen. Jasons Atem hatte sich bereits entspannt und ging gleichmäßig ein und aus. Er schlief wie ein Toter und sah dabei glücklich aus, wie ein Kind zu Weihnachten. Wie erschöpft musste jemand sein, wenn er so schnell einschlief? Von jetzt auf gleich?

Ohne ihre empfindsame Stimmung erklären zu können, wurde ihr warm ums Herz. Der Mann vor ihr war vollkommen fertig. Erschöpft und sichtlich überarbeitet.

„Armes, berühmtes Modelbaby", feixte sie leise und holte eine Decke, damit er nicht fror.

Nachdem Alix sich vergewissert hatte, dass er gut zugedeckt und nicht der Zugluft vom Eingang ausgesetzt war, ging sie zurück an ihren Arbeitsplatz hinter dem Tresen. Und weil sie immer noch tiefstes Mitgefühl für ihn und seinen stressigen Job hegte, stellte sie ihm sogar einen Wecker.

Gerade hatte sie das Projekt einer noch unfertigen Internetseite eines neuen Kunden aufgemacht, um daran zu arbeiten, da polterte es an der Hintertür. Seit dem Vorfall, bei dem sie angeschossen worden war, blieb die Tür stets abgeschlossen. Wenn jemand, Gast oder Lieferbote, die Abkürzung nehmen wollte, musste er klopfen und auf sie warten. Eine Klingel befand sich nicht am Hintereingang. Warum auch? Über den vorderen Zugang konnte jeder das Hotel problemlos betreten.

Ein ausgeklügeltes Sicherheitssystem besaß Alix noch nicht. Aber Austin hatte bereits dafür gesorgt, dass der Eingang videoüberwacht wurde. Das war lediglich eine kleine Maßnahme, die sie bei einem weiteren Überfall kaum schützen würde. Aber es war ein Anfang. Austin war in solchen Dingen stets gut durchorganisiert. Es war typisch für ihn, sich gleich darum zu kümmern. Natürlich ohne sie vorher zu fragen.

Wieder polterte eine Hand gegen das Türblatt, laut und mehrmals hintereinander. Dem Klang nach zu urteilen war es eine Faust. Ein unverständliches Fluchen war ebenfalls zu vernehmen.

Alix zögerte. Sie stand von ihrem Stuhl auf, traute sich aber nicht, sich der Tür zu nähern. Lieber blieb sie, wo sie war. Das war sicherer.

Verdammt!

Sollte sie aufmachen oder so lange warten, bis der Besucher es leid war und durch den vorderen Eingang kam? Dafür musste er lediglich um das Gebäude herumlaufen. Wer konnte das überhaupt sein? Und warum wollte er unbedingt durch diese vermaledeite Tür?

Alix spürte, wie sich ihr Herzschlag beschleunigte, wenn sie nur daran dachte, die Tür für diesen schlechtgelaunten Fremden zu öffnen. Nein! Das konnte sie nicht.

Ohne sich dessen bewusst zu sein, strich sie über ihre verletzte Schulter. Es klebte immer noch ein Pflaster auf der Wunde. Der beste Beweis, es bleiben zu lassen. Einen besseren gab es kaum. Nein, sie war noch nicht bereit, sich dieser Herausforderung zu stellen. Werder körperlich noch seelisch.

Die Tür würde verschlossen bleiben. Basta!

Als ihr das klar geworden war, beruhigte sich ihr rasendes Herz ein wenig. Ihre Lungen bekamen wieder mehr Luft und sie nahm die Hand herunter. Wenn es wichtig war, würde die Person zum Haupteingang kommen. Es gab keinen Grund, dem wütenden Fluchen nachzugeben.

Alix zuckte beim nächsten donnernden Geräusch zusammen. Schreck! Das hörte sich an wie ein Fußtritt. Wenn danach nicht sofort Ruhe gewesen wäre, hätte sie zum Hörer gegriffen und die Polizei gerufen. Keiner durfte ihre Tür eintreten, nur weil sie verschlossen war. Sie spitzte die Ohren und reckte das Kinn. Aber alles blieb still.

Mit Argusaugen und voller Erwartungen drehte sie sich um und beobachtete den vorderen Eingang. Würde gleich jemand hereinplatzen? Wütend und aufgebracht, weil sie ihn hinten nicht hereingelassen hatte?

Womöglich der Typ, der sie schon mal angeschossen hatte?

Ihre Handflächen wurden feucht und ein Kloß bildete sich in ihrem Hals, der sich nicht hinunterschlucken ließ.

Schlagartig war sie heilfroh, dass Jason nur wenige Meter entfernt auf der Couch schlief. Seine Anwesenheit vermittelte ihr zumindest ein Gefühl, nicht alleine zu sein. Sicher, er war Model und kein muskelbepackter Rausschmeißer, aber er war da und er war groß und stark. Außerdem wäre er sicher unglaublich schlecht gelaunt, wenn sein Schlaf so bald gestört würde. Der perfekte Beschützer. Zumindest hoffte Alix das.

Als sie registrierte, wer im nächsten Moment zum Eingang hereinstapfte, ließ die sofortige Erleichterung ihre Knie weich werden. Ein Glück!

Sie musste sich festhalten. Wieso war sie überhaupt zu einem solch ängstlichen Nervenbündel mutiert? Das war sonst gar nicht ihre Art. Sie atmete ein und lange wieder aus. Wenn das so blieb, würde sie sich in Zukunft Hilfe suchen müssen. Alix bemühte sich erneut, den störenden Kloß hinunterzuschlucken und war froh, dass es plötzlich ging. Auch ihre Hände hatten schlagartig aufgehört zu zittern, als sie ihren Bruder Charly erkannt hatte.

Er war gekommen und hatte schlechte Laune. Warum wunderte Alix sich nicht darüber? Egal. Er war da und nun würden sie endlich reden können. Ob er davon wusste, dass sein Freund letzte Woche hier gewesen war und sich ihrer Einnahmen bemächtigt hatte? In wenigen Augenblicken würde sie ihn fragen können.

„Ich habe beim letzten Mal meine Jacke vergessen und möchte sie zurückhaben", begrüßte er sie wenig freundlich und mit einem grimmigen, leicht argwöhnischen Blick, den Alix nicht deuten konnte. „Warum hast du mich nicht reingelassen? Ich habe nach dir gerufen. Hast du mich nicht gehört?" Er näherte sich ihr und Alix ertappte sich dabei, wie sie einen Schritt nach hinten machte. Wenn der Tresen nicht zwischen ihnen gestanden hätte, wäre sie womöglich in den Gang zurückgewichen.

Als Charly ihre Reaktion bemerkte, blieb er stehen und sah sie fragend an. Sein Gesichtsausdruck war schwer zu deuten, fast schon befremdlich. Wenigstens stank er nicht nach Alkohol und schien auch sonst klar im Kopf zu sein. Keine bewusstseinserweiternden Drogen. Wenigstens etwas. Unter Umständen war er deshalb schlecht gelaunt. Seine Klamotten sahen knittrig, aber nicht fleckig aus. Da Charly stets einen verschlissenen und löchrigen Look bevorzugte, schien alles in Ordnung zu sein. Zumindest äußerlich. Er hatte sich sogar rasiert, was für gewöhnlich höchstens einmal die Woche der Fall war.

„Hallo Charly", begrüßte Alix ihn und ärgerte sich, dass sie zurückgewichen war. Schnell, um ihr Unbehagen zu überspielen, sah sie auf den Boden und danach wieder hoch.

„Hast du Angst vor mir?", fragte er und verblüffte sie mit einem fassungslosen Gesichtsausdruck.

Alix zuckte mit den Schultern und versuchte ihre Frustration zu verstecken, indem sie die Hände in den Hosentaschen vergrub. „Letzte Woche war einer deiner herzallerliebsten Freunde hier und hat auf mich geschossen. Er kam durch die Hintertür und hat mich meiner Tageseinnahmen beraubt. Entschuldige, dass ich noch etwas labil reagiere, wenn ein Verrückter an meiner Tür wütet."

Ehrliche Worte. Es tat ungemein gut, sie auszusprechen.

Charly war sämtliche Farbe aus dem Gesicht gewichen. „Rowe war hier?"

Charly war also nicht völlig ahnungslos. Offensichtlich hatte er nicht viele Freunde, die so skrupellos waren. Ruckzuck hatte er eins und eins zusammengezählt.

„Ich weiß nicht, wie dein Kifferkollege heißt. Als er mit der Waffe auf mich gezielt hat, war ich zu überrascht, um nach seinem Namen zu fragen."

„Fuck!" Charly trat hinter den Tresen und ließ sich auf Alix' Stuhl fallen, den sie verlassen hatte, als sie das erste Geräusch an der Hintertür gehört hatte. „Dieser Mistkerl!" Er fuhr sich durch die Haare und starrte zwischen seine Füße auf den Boden.

„Ich habe versucht, dich zu erreichen. Warum bist du nicht an dein Handy gegangen?", fragte Alix und spürte, wie ihr Adrenalinpegel weiter sank. Von ihrem Bruder ging keine Gefahr aus.

„Um mich von dir anschreien zu lassen?" Er sah kurz hoch. Verletzlichkeit kombiniert mit Entrüstung lag in seinem Blick. „Nein danke."

Warum war nur immer alles so kompliziert?

„Ich entschuldige mich." Alix seufzte und legte ihrem Bruder eine Hand auf die Schulter. „Beim letzten Mal habe ich Dinge gesagt, die ich nicht so gemeint habe. Es tut mir wahnsinnig leid und ich bereue es."

Charly zögerte keine Sekunde. Er stand auf und schloss sie in die Arme. Ihren Kopf zog er an seine Brust. „Mir tut es auch leid. Ich habe Probleme und die darf ich nicht an dir auslassen." Als er seufzte, spürte sie den Lufthauch in ihren Haaren. „Wie viel hat Rowe mitgehen lassen?"

„Sämtliche Bareinahmen vom Samstag."

„Mist!" Er drückte sie fester an sich und Alix stieß einen Schmerzenslaut aus. Sofort ließ er sie los und trat zurück. „Was ist?" Er sah ihr fragend und bedachtsam ins Gesicht.

Alix rieb sich über den Arm und deutete anschließend auf ihre Schulter. „Es tut noch weh."

„Wie bitte?"

Er schien nicht zu verstehen. Hatte er denn nicht zugehört? „Charly, ich habe dir gerade erzählt, dass dein Freund auf mich geschossen hat. Was denkst du denn, wie schnell so etwas verheilt? Heute ist Samstag, also ist es gerade mal eine Woche her."

„Du hast gesagt, dass er auf dich geschossen hat." Ihr Bruder wirkte völlig durcheinander. „Da ich keine Verbände an dir gesehen habe ... verdammt ... ich dachte, er hat dich verfehlt."

„Hat er nicht." Alix schüttelte den Kopf und sah mal wieder auf den Boden. „Es ist nur ein Streifschuss an der Schulter. Nichts Schlimmes." Sie zwang sich zu einem kleinen Lächeln. „Dieser Rowe muss ganz schon zugedröhnt gewesen sein, wenn er aus drei Metern Entfernung danebenschießt."

Für die Bemerkung erntete sie einen weiteren fassungslosen Blick. Okay, das war eindeutig nicht lustig. Sie hatte verstanden.

„Alix!" Erneut schloss Charly sie in die Arme und strich ihr über den Rücken, diesmal unglaublich sanft.

Er schien den Körperkontakt fast nötiger zu haben als sie.

„Deine Jacke habe ich natürlich für dich aufgehoben", versuchte sie die emotional aufgeladene Situation aufzulockern. „Sie liegt hinten. Ich kann sie dir holen."

„Ich bin nicht wegen der Jacke gekommen." Ein leises Schluchzen folgte den Worten, die Alix unbedingt hatte hören wollen.

„Das ist gut", antwortete sie und bettete ihren Kopf direkt unter sein Kinn. „Das ist gut."

Charlys Hände stoppten plötzlich an ihrer Taille, als wäre ihm gerade etwas eingefallen. „Ich habe großen Mist gebaut, Alix", sprach er mit leisen Worten und ließ das Blut in ihren Adern gefrieren. Was hatte er angestellt?

Alix trat zurück, befreite sich aus Charlys Umarmung und sah ihm prüfend in die Augen. Dieser Kerl sah aus wie ihr Bruder und dann doch wieder nicht. Seine Gesichtszüge wirkten plötzlich älter. Oder waren es die Furchen auf seiner Stirn, die ihn reifer aussehen ließen? Hatte er schon immer so viele Fältchen um die Augen herum gehabt?

Sie wusste es nicht. Auch wenn er nicht mehr wie ein Kind aussah, hatte Alix gerade das Gefühl, einen verzogenen Teenager vor sich zu haben. Sogar die Aussage, er habe Mist gebaut, passte hervorragend in ihre Vorstellung von einem unreifen Grünschnabel.

Geduld. Sie brauchte Geduld.

„Wie schlimm ist es?" Am liebsten hätte sie die Frage nicht gestellt, weil sie sich vor der Antwort fürchtete. Aber ohne Informationen konnte sie ihm nicht helfen.

Charly seufzte und setzte sich zurück auf ihren Stuhl. „Ich weiß nicht." Er sah erneut auf seine Füße. „Ich schulde ein paar Leuten Geld."

War ja klar.

„Habe ich das richtig verstanden? Du schuldest mehr als *einer* Person Geld? Es gibt noch weitere Kandidaten wie diesen Rowe?"

Ihr Bruder nickte, sah sie aber wenigstens an.

„Hast du der Polizei von mir erzählt?" Sein Blick veränderte sich und verschloss sich augenblicklich. „Rowe hat dir doch sicher gesteckt, dass er ein Freund von mir ist, bevor er sich bedient hat, oder?"

Alix schüttelte den Kopf. „Schöne Freunde hast du ..." Sie piekte ihn mit dem ausgestreckten Zeigefinger in die Brust und freute sich, dass sie ihm damit eine Reaktion entlocken konnte. „Nein, natürlich nicht. Ich habe der Polizei *nicht* davon erzählt, dass du in dieser Sache mit drinsteckst. Ich bin deine verdammte Schwester. Hast du so wenig Vertrauen in mich?" Dass sie einen kurzen Moment gezweifelt und darüber nachgedacht hatte, die Polizei einzuweihen, verschwieg sie lieber. Die Unterhaltung war anstrengend. Sie forderte ihr einiges ab. Würde es irgendwann auch mal weniger aufregend um sie herum sein?

„Wie viel?"

„Was?"

„Wie hoch sind deine Schulden?"

Charly zuckte mit den Schultern. „Ich weiß es nicht genau."

Fassungslos starrte sie ihren Bruder an. „Wie kannst du das nicht wissen?" Alix fing an, auf- und abzulaufen.

Die Bewegung half nicht wirklich, um sich zu beruhigen.

Charly schwieg und starrte abwechselnd auf den Boden oder auf seine Füße. Alix war es egal. Diese verletzte Trauermiene konnte er sich sparen. Er war an diesem Schlamassel selbst schuld. Er verdiente ihr Mitleid nicht.

„Wissen unsere Eltern davon? Hast du sie schon angepumpt? Ahnen sie etwas?"

Die Frage entlockte ihm die nächste Reaktion. Sein Blick schnellte hoch. Der Trauerklos von eben war verschwunden. Zorn loderte auf. „Nein, Alix! Sie dürfen davon nichts erfahren. Wenn du ihnen das verrätst, hau ich ab und komme nicht zurück!"

War sie eigentlich im Kindergarten? Unvorstellbar, dass ihr Bruder zweiundzwanzig Jahre alt war. Gerade ging er höchstens für sechzehn durch.

„Reg dich ab." Sie blieb stehen. „Ich verrate ihnen nichts. Genau wie ich der Polizei nichts verraten habe." Ein verzweifelter Seufzer saß quer in ihrem Hals und wollte nicht raus. Was sollte sie nur tun? Wie konnte sie Charly helfen?

„Was verraten wir der Polizei nicht?" Jason stand plötzlich auf der anderen Seite des Tresens und rieb sich über die Augen. Er sah unausgeschlafen, aber auch neugierig aus. Der Kommentar war typisch für ihn. Stets bereit für die nächste Schandtat.

Stand er schon lange da? Wie viel hatte er von ihrem Gespräch mitbekommen?

„Hast du ausgeschlafen?" Alix Stimme klang trotz ihres Bemühens, sich nichts anmerken zu lassen, verunsichert. An ihrer Schlagfertigkeit musste sie eindeutig noch arbeiten.

„Eigentlich nicht." Er grinste frech und überheblich wie immer. „Aber wenn ihr euch in dem Tonfall und der Lautstärke ankeift, dann bräuchte ich ein Paar Ohrenstöpsel."

Verdammt!

„Entschuldige." Alix fühlte sich schlecht. Sie sah auf die Uhr und stellte fest, dass Jason gerade mal dreißig Minuten Schlaf vergönnt gewesen waren.

Das überarbeitete Männermodel winkte ab. „Ich muss eh los. Danke, dass ich mein Powernapping hier halten durfte." Er warf ihr eine Kusshand zu und ging winkend zur Vordertür hinaus. Alix schwor sich, ihm bei seinem nächsten Besuch eine Freude zu bereiten. Vielleicht legte sie ihm zum Spaß ein Paar Ohrenstöpsel aufs Zimmer. Der Kunde sollte immer König sein. Auch wenn es ein anstrengender Stammgast wie Jason Toms war.

„Zurück zu dir." Mit neuem Elan, jetzt waren sie schließlich ungestört, wandte sie sich Charly zu, der unverändert wie ein Häufchen Elend auf ihrem Stuhl hockte. „Wie ist dein Plan?"

Ein Schnauben war zu hören. „Ich habe keinen." Er zögerte. „Ich dachte, du …"

Alix' Nervenstränge spannten sich bedrohlich und fingen an zu vibrieren. „Natürlich dachtest du, dass ich deinen Karren aus dem Dreck ziehe. Ich bin ja auch deine brave, strebsame Schwester, die mit ihrem

Minihotel ein Vermögen verdienen will!", haute sie ihm seine eigenen Worte um die Ohren.

Er zuckte nicht einmal zusammen. Vielleicht erinnerte er sich auch nicht. Letztendlich war er stockbesoffen gewesen, als er sie vor Tagen um ein Zimmer gebeten hatte.

Warum war sie plötzlich so sauer? Hatte sie etwas anderes erwartet? Wenn sie ehrlich zu sich selbst war, dann nicht.

Alix bemühte sich, ihre Aufgebrachtheit unter Kontrolle zu bekommen und legte ihrem Bruder eine Hand auf die Schulter. „Wo hast du die letzte Woche geschlafen?", versuchte sie zu ihm durchzudringen und einen Einstieg zu finden. Einen Einstieg, der hoffentlich etwas mehr von seinem neu entdeckten Lebensstil preisgab.

„Bei einem Kollegen. Auf dem Sofa."

„Also bist du dauerhaft aus deiner Wohnung geflogen?"

Er nickte.

„Und der Job ist auch weg?"

Er nickte wieder.

Alix traute sich kaum, die nächste Frage zu stellen. „Bist du drogenabhängig?"

Sie musste es einfach wissen.

Charly sah endlich zu ihr hoch. „Ich weiß es nicht. Vielleicht …"

Es hörte sich an, als wollte er noch etwas erklären, es sich dann aber anders überlegt. Zumindest klangen die wenigen Worte ehrlich. Auch wenn es nur ein geringer Trost war.

Also schön.

„Du kannst hier wohnen." Als er sogleich in Freude ausbrechen wollte, bremste sie ihn mit einem strengen Blick. „Kein Alkohol. Keine Drogen. Du schläfst in meinem Wohnzimmer auf dem Sofa und wirst für mich arbeiten. Toiletten putzen und Handtücher falten. Und du wirst es tun, ohne dich darüber zu beklagen." Sie deutete auf ihre verletzte Schulter. „Das bist du mir schuldig."

Erneut nickte er. Aber möglicherweise konnte sie erstmals ein wenig Reue auf seinem Gesicht erkennen. Gut. So sollte es sein.

„Wo wir das geklärt haben", sie rieb sich die Hände und versuchte zuversichtlich zu klingen, „können wir überlegen, was mit deinen Schulden passieren soll. Ich gehe davon aus, dass es keine netten Leutchen sind, die man nur höflich um einen Aufschub bitten muss."

Charly stöhnte. „Du hast ja keine Vorstellung ..."

„Offensichtlich nicht. Denn ich bin schließlich die Brave und Langweilige von uns zweien. Die, die keinen Schimmer von der Partywelt da draußen hat." Sie klopfte ihm auf die Schenkel, damit er sie ansah. „Jetzt wäre ein guter Moment, um mich in alles einzuweihen, Bruderherz."

Kapitel 11

In der kommenden Woche geschah nicht viel. Charly hatte Alix einen Teil seiner Sünden gebeichtet und bewohnte seitdem das Wohnzimmer in ihren privaten Räumlichkeiten. Den Ausfall eines ihrer drei Zimmer konnte sie sich auf Dauer nicht leisten. Dass sie Charly beim letzten Mal den Purpursalon gegeben hatte, um seinen Rausch auszuschlafen, war eine Ausnahme gewesen.

Alix war sich sicher, dass er bei den Geständnissen seiner Fehltritte und Verstöße absichtlich nicht ins Detail gegangen war. So harmlos war die Welt da draußen nicht. Ihr Bruder hatte nur so viel preisgegeben wie er musste, damit sie ihm glaubte. Aber vielleicht war es besser so. Das Wenige, was sie erfahren hatte, reichte aus, um sie gehörig in Angst und Schrecken zu versetzen.

Laut seiner Aussage hatte Charly sich von ein paar Kumpels Geld geliehen, um sich Gras kaufen zu können. Nur Gras und Alkohol, nichts anderes, hatte er ihr mehrfach versichert. Alix wollte ihm gerne glauben, deshalb tat sie es und gewährte ihm einen Vertrauensbonus, den er höchstwahrscheinlich nicht verdiente.

In einem Anfall von Gutherzigkeit hatte sie ihm angeboten, für seine Schulden aufzukommen, wenn er ihr versprach, sich von Drogen und schlechter Gesellschaft fernzuhalten. Unter Umständen war das ein wenig blauäugig, wahrscheinlich sogar riskant. Aber er war ihr Bruder, ihre Familie und da musste sie einfach zu ihm halten. Hoffentlich würde sie das nicht irgendwann bereuen. Er schien nur einen Wimpernschlag davon entfernt zu sein, auf die schiefe Bahn zu geraten.

Für ihren Seelenfrieden hatte sie sich bereiterklärt, ihn bis auf weiteres auf ihrer Couch übernachten zu lassen. So konnte sie ihn im Auge behalten und gleichzeitig dafür sorgen, dass er sich nicht langweilte und auf dumme Ideen kam. Ihre Eltern würden hiervon natürlich nichts erfahren. Das war ein Punkt, in dem sie beide hundertprozentig übereinstimmten.

Sobald Colton sich mit seinem Angebot für das neue Hotel bei ihr melden würde, wollte sie ihn fragen, ob er nicht einen Job für Charly hätte. Irgendeine körperliche Arbeit, die ihn forderte und bei der er keinen Schaden anrichten konnte oder seinem Verlangen nach Alkohol zu leicht nachgeben würde.

Es war viel verlangt. Aber wie sie Colton bisher erlebt hatte, war er ein anständiger Kerl. Er würde ihr bestimmt helfen. Letzten Endes strebte er eine langfristige Zusammenarbeit mit ihr an. Außerdem war da noch der Kuss, den er ihr gegeben hatte. Der Kuss, der sie sehr verwirrte und sicher nichts mit dem Angebot, für ihn zu arbeiten, zu tun hatte.

Irgendetwas hatte ihn veranlasst, sie zu küssen. Sehr sanft und völlig anders, als Alix es von Männern gewohnt war. Gut möglich, dass sie einfach zu wenig Erfahrung hatte.

Bestimmt mochte er sie. Er mochte sie sicherlich. Und ihr Hotel, ihre außergewöhnlichen Zimmer und möglicherweise auch ihre Art, wie sie allein ein Hotel führte. Anscheinend hatte sie ihn damit, ohne es zu wollen, beeindruckt.

Alix würde den Kuss gerne wiederholen. Vertrackte Situation. Sie würde gerne mehr tun, als nur zu küssen. Bestimmt befanden sich unter Coltons gut sitzenden Anzügen ein paar straffe Muskeln. Muskelstränge, die darauf warteten, von einer Frau berührt zu werden. Er hatte weder eine Freundin noch war er verheiratet. Das hatte er ihr selbst gesagt. Es würde also nichts dagegen sprechen, wenn sie sich nach mehr sehnte.

Alix atmete tief ein, als ein Schwall kalter Luft in den Vorraum drang und sie quasi aufweckte.

Worüber dachte sie nur nach?

Innerlich schlug sie sich auf die Finger. Es schickte sich nicht, mit dem Chef ins Bett gehen zu wollen. Zugegeben, noch war Colton nicht ihr Chef, trotzdem war es unangebracht, über einen nächsten Kuss samt verschwitzter Fortsetzung in zerwühlten Laken nachzudenken.

Alix wollte Wests Zimmer designen. Sie hatte bereits Ideen, obwohl sie das Gebäude, das Colton gekauft hatte, noch gar nicht kannte. Aber seinen Beschreibungen nach würde sie auf ihre Kosten kommen. Sogar einen Wellnessbereich sollte sie für ihn gestalten. Sie konnte ihr Glück kaum fassen. Das war etwas, das ihr unglaublich Spaß machen würde. Vor allem, weil sie diesmal mehr Möglichkeiten hatte. Für das *Three Rooms* hatte sie jeden Cent umdrehen müssen. Ein paar sehr gute Ideen waren wegen zu hoher Kosten auf der Strecke geblieben. Das würde ihr im *West Hotel* vermutlich erspart bleiben.

Dass Colton sich noch nicht bei ihr gemeldet hatte, verunsicherte Alix allerdings. Das ungewöhnliche Geschäftsessen, das sie im Imbiss abgehalten hatten, lag zwei Wochen zurück. Warum hatte er sich noch nicht gemeldet? War Austin daran schuld?

Mehr und mehr bekam sie Zweifel an ihrem Freund, der ihr geholfen hatte, sich ihren kleinen aber feinen Traum zu erfüllen. Austin hatte als Investmentbanker ein unglaubliches Geschick, was Finanzen anging. Das gehörte zu seinem Fachgebiet. Vielleicht hätte sie ihn doch nicht um seine Meinung und Hilfe bei den Verträgen bitten sollen ...

Schließlich ging es bei Coltons Angebot gar nicht um einen Kredit oder dergleichen. Es war eher ein individuelles Angebot, das einem Arbeitsvertrag gleichkam. Egal, dann hatte sie ihn eben als Freund um Hilfe gebeten. Jetzt war es eh zu spät.

Austin war der richtige Mann, um sie vor Dummheiten zu bewahren und mögliche vertragliche Nachteile zu erkennen und auszumerzen. Alix war stolz auf sich und ihr durchdachtes Handeln. Sie war eine Geschäftsfrau, vielleicht sogar eine knallharte. Zumindest stellte sie sich das manchmal so vor.

Und trotzdem – wie es für eine Frau üblich war – blieb sie ungeduldig und wollte schleunigst mit dem neuen Projekt starten. Alix wusste, dass Austin Colton darüber informiert hatte, dass sie bereit war, für ihn ein Hotelkonzept zu entwerfen. Letzte Woche irgendwann. Konnte es wirklich so lange dauern, ein paar Papiere unterschriftsreif zu machen? So, wie Alix Colton einschätze, war ihr Vertrag längst ausgearbeitet. Warum meldete er sich also nicht bei ihr?

Hatte Austin Forderungen gestellt? Zutrauen würde sie dem Geschäftsmann, der für gewöhnlich jedes Schlupfloch erkannte, das allemal. Unter Umständen sollte sie ihren Freund anrufen und der Sache auf den Grund gehen. Nicht dass Colton einen Rückzieher machte. Das wäre ihr auch nicht recht. Nicht, nachdem sie schon tagelang über mögliche Konzeptionen der Raumgestaltung nachgedacht hatte. Erste Ideenimpulse waren bereits da und wollten losgelassen werden.

Erneut streifte sie ein eiskalter Lufthauch. Alix blickte in den Vorraum. Stand jemand in der Tür und kam nicht herein? Der Durchzug ließ darauf schließen.

Neugierig trat sie um den Tresen herum und reckte das Kinn. Die Tür war halb geöffnet und ... eine Person stand im Eingang und schien auf etwas zu warten. Leider präsentierte ihr der Besucher nur eine halbe Rückenansicht, sodass sie nicht erahnen konnte, um wen es sich handelte. War es ein Stammgast?

Gerade hatte sie zwei Schritte in die Richtung gemacht, da drehte der Besucher sich um und rutschte vor ihren Augen aus. Er versuchte sich mit der Hand an der Wand abzufangen, aber es half nichts. Unsanft landete er auf dem Boden.

Aua!

Allein vom Zusehen schmerzte Alix' Steißbein. Sie unterdrückte den Drang, das Gesicht zu verziehen und laut loszulachen. Das war nicht witzig, auch wenn es äußerst komisch aussah. Und trotzdem ... ein Colton West – diesmal nicht in schickem Anzug – der in einer unleidlichen Position auf dem Boden hockte und sich den Hintern hielt, hatte durchaus eine gewisse Komik. Vor allem sein Gesichtsausdruck. Er schien sichtbar empört über den glatten Boden zu sein. Höchstwahrscheinlich passierte ihm das nicht alle Tage.

Augenblicklich fiel es Alix wie Schuppen von den Augen. Wo war die verdammte Fußmatte? Hatte sie vergessen, den Schmutzfänger nach dem Putzen wieder an seinen Platz zu legen?

In dem Fall wäre sie an möglichen Verletzungen schuld.

Nicht gut. Gar nicht gut.

Er könnte sie erfolgreich verklagen, sollte er das anstreben.

Alix räusperte sich verlegen und trat vor. Sie streckte rettend die Hand aus.

„Hast du dir wehgetan?"

Colton blickte sie mit ungehaltenem Blick an. „Nein."

Ohne sich helfen zu lassen, stand er eigenhändig auf und klopfte sich die Hosenbeine ab.

Alix nahm die zusammengerollte Fußmatte, die für gewöhnlich in den Eingang gehörte, und legte sie zurück an ihren Platz. Sie stand wie vermutet in der Ecke und lag nicht auf dem Boden. Dumm gelaufen. „Entschuldige. Offensichtlich habe ich vergessen, sie zurückzulegen. Mein Fehler." Ihre Stimme klang angemessen schuldbewusst.

Colton brummte etwas Unverständliches und rieb sich über das Handgelenk. Hatte er sich doch ernstlich verletzt?

Alix hätte gerne nachgefragt, aber Coltons umwerfender Anblick stellte irgendetwas mit ihrem Gehirn an. Sie vergaß, was sie sagen wollte und nahm sich einen Moment. Er trug eine Jeans und einen grauen Strickpullover mit V-Ausschnitt, der unglaublich weich aussah. Vermutlich Kaschmir. Darunter ein weißes T-Shirt und darüber eine sportlich kurz geschnittene Daunenjacke in Schwarz. Ein paar braune Boots rundeten das Gesamtbild perfekt ab. So sah Colton also aus, wenn er in Freizeitkleidung unterwegs war. Nicht schlecht, Herr Specht!

Die Jacke gefiel Alix besonders gut. Sie sah dick und kuschelig warm aus. Genau richtig bei dem Temperatursturz der letzten Tage. Seit gestern war auch noch ein eisiger Wind hinzugekommen, der schneidend war.

„Wo ist deine Mütze?", fragte sie ihn und wunderte sich selbst über die Frage. Bestimmt war ihm aufgefallen, dass sie ihn angestarrt hatte.

„Ich bin kein Mützentyp. Die Dinger stehen mir nicht." Sein Tonfall klang immer noch angefressen.

„Womöglich hast du noch nicht die Richtige gefunden." Ein Lächeln versteckend, drehte Alix sich um und ging voraus. Sie rechnete damit, dass Colton ihr zum Tresen folgen würde. In Gedanken setzte sie ihm ein paar Mützen auf und überlegte, welche Form ihm stehen würde.

„Ist es vorne immer so glatt, wenn der Frost einsetzt?"

„Eigentlich nicht." Alix wollte nicht mehr über die blöde vergessene Matte reden. Das würde ihr kein zweites Mal passieren. „Hast du dich wirklich nicht verletzt?", erkundigte sie sich, vom Thema ablenkend, und deutete auf sein Handgelenk, das er immer noch rieb.

„Nein. Ist nichts passiert." Um ihrem prüfenden Blick zu entkommen, steckte er die Hände in die Hosentaschen.

Anscheinend wollte er sich nicht untersuchen lassen. Dann war ja alles gut.

„Bist du wegen dem *West Wellness* hier?" Wie von selbst schlich sich Aufregung in Alix' Stimme. Sie war sofort ganz zittrig.

Colton grinste hochzufrieden. „Dir gefällt der Name also auch?" Die Tatsache, dass sie den Namen benutzte, den er ausgesucht hatte, schien seine Laune zu heben.

Alix nickte. „Ja, ich finde ihn super. Mit den zwei Ws lässt sich grafisch sicher einiges anstellen."

Einen Moment glaubte sie, zu weit gegangen zu sein. Sie sollte schließlich nur die Zimmerkonzepte entwerfen, von neuem Briefpapier war nie die Rede gewesen. „Natürlich nur, wenn du dich von eurem herkömmlichen *West* Logo, was übrigens sehr gut ist, unterscheiden willst."

„Das will ich. Unbedingt." Er nickte und nahm sich einen Augenblick, um sie genauer zu betrachten. Gerade dachte Alix, sie hätte irgendetwas im Gesicht, da sprach Colton weiter und ließ sie vom Haken. „Dein engagierter Investmentbanker hat endlich grünes Licht für die Verträge gegeben."

Er zog einen großen braunen Umschlag aus einer Tasche, die über seiner Schulter hing und ihr noch nicht aufgefallen war, und legte ihn auf den Tresen. Mit einem überaus zufriedenen Lächeln schob er ihn zu ihr herüber.

Alix versuchte seiner Miene weitere Informationen zu entlocken. Das gestaltete sich schwierig. Mehr als das Lächeln war da nicht. „Hat Austin dir Probleme bereitet? Es hat lange gedauert." Sie griff nach dem Umschlag und spähte hinein. Austin hätte sie wenigstens anrufen und zwischenzeitig über den Stand der Dinge informieren können. „Ich dachte, du hättest es eilig und ich sollte schnellstmöglich loslegen." Irgendwie vermutete Alix, dass ihr Freund für die Verzögerung verantwortlich war.

„Ich habe es sogar sehr eilig." Colton legte die Unterarme auf den Tresen, beugte sich vor und war ihr plötzlich ganz nah. Beinahe hätte Alix die Papiere fallen gelassen.

Wow! Dieser Mann roch fantastisch. Nach kalter Luft und etwas Herbem, das Alix am liebsten festgehalten und mit in ihre Wohnung genommen hätte.

„Oh …" Alix fiel keine schlagfertige Antwort ein. Das Knistern zwischen ihnen brachten sie aus dem Konzept.

„Mach dir keine Gedanken über St. John." Colton grinste frech. „Ich kann ihn nicht leiden, aber er vertritt deine Interessen bestmöglich und hat sogar einen Bonus für dich rausgeschlagen, wenn alles termingerecht fertig wird. Du hast dich richtig verhalten. Er hat mir die Verhandlungen nicht leicht gemacht."

Hatte sie sich verhört?

„Wie bitte? Einen Bonus?"

War Austin verrückt geworden? Coltons Angebot an sich war schon unglaublich. Wie konnte Austin da einen Bonus verlangen? Das grenzte in ihren Augen an Unverschämtheit. Colton sollte nicht denken, dass sie sein Angebot ausnutzen und ihn über den Tisch ziehen wollte. Sie öffnete den Mund, um etwas zu erwidern, da sprach er schon weiter.

„Alix. Es ist für mich okay. Völlig in Ordnung. Ich will nicht mehr über die verdammten Vereinbarungen reden." Er legte seine Hand auf ihre. „Ich bin gekommen, um dich abzuholen. Ich dachte, ich zeige dir noch heute das Gebäude, das mir so am Herzen liegt. Du musst es dir unbedingt ansehen."

Alix war überwältigt. Der Mann vor ihr wirkte plötzlich wie ein kleines Kind, das den besten Spielplatz der Stadt entdeckt hatte und direkt loswollte, um alles auszuprobieren. Gemeinsam mit ihr.

„Jetzt sofort?" Sie schüttelte automatisch den Kopf und spürte Enttäuschung in sich aufsteigen. Schade ... Zu gerne wäre sie mitgegangen, um einen ersten Eindruck zu bekommen. „Es ist Sonntag, Colton. Gleich kommen Gäste. Ich kann nicht einfach gehen. Es tut mir leid." Hoffentlich hatte er Verständnis.

Ihr neuer Chef sah gar nicht aus, als hätte er sich gerade eine Abfuhr eingehandelt. Aus seinem Lächeln war ein Grinsen geworden. Ein breites Grinsen.

„Ab jetzt kannst du immer und zu jeder Zeit den Platz hinter diesem Tresen verlassen." Hochzufrieden klopfte er auf das Holz der Theke. „Als dein neuer Arbeitgeber war ich so frei und habe ein kleines Team für das *Three Rooms* zusammengestellt. Mein neuer stellvertretender Hotelmanager, der später das *West Wellness* übernehmen soll, sowie zwei Zimmermädchen, die in zwei Schichten arbeiten, werden ab jetzt für dich einspringen. Alle sind absolut zuverlässig und fleißig. Sie arbeiten schon seit Jahren für mich. Sie stehen draußen vor dem Eingang und warten auf mein Zeichen." Er umschlang ihre Hand und zog sie um die

Anmeldung herum, als wollte er sie zum Tanzen auffordern. „Ab jetzt gehörst du ganz mir."

Übermütiger Kerl.

Alix lachte und freute sich. Nur zu gerne nahm sie das Angebot an. Irgendwie glaubte sie, dass es ihm einen höllischen Spaß bereitete, diese übersteigerten Besitzansprüche anzumelden. Es würde sie überhaupt nicht wundern, wenn er das demnächst in Austins Beisein wiederholen würde. Die beiden schienen in den letzten Tagen keine Freunde geworden zu sein.

Kapitel 12

Colton hatte nicht zu viel versprochen. Das Gebäude, das sich in den nächsten Wochen unter Alix' Anleitung verändern würde, war ein Traum. Natürlich war es heruntergekommen und eine Großbaustelle und auch die Treppen schienen marode zu sein. Aber Alix sah bereits das Endergebnis in ihrer Vorstellung. Sie würde einen wunderschönen und völlig einzigartigen Palast erschaffen.

Tief in Gedanken versunken, legte sie eine Hand auf das Treppengeländer. Sie stand neben Colton in der späteren Eingangshalle. Die Lobby wäre gleich links von ihr.

„Die Treppen musst du erhalten. Auf jeden Fall. Etwas in der Art wird heutzutage nicht mehr gebaut. Außerdem hat es Charakter. Und Charakter ist etwas, das dem Hotel seine Einzigartigkeit verleihen wird." Andächtig strich sie über den abgenutzten Handlauf, der unzählige Macken und Beschädigungen aufwies.

„Ich bin ganz deiner Meinung. Aber erst muss sich ein Fachmann die Konstruktion ansehen." Colton war ihr plötzlich wieder ganz nah. Sein wunderbarer Duft hüllte sie ein. „Siehst du das?" Er zeigte auf mehrere dicht nebeneinanderliegende Löcher im Holz, die kaum größer waren als ein Stecknadelkopf.

„Oh nein!" Das war übel.

„Genau. Holzwürmer." Er griff nach ihrer Hand. „Vielleicht haben wir Glück. Wenn die Schädlinge nicht mehr aktiv sind und keinen allzu großen Schaden angerichtet haben, ist die Treppe sicher noch zu retten." Er zog sie weiter und durchquerte die riesige Eingangshalle. „Wir werden über die Hintertreppe nach oben gehen. Hier ist es zu gefährlich."

Wieder erinnerte Colton sie an einen kleinen Jungen auf dem Spielplatz, der ihr die besten Klettergerüste zeigen wollte. Nur zu gerne ließ Alix sich von seiner Freude und Begeisterung anstecken. Sie empfand schließlich genauso. Die nächsten Wochen würden mehr Vergnügen als Arbeit sein. Ganz sicher.

Nach einer Stunde hatte Alix alles gesehen und sich ein umfängliches Bild gemacht. Colton hatte versprochen, ihr die Pläne so schnell wie möglich zukommen zu lassen. Dann konnte es losgehen.

„Und? Was denkst du?", fragte er und zappelte ein wenig. „Bist du schon inspiriert?" Er hüstelte verlegen und ließ ihre Hand los. Alix war gar nicht aufgefallen, dass er sie während der Führung festgehalten hatte.

„Oh ja, das bin ich." Sie drehte sich im Raum und ließ den Blick schweifen. Es war einer der größten im Haus. Höchstwahrscheinlich würde sie daraus eine Suite machen.

„Ich denke, das hier könnte ein Waldzimmer werden." In Gedanken platzierte Alix bereits einen Baum in der Mitte. Mit starken Ästen und vielen Blättern, darunter eine Bank. Vielleicht ein paar Bachgeräusche. Fließendes Wasser wirkte entspannend auf die Psyche. Sie könnte sogar ein paar Grillen zirpen lassen.

Colton lachte und schüttelte gleichzeitig den Kopf. „Für die Gäste mit Waldfetisch. Ich verstehe."

War ja klar, dass er die Bemerkung so schnell nicht vergessen würde.

Alix verzog das Gesicht und boxte ihn in die Schulter. „Gib es zu, du hast selbst einen Waldfetisch." Es freute sie, dass sie so vertraut miteinander umgehen konnten, obwohl sie sich noch nicht lange kannten. Sie bildeten schon jetzt ein gutes Team.

„Ich habe keinen Waldfetisch." Colton schien beleidigt. „Ich weiß gar nicht, was das überhaupt ist."

Alix zuckte mit den Schultern und würde das Thema zu gerne fallen lassen. Diese Diskussion führte zu schlüpfrigen Fantasien, die sie nicht mit ihrem neuen Boss erörtern wollte.

„Bring mich zurück nach Hause", sagte sie, bevor sie rot werden konnte. „Ich habe den Kopf voller Ideen und brauche dringend meinen Computer, um nichts zu vergessen und ein paar erste Entwürfe zu zeichnen."

„Zu Befehl." Er salutierte. „Du bist die Chefin. Ab jetzt läuft alles, wie du es willst", sagte er grinsend und genauso glücklich wie sie.

Das klang wie Musik in ihren Ohren. Womit hatte sie dieses Glück verdient?

***

Stunden später war Colton mehr als zufrieden. Alix hatte so reagiert, wie er es erhofft hatte. Sie hatte sich ebenso in die Treppe im Eingangsbereich verliebt wie er. Die gewundene Konstruktion gab dem Haus etwas Altertümliches, fast schon Nostalgisches. Hoffentlich war sie nicht von innen heraus zerfressen. Er würde alles daransetzen, sie erhalten zu können. Koste es, was es wolle.

Er griff nach der Weinflasche und füllte sein Glas auf. Der Tag war mehr als geeignet, um ihn mit einem guten Tropfen ausklingen zu lassen.

Colton hatte Alix zum *Three Rooms* gefahren und saß nun in seinen Privaträumen im *West Hotel* über den Esstisch gebeugt. Die Pläne und Angebote der Architekten hatte er vor sich ausgebreitet. Endlich nahm sein Traum Formen an. Es konnte ihm gar nicht schnell genug gehen. Er brannte darauf, anzufangen.

Was seine kleine Designerin wohl gerade machte? Er schmunzelte. Vermutlich das Gleiche wie er. Sie brütete über neuen Ideen und zerbrach sich den Kopf darüber, wie sie sie für ihn umsetzen konnte.

Colton trank einen Schluck Wein und stellte das Glas zur Seite. Sein Handgelenk schmerzte. Verdammt, es war sogar angeschwollen. Natürlich würde er niemals zugeben, dass er sich bei dem lächerlichen Sturz, bei dem er auf dem Hintern gelandet war, verletzt hatte. Er war schließlich lediglich ein bisschen ausgerutscht. In seinen Augen war das keine große Sache. Dabei brach ein erwachsener sportlicher Mann sich keine Knochen. Sanft rieb er über das Gelenk und stellte fest, dass die Haut bereits blau geworden war. Daran würde er noch ein paar Tage seine Freude haben. Er ballte die Hand zur Faust, um die Beweglichkeit zu testen, als es plötzlich an der Tür klopfte. Sofort hielt er inne. Wer konnte das sein? Für gewöhnlich klopfte niemand an seine Tür. Niemals.

Er lebte in einem Hotel. Colton bewohnte eine eigene Etage, die wie eine Wohnung ausgestattet war. Ohne den nötigen Schlüssel gab es keine Möglichkeit, im Aufzug bis oben zu fahren.

Ein ungutes Gefühl breitete sich in seinem Magen aus. Es gab nicht viele Personen, die vor seiner Tür stehen und klopfen konnten. Dazu gehörten seine Angestellten, die für den Zimmerservice zuständig waren, seine Eltern oder ...

Konnte das sein?

Seine Eltern waren in Europa unterwegs und das Zimmermädchen kam um diese späte Uhrzeit nicht mehr. Streng genommen konnte es nur eine Person geben, die es wagte, ihn spät am Abend zu stören. Donnerlittchen! Das wäre eine Überraschung.

Das ungute Gefühl wurde von Freude verdrängt. Zumindest zum größten Teil. Colton konnte nicht glauben, dass möglicherweise seine Schwester vor der Tür stünde. Jetzt und hier. Nach so vielen Monaten, in denen sie sich nicht gesehen hatten.

Wie lange war Tammi unterwegs gewesen? Er wusste es gerade nicht. Auf dem Weg zur Tür schossen ihm tausend Gedanken durch den Kopf. Vielleicht hatte er sich zu früh Hoffnung gemacht und sie war es gar nicht, die geklopft hatte. Daran wollte er nicht denken.

Mit Schwung riss er die Tür auf und wäre beinahe vor Erleichterung in die Knie gegangen. Da war sie! Tammi, seine kleine Schwester, stand hier vor ihm und strahlte ihn an, als wäre sie nie weg gewesen. Sie hatte nichts bei sich außer den hässlichen roten Rucksack, mit dem sie vor Monaten losgezogen war.

„Hallo Colton", begrüßte sie ihn fast schon reserviert.

Vielleicht fühlte sie sich fremd, weil sie lange weggewesen war. Er hatte das Problem nicht. Ohne etwas zu antworten, zog er sie in die Arme und drückte sie an sich. Sie war doch seine Familie, seine einzige Schwester. Fest hielt er sie umschlungen und vergrub sein Gesicht in ihrer Halsbeuge. Ihre Haare waren länger und sie rochen anders als früher. *Zur Hölle, waren das Dreadlocks?*

Er strich ihr über den Rücken und endlich schlang sie ihre Arme um ihn. Ein langer Seufzer folgte.

„Ich hab dich vermisst, kleine Schwester", murmelte er leise und tief bewegt.

„Ich dich auch. Ich dich auch", sagte sie gleich zweimal hintereinander. Ihre Stimme klang weinerlich, fast ein bisschen verzweifelt. Was hatte sie erlebt? War ihr etwas zugestoßen? Wo war sie gewesen? Es gab so viel zu bereden, so viel zu fragen. Colton bewegte sich, ohne sie loszulassen. Er wollte ihr ins Gesicht sehen und eine Antwort auf alle seine Fragen bekommen.

Moment! Etwas war anders. Ihr Gesicht war voller, irgendwie runder. Aber ihre Augen waren dieselben. Wenn man von den Tränen absah, die sie offensichtlich mühsam zurückhielt. Verdammt, ihm standen ja selbst Tränen in den Augen.

„Wie lange warst du weg?" Er konnte immer noch nicht fassen, dass sie wirklich vor ihm stand und ihn nicht mal angerufen und ihre Rückkehr angekündigt hatte.

Tammi schüttelte den Kopf und lachte, wie sie früher gelacht hatte, wenn ihm blöde Fragen rausgerutscht waren. „Möchtest du mich nicht erst mal hereinbitten? Oder sollen wir meine Rückkehr draußen auf dem

Gang diskutieren?" Sie setzte den Rucksack ab, der ziemlich schwer zu sein schien, und dann ... dann sah Colton es. Ihm wurde schlagartig bewusst, was anders war. Sein Mund klappte auf. Das konnte nicht sein. Seine Augen mussten ihm einen Streich spielen. Unmöglich.

Nicht nur ihr Gesicht war runder und voller geworden. Ihr Bauch auch. Seine kleine Schwester war schwanger.

SCHWANGER! Wirklich und in echt. Warum hatte er das nicht gemerkt, als er sie umarmt hatte?

Wie es aussah, war sie bereits im letzten Schwangerschaftsdrittel. Zur Hölle mit dem Kerl, der sie angefasst hatte. Tammi war erst zwanzig. Sie war selbst noch ein Kind und jetzt wurde sie Mutter. Das Bild wollte nicht in seinen Kopf rein.

Dieses Schwein!

Colton spürte, wie sein Gesicht sich rot färbte und die Ader an seinem Hals anfing zu pochen. Er brauchte kein Blutdruckmessgerät, um zu wissen, dass er gerade einen sprunghaften Anstieg erlebte.

Tammi ignorierte seine Reaktion und schob ihn rückwärts. Sobald er drinnen war, schloss sie die Tür. Den Rucksack ließ sie, wo er war.

„Ich seh schon ...", setzte sie an und seufzte erneut, „... du führst dich so auf, wie ich es erwartet habe. Aber ich bin müde, Colton, ich muss mich hinsetzen und mich ausruhen. Ich komme direkt vom Bahnhof." Sie ging an ihm vorbei und ließ sich auf das Sofa im Wohnbereich fallen. Sie ließ sich nicht nur fallen, sie hob die Beine und lagerte sie auf dem Tischchen, das vor dem Sofa stand. Ihre Hände legte sie auf ihren Bauch, der jetzt mehr als deutlich zu sehen war.

Was für eine Wölbung! War da ein Riesenbaby drin? Wie hatte er das nicht spüren können, als er sie umarmt hatte? Er musste völlig überrumpelt gewesen sein. War er immer noch. Was für ein Schock! Sprachlosigkeit erfasste ihn und ließ ihn in seiner eigenen Wohnung erstarren.

„So ist es besser. Viel besser." Sie grinste ihn an, wie sie es immer getan hatte, schon als kleines Kind. Frech und aufmüpfig. „Würdest du meinen Rucksack reinholen?" Sie lächelte immer noch. „Bitte."

„Tammi ..."

„Ja ja, ich weiß, ich bin schwanger. Ich habe es euch verschwiegen, aber nun bin ich ja da." Ihr Gesicht wurde ernst. „Bitte nicht böse sein. Du wirst Onkel."

Womöglich sollte ihn die Tatsache, dass er Onkel wurde, beruhigen. Aber das tat sie nicht.

Colton drehte sich um, holte den Rucksack und stampfte zurück. Wüst setzte er das Monstrum neben der Couch ab. „Hast du den getragen? Der wiegt eine Tonne!", empörte er sich. „Du bist schwanger, verdammt. Du solltest nichts Schweres heben."

Tammis Mundwinkel zuckte, was seinen Zorn weiter anschwellen ließ. „Ich weiß, dass ich schwanger bin. Schon länger als du. Und der Rucksack wiegt keine Tonne. Er wiegt so viel wie immer. Ich komme mit dem Nötigsten aus."

„Tammi ...!" Was sollte er nur sagen? Für eine Predigt war es längst zu spät. Völlige Hilflosigkeit überkam ihn.

„Colton." Sie streichelte sich über den Bauch und zuckte kurz zusammen. Ihr Bauch hatte sich bewegt. Vor seinen Augen. Er wollte es kaum glauben. Das ungeborene Baby bewegte sich und er konnte es sehen. Wahnsinn! Selbstverständlich war er nicht blöd und wusste, dass es ganz natürlich war. Aber zwischen wissen und es mit eigenen Augen sehen, gab es einen Unterschied. Einen großen.

„Komm her." Tammi klopfte neben sich auf das Polster. „Gib mir deine Hand. Mein Sohn wird bestimmt ein großartiger Fußballspieler." Wieder verzog sie das Gesicht, als sie einen offensichtlichen Tritt spürte.

Das war ein Wunder. Colton setzte sich und spürte, wie sich sein Zorn über die missliche Lage in Luft auflöste. Tammi nahm seine Hand und legte sie über eine faustgroße Delle an ihrem Bauch. „Ich glaube, das ist sein Fuß. Warte einen Moment, dann wirst du es merken."

„Du weißt, dass es ein Junge wird?" Völlig fasziniert starrte er sie an.

„Ja." Sie lachte. „Stell dir vor, auch in fremden Ländern gibt es Ultraschallgeräte. Ich weiß es schon seit Wochen."

Rotzig und frech war sie immer noch. Das hatte sich nicht verändert.

„Du hättest es mir erzählen sollen." Colton sah auf seine Hand und wartete gespannt auf eine Bewegung.

Tammi schwieg einen Moment. Sie strich ihm über den Handrücken und wirkte fast schon berührt. „Ich habe es in Betracht gezogen, es aber dann doch bleiben lassen."

Er wusste nicht, was er von der Antwort halten sollte. „Warum? Vertraust du mir nicht?“ Er war enttäuscht. Dass sie ihn nicht in ihre Probleme eingeweiht hatte, verletzte ihn.

„Doch.“ Ihre Stimme brach. „Du bist der Einzige, der mich je verstanden hat. Aber du bist auch mein großer Bruder und ich glaube, du hättest den Vater des Babys zu Kleinholz verarbeitet, wenn ich dir früher von meiner Situation erzählt hätte.“

Die Sorge war berechtigt. Genau das hätte er getan.

„Könnte sein.“ Colton schmunzelte und glaubte, eine winzige Bewegung unter seiner Hand gespürt zu haben. „Wo ist der Vater?“, fragte er bedrohlich leise.

„Weg.“ Die Antwort kam schnell.

Er wartete noch einen Moment, aber seine Schwester führte nichts weiter aus. Anscheinend wollte sie es nicht erklären. „Willst du damit sagen ...?“

„Colton“, unterbrach Tammi ihn. „Es gibt keinen Vater. Können wir es nicht einfach dabei belassen? Er ist nicht da. Ich werde dieses Baby alleine großziehen.“ Sie lächelte und wieder traten Tränen in ihre Augen. „Bitte bohr nicht weiter nach. Sei einfach der beste Onkel, den mein Kind sich wünschen kann.“

Aber sicher doch! Das würde ihr so passen!

„Nein! Verdammt, wenn der Mistkerl dich sitzengelassen hat, spüre ich ihn auf und kastriere ihn.“ Der Gedanke gefiel ihm ausgesprochen gut. Es würde ihm Genugtuung verschaffen. Er würde es für seine Schwester tun. Zu gerne. Sein Mitgefühl für ihre Situation war unbeschreiblich.

„Bitte Colton, ich möchte nicht darüber reden." Ihr Gesicht verzog sich. „Verstehst du das nicht? Er ist nicht schuld."

Glaubte sie, er wäre von gestern? „Wie kann er nicht schuld sein. Er hat mit dir geschlafen und dich anschließend verlassen." Rasend schnell kochte der Zorn auf den Vater des Babys hoch. Wenn er jetzt hier wäre, würde Colton ohne zu überlegen zuschlagen. Er fühlte sich wie ein Dampfkessel, der dringend Druck ablassen musste. Dieser Mistkerl hatte seine Schwester verletzt, indem er sie geschwängert und anschließend sitzengelassen hatte. Dafür gab es keine Entschuldigung.

Colton hätte noch eine Menge mehr zu sagen gehabt, aber nun bewies sein Neffe ihm, dass er später wirklich ein Fußballstar werden wollte. Er trat ihm in die Handfläche. Unglaublich. Zwei weitere Tritte, die nicht weniger heftig waren, folgten.

WOW!

„Du hast recht." Colton starrte fasziniert und zutiefst beeindruckt auf den gewölbten Bauch seiner Schwester. Alles, was er hatte sagen wollen, war vergessen. „Das ist erstaunlich. Dein Sohn hat tatsächlich nach mir getreten." Angezogen von dem ungeborenen Leben streichelte er über die kleine Beule. Tammi belächelte seine Reaktion, als hätte sie nichts anderes erwartet.

„Wie ist das passiert?" Sie berührte sein Handgelenk und kommentierte seine Begeisterung nicht. „Bist du gestürzt?"

Echt jetzt?

Sie war im hundertsten Monat schwanger und wollte wissen, warum er sich das Handgelenk verstaucht

152

hatte? Was war mit dem Gespräch über den Kindsvater? Wollte sie ihn wirklich ohne jegliche Information hängenlassen?

Colton unterdrückte ein Seufzen und nahm die Hand von ihrem Bauch. Die kommenden Tage würden nicht einfach werden. Seine Schwester schien stur wie eh und je zu sein. Wenn sie nicht wollte, würde sie ihm kein Sterbenswörtchen verraten. Da konnte er sich auf den Kopf stellen. Er saß in der Patsche.

Sogar ziemlich tief.

Also schön, wenn sie es so wollte, würde er ihr einen Aufschub gewähren. Quasi als Willkommensgeschenk. Ein paar Tage konnte er sich zusammenreißen.

„Hast du Hunger?", wechselte er das Thema. Unter Umständen war es wirklich besser, alle Gespräche und hitzigen Diskussionen auf später zu verschieben. Viel später. Dann würden sie eben beide die Ruhe vor dem Sturm genießen. Auch gut.

Tammi grinste und schien seine Gedanken gelesen zu haben. „Ich sterbe vor Hunger. Meinst du, die Küche hat noch auf und kann uns ein paar Fritten raufschicken?"

Was für eine Katastrophe. Colton fühlte sich verantwortlich. Wie immer, wenn es um seine einzige Schwester ging.

„Ich bin kein Arzt oder Gynäkologe. Aber du brauchst in deinem Zustand sicher etwas Ausgewogeneres als Fastfood." Er stand auf, um zum Telefon zu gehen. „Das ist fettig und ungesund."

„Ein paar Fritten reichen völlig", rief sie ihm hinterher und bewies damit, dass sie sich kein bisschen verändert hatte. Sie war in den letzten Monaten nicht erwachsen geworden. Kein Stück.

Colton hätte am liebsten etwas gesagt. Die Antwort war typisch für seine Schwester. Aber bald würde Tammi kein Kind mehr sein. Sie würde eine Mutter sein und auf Ernährung achten müssen. Für sich und ihr Baby.

„Die Küche hat neuerdings rund um die Uhr geöffnet. Bitte suche dir etwas anderes aus." Ungeduldig deutete er auf die Speisekarte, die vor ihr auf dem Wohnzimmertisch lag. „Einen Salat oder etwas mit Gemüse." Er legte den nötigen Nachdruck in seine Stimme. Konnte sie nicht einfach tun, was er von ihr verlangte? Das Leben wäre so einfach.

Seine Schwester wollte offenbar etwas erwidern, ließ es aber bleiben, als sie seinen gestressten Blick registrierte. „Okay. Ich esse sowieso alles. Entscheide du. Aber ich möchte einen Pudding zum Nachtisch. Geht wenigstens das, großer Bruder?" Sie zwinkerte und er wusste, dass er verloren hatte. Er hatte ihr noch nie einen Wunsch abschlagen können.

Kapitel 13

Kurz nachdem Colton sie am *Three Rooms* abgesetzt hatte, saß Alix an ihrem Laptop und war tief in Gedanken versunken. Dass sie nun gleich mehrere Angestellte hatte und sich nicht an der Anmeldung aufhalten musste, war toll, aber auch gewöhnungsbedürftig. Sie konnte sich nicht erinnern, wann sie zuletzt ungestört hatte arbeiten dürfen. Das war purer Luxus.

Mittlerweile war es nach zweiundzwanzig Uhr.

Sie hatte nicht bemerkt, wie schnell die Zeit verflogen war. Das geschah öfter, wenn sie in eine Idee vertieft war, die sie nicht loslassen wollte. Und das *West Wellness* würde sie eine lange Zeit nicht loslassen. Das stand mal fest.

Aber jetzt drangen Stimmen und laute Geräusche, die ohne Frage vom Eingangsbereich kamen, zu ihr in die Privaträume. Es war nicht zu leugnen. Wie es schien, gab es vorne ein Problem – ein lautstarkes.

Alix stand auf und klappte den Laptop zu, um nachzusehen und Coltons Manager unter die Arme zu greifen. Sie war sowieso fertig für heute.

Der Manager schien mit seiner neuen Aufgabe im *Three Rooms* nicht glücklich zu sein. Anscheinend stellten drei Zimmer keine angemessene Aufgabe dar, für einen Mann, der später ein Hotel der *West*-Kette leiten sollte.

Neue Flüche waren zu hören. Alix musste lachen, als die wüsten Beschimpfungen der Unruhestifterin immer lauter wurden. Wenn ihr überqualifizierter Manager nicht aufpasste, würde die Frau bald mit der Handtasche auf ihn einschlagen. Oder schlimmer, mit den Absätzen ihrer Highheels. Das war beim letzten Mal passiert, als sie mit übelster Laune im *Three Rooms* aufgetaucht war, um sich bestätigen zu lassen, dass ihr Mann fremdging und sie gleich mit zwei Frauen betrog.

Alix' Vorahnung sagte ihr, dass es sich um die gleiche Frau handelte. Dafür brauchte sie keinen Blickkontakt. Die piepsige Stimme würde sie so schnell nicht vergessen. Das waren Probleme, mit denen sich die Hotels der *West*-Kette sicher nicht herumschlagen mussten.

Na, dann los! Auf ins Getümmel ...

Alix näherte sich ihrem alten Arbeitsplatz und versteckte ihr Grinsen hinter einem Hüsteln. Oh ja! Ihr neuer Manager war sowas von überfordert. Er schien sogar blasser als zuvor zu sein. Betrogene Ehefrauen gehörten offensichtlich nicht zu seinem Fachgebiet. Er sah regelrecht verängstigt aus.

„Kann ich helfen?", unterbrach Alix die Szene, die kurz davorstand, zu eskalieren. Für das Lächeln auf ihren Lippen konnte sie nichts. Sie genoss die Situation einfach ein bisschen zu sehr. Bestimmt kam sie dafür in die Hölle. Und wenn nicht, dann würde die Schadenfreude ihr sicherlich ein paar schlechte Karmapunkte einbringen.

„Mein Mann ist nicht nach Hause gekommen!", klärte die aufgebrachte Frau sie auf. Wie Alix vermutet hatte, war es die Frau mit der piepsigen Stimme vom letzten Mal. „Und auf der Arbeit ist er auch nicht." Sie trug eine pinkfarbene Yogahose, Fellstiefel und eine dünne schwarze Nylonjacke, die wohl für wärmere Tage gedacht war.

„Das tut mir leid." Alix stellte sich neben die eingeschüchterte Führungskraft, der offensichtlich die Worte fehlten.

„Ist er hier? Ist mein Mann hier?"

Alix stieß einen Seufzer aus. Jetzt kam der unliebsame Teil ihrer Arbeit. „Ich darf keine Auskunft über unsere Gäste geben. Tut mir leid. Haben Sie es auf seinem Handy versucht?"

Die Frau wirkte verloren. „Er geht nicht ran."

„Das tut mir leid", wiederholte Alix sich. „Ich kann Ihnen leider nicht weiterhelfen." Ihr Blick zeigte hoffentlich Mitgefühl. Sie wusste nicht, ob besagter Ehemann sich im Haus aufhielt. Sie vermutetet es, konnte es aber nicht mit Bestimmtheit sagen. Sie war schließlich mit Colton unterwegs gewesen.

Dass die Frau mit dem merkwürdigen Klamottenstil bereits zum zweiten Mal hier auftauchte, ließ darauf schließen, dass die Ehe der beiden nicht die stabilste war. Auch wenn Alix der Frau gerne geholfen und sie unterstützt hätte, ihre Probleme musste sie allein lösen. Am besten zu Hause und nicht im *Three Rooms*.

„Ich muss es wissen." Eine Träne bildete sich im Augenwinkel und drohte überzulaufen.

Ach Gottchen.

„Ich kann Ihnen wirklich keine Auskunft über unsere Gäste geben." Das Leid der Frau bewegte Alix zutiefst. Sie schien völlig fertig zu sein. So etwas wie das geschah höchst selten.

Die Frau blickte zu Boden. Ihre Schultern hingen tief. „Wenn ich keine Beweise für einen Ehebruch habe, habe ich keine Chance vor Gericht. Mein Scheidungsanwalt hat mir geraten, Archer auf frischer Tat zu ertappen."

Das wurde ja immer schlimmer. Jetzt hatte Alix neben dem Mitgefühl auch noch ein schlechtes Gewissen. Frauen sollten zusammenhalten.

Der neue Manager, der immer noch neben ihr stand, trat einen Schritt zurück, als hätte die Frau eine ansteckende Krankheit. Die Überforderung war ihm deutlich anzusehen. Er überlegte sicher, wie er sich in Luft auflösen konnte.

Alix schob ihn kurzerhand beiseite und warf einen Blick auf den Computermonitor. Sie öffnete die Seite für die Reservierungen.

„Wenn Sie ein Zimmer wollen, brauche ich Ihren vollständigen Namen. Vor- und Zuname bitte." Mit den Fingern über der Tastatur wartend, sah sie die betrogene Ehefrau an.

Ihr Blick wurde fragend. „Ich möchte kein Zimmer, ich möchte nur wissen, ob mein Mann eins reserviert hat. Ob er hier ist."

Alix ließ nicht locker. „Ich brauche *Ihren* Namen."

„Cayton, Eva Cayton heiße ich." Misstrauisch trat sie näher an den Tresen heran. Sie versuchte sogar, an ihr vorbei auf den Monitor zu schauen.

Alix sah, dass ein Archer Cayton für die nächsten zwei Stunden das Liebesnest reserviert hatte. Natürlich konnte Alix der guten Frau das nicht verraten. Sie gab niemals Daten ihrer Gäste heraus. Auch nicht, wenn sie es zu gerne getan hätte. Das verbot ihr das Gesetz – und der Anstand. Das, was sie vorhatte, war fragwürdig genug.

„Es tut mir leid. Alle Zimmer sind für die nächsten zwei Stunden belegt." Alix sah ihr tief in die Augen und hoffte, dass die Frau auch so verstand. „Aber wenn Sie warten wollen, bis etwas frei ist, können Sie das gerne tun."

„Verdammt, ich will kein Zimmer!"

Sollte die Frau weiter in der Laustärke brüllen, würde ihr Mann samt seiner Geliebten durchs Fenster verschwinden. Ihre Stimme war höchst auffällig. In dem Fall konnte sie ihn nicht mit heruntergelassener Hose erwischen.

„Wie ich schon sagte: Aktuell sind alle Zimmer belegt. Ich würde Ihnen raten, im Internetcafé auf der anderen Straßenseite zu warten. Dort bekommen Sie etwas zu trinken und können durch die Fenster das *Three Rooms* beobachten."

Wie kräftig musste sie denn noch mit dem Zaunpfahl winken? Sie sprach doch eine mehr als eindeutige Sprache. Oder nicht?

Die Frau öffnete den Mund und schloss ihn nach einem kurzen Moment wieder. Ihr Blick veränderte sich und ihr Ärger schien zu verrauchen.

Na also. Endlich hatte sie kapiert.

„Zwei Stunden? In zwei Stunden wird ein Zimmer frei?"

„Ja." Alix nickte und schenkte der Frau ein zufriedenes Lächeln. „Ich denke, das ist genau *das* Zimmer, auf das es sich lohnt, zu warten. Es ist unser Schönstes."

Na bitte, Mission erfüllt. Jetzt musste das Schicksal entscheiden. Sie hatte damit nichts mehr zu tun.

Kaum war die Frau mit einem argwöhnischen Blick abgezogen und im Internetcafé gegenüber verschwunden, trat der Manager zurück an seinen Platz.

„Geschieht so etwas häufiger?" Er hatte noch nicht zu seiner ursprünglichen Gesichtsfarbe zurückgefunden und wirkte immer noch leicht verunsichert.

„Eigentlich nicht." Alix drehte sich zu ihm um. „Bis auf ein paar wenige Ausnahmen sind meine Gäste alle sehr liebenswerte Menschen." Sie zuckte mit den Schultern. „Nicht jeder, der hier ein Zimmer bucht, betrügt seine Frau oder Freundin."

Alix wollte noch mehr sagen, wurde aber abgelenkt.

War das Rauch? Es roch plötzlich verbrannt. Wie konnte etwas verbrannt riechen? Bis auf den Kaffeevollautomaten gab es keine elektronischen Geräte in dem Raum, der gleich neben der Anmeldung lag. Ein vergessener eingeschalteter Herd oder Backofen konnte es nicht sein. Und aus ihren Privaträumen konnte der ungewöhnliche Gestank ebenfalls nicht kommen. Charly war nicht zu Hause. Nachdem Colton sie abgesetzt hatte, war sie den ganzen Abend allein gewesen und hatte die Küche nicht betreten.

„Etwas brennt hier." Ihr neuer Manager hatte es also auch bemerkt. Er rümpfte die Nase und sah sich um.

Merkwürdig.

„So hat es hier noch nie gerochen." Auch Alix sog die Luft ein und legte sich anschließend eine Hand über den Mund. Der Gestank verschlimmerte sich. Und zwar schnell.

Ein Rauchmelder gab plötzlich Alarm und ließ Alix das Blut in den Adern gefrieren. Wo kam das piepende Geräusch her? Welcher Melder war angesprungen?

Im *Three Rooms* hatte es noch nie gebrannt. Da das Gebäude knapp achtzig Jahre alt war, hatte sie bei der Renovierung sämtliche Stromleitungen austauschen lassen. Ein Kabelbrand konnte es nicht sein. Alles war runderneuert.

„Ist außer den Hotelgästen noch jemand im Gebäude?" Von jetzt auf gleich war ihr Manager zum Leben erwacht. Der Mann, der Angst vor einem betrogenen Frauchen hatte, war verschwunden. Vor Alix stand ein gestandener Kerl, der offensichtlich schon an einigen Schulungen über das richtige Verhalten im Brandfall teilgenommen hatte. Wenn die Situation, in der sie sich befanden, nicht so bedenklich gewesen wäre, wäre es fast schon komisch gewesen. Eine bedauernswerte Ehefrau machte ihm Angst und ließ ihn zur Salzsäule erstarren. Aber ein mögliches Feuer war kein Problem. Das war irgendwie schräg.

„Mein Bruder ist nicht im Haus. Nur die Hotelgäste sind da."

„Das Zimmermädchen kommt auch erst morgen." Er drückte ihr das Handy in die Hand, das sie neben den Computer gelegt hatte. „Gehen Sie nach draußen und rufen Sie die Feuerwehr."

War er verrückt geworden?

Vielleicht schmorte nur irgendwas vor sich hin. Sie war sich nicht sicher, aber wenn das ein falscher Alarm war, würde sie den Einsatz womöglich bezahlen müssen. Nein danke. Sie würde nicht gehen, solange nicht geklärt war, woher der Gestank kam.

Es war zu früh, um in Panik zu geraten.

„Nein. Auf keinen Fall. Vielleicht ist es nur ein winzig kleines Feuerchen, das wir selbst löschen können. Oder jemand spielt uns einen Streich. Stinkbomben sind wieder ganz groß im Kommen, habe ich mir sagen lassen." Alix wusste, wie viele Feuerlöscher es auf jedem Gang gab. Es waren gefühlt unzählige, alle paar Meter. Sie hatte selbst geholfen, sie zu befestigen. Keiner war aktuell in Gefahr.

Ihr Manager packte sie unsanft an den Schultern und drehte sie Richtung Tür. Ein kurzer Blick in seine Miene verhieß nichts Gutes. Er war sauer und von ihr genervt. Anscheinend ließ er sich nicht gerne etwas sagen.

„Seien Sie vernünftig." Er schob sie vor. „Hier brennt mehr als ein unbeaufsichtigter Aschenbecher. Gehen Sie! Schnell! Ich sorge dafür, dass die Leute rauskommen." Im nächsten Augenblick wollte das Universum ihr wohl mitteilen, dass ihr neuer Angestellter recht hatte, denn ein weiterer Rauchmelder schrillte los.

Verdammt!

Die Tür zum Waldzimmer ging auf und ein Pärchen steckte die Köpfe heraus. „Was ist los?" Sie schoben das Kinn vor, schnupperten und verzogen die Gesichter. „Das ist kein Probealarm", stellte einer der beiden mit Erschrecken fest.

„Verlassen Sie das Hotel. Nehmen Sie nichts mit. Gehen Sie sofort auf die Straße. Wir rufen die Feuerwehr."

Es war fesselnd und verstörend zugleich, dem Manager zuzusehen, wie er Anweisungen erteilte, als würde er jeden Tag die Rettungsmaßnahmen bei einem Feuer überwachen. Starkes Kino.

Die Waldzimmergäste zogen die Köpfe ein und waren im nächsten Moment außer Sichtweite. Hoffentlich warfen sie sich wenigstens eine Jacke über, bevor sie sich ins Freie stürzten. Draußen war es eiskalt.

Als Alix die ersten Rauchschwaden entdeckte, wurde ihr ganz anders. Die Realität schlug zu.

Nein, bitte nicht.

Wie es aussah, sollte sie schleunigst die Feuerwehr rufen, so wie es ihr aufgetragen worden war. Mist! Womöglich war das Problem doch größer als sie sich eingestehen wollte.

Fluchend und den Manager ignorierend, der sich bereits in Bewegung gesetzt hatte, um an die Tür des Liebesnests zu klopfen, wählte sie den Notruf. Nachdem das erledigt war, klopfte sie an die letzte Tür und wies die Gäste an, das Gebäude so schnell wie möglich zu verlassen.

Der Manager tauchte neben ihr auf. Besaß er eigentlich einen Namen? Bestimmt hatte Colton ihn vorgestellt. Alix hatte ihn nur vergessen und würde ihn jetzt garantiert nicht danach fragen.

„Sie sind ja immer noch hier!" Er schubste sie unsanft Richtung Ausgang. Der Rauch hatte sich dunstartig ausgebreitet und verpestete die Luft aufs Übelste. Wann war das passiert? In den letzten Minuten? Alles schien sich rasend schnell zu verändern. Alix musste husten und legte sich die Hand über den Mund. Der Sauerstoff wurde sekündlich dünner. Sie mussten wirklich raus. Alle beide. Jetzt sah sie es ein. Gefolgt von dem Mann, der die Evakuierung an sich gerissen hatte, trat sie auf die Straße. Prompt konnte sie einen Hustenanfall nicht mehr unterdrücken. Sie nahm einen tiefen Atemzug, genoss die klare und extrem kalte Luft und fing gleich wieder an zu krächzen. Teufel auch!

Alix sah sich um. Einige Leute waren aus dem gegenüberliegenden Internetcafé auf den Bürgersteig getreten und schauten interessiert und ein wenig schockiert drein.

Wenigstens trugen alle Gäste, die das Hotel so überstürzt verlassen hatten, Kleidung. Es würde nicht peinlicher als nötig werden. Auch nicht für Archer Cayton, den Alix glaubte ausgemacht zu haben. Jetzt würde seine Frau ihn eher wiedersehen als gedacht. Pech für ihn. Das war wohl Schicksal.

Kaum hatte sie sich versichert, dass alle Gäste in Ordnung und unverletzt waren, blickte sie zu ihrem Hotel zurück.

Das *Three Rooms* brannte.

Bisher waren noch keine Flammen zu sehen, nur ein wenig Rauch quoll durch ein gekipptes Fenster, das zur Straße heraus lag. Trotzdem bekam sie Angst. Was, wenn die Ursache mehr war als eine vergessene Zigarette? Was, wenn sich das Feuer rasend schnell ausbreitete? Angst schnürte ihr die Luft ab. Das durfte nicht passieren.

Wo blieb die verdammte Feuerwehr? Um nichts in der Welt wollte sie ihr Hotel verlieren. Es war doch ihr wahr gewordener Traum. Es war schrecklich und zum aus der Haut fahren. Ihr Traum brannte und sie konnte nichts tun, als dabei zuzusehen.

Alix bemerkte, dass ihr Manager sich um die Gäste kümmerte und Fragen stellte. Er schien in dem Durcheinander einen kühlen Kopf behalten zu haben. Aber es war auch nicht sein Traum, der gerade Feuer gefangen hatte.

Endlich hörte Alix die Sirenen. *Gott sei Dank.*

Es war noch nicht zu spät. Die Feuerwehr war da. Endlich! Sie würde alles in den Griff bekommen, bevor ein ernsthafter Schaden entstehen konnte. Da sie bisher nur Rauch gesehen hatte, war es womöglich noch nicht zu spät. Einmal durchlüften und hier und da ein bisschen Farbe, je nachdem, was passiert war, und alles würde in Ordnung kommen.

Der Leiterwagen hielt mitten auf der Straße, dahinter reihten sich weitere Fahrzeuge und kamen zum Stehen. Der volle Einsatz. Das volle Programm.

Alix drehte sich um und ging auf den Mann zu, der aus dem ersten Wagen gestiegen war. Sie wollte ihm schnellstmöglich erklären, wie er am leichtesten zu den unteren Räumen kam.

Sie hatte ihn noch nicht erreicht, da gab es einen Knall. Einen ohrenbetäubenden Knall, bei dem sie eine Druckwelle im Rücken spürte. Reflexartig beugte sie sich vor, schützte ihren Kopf und hielt sich die Ohren zu. Ihre Knie gaben leicht nach, aber sie konnte sich auf den Beinen halten.

Die Menschen um sie herum schrien und plötzlich war da eine Hand, die sie am Oberarm fasste und nach vorne zog. Weg von ihrem kleinen Hotel.

Was zur Hölle ...

In ihren Ohren piepte es. Alles hörte sich dumpf und weit entfernt an. Und dann war da Rauch. Viel Rauch. Überall. Mehr, als sie je für möglich gehalten hätte. Sie konnte nichts sehen. Alles lag wie im Nebel.

Alix musste husten. Schnell legte sie sich eine Hand über Mund und Nase. Aber es half nichts.

„Sind Sie okay?“ Ein Feuerwehrmann zwang sie, sich aufzurichten. Er sah ihr ins Gesicht. „Sind Sie okay?“, wiederholte er seine Frage drängender. „Ist Ihnen etwas passiert?"

Alix nickte erst röchelnd und dann schüttelte sie den Kopf. „Mir geht es gut", sagte sie und drehte sich um.

Oh Gott.

Hätte sie das doch bleiben lassen und sich den Anblick erspart. War eben nur ein bisschen Qualm aus den Fenstern gedrungen, stand nun das Hotel lichterloh in Flammen. Fenster waren gesprungen, im Dach klaffte ein Loch und die Eingangstür lag gespalten in zwei Teilen auf der Straße. Der Bürgersteig war mit Glassplittern übersäht. Dicker schwarzer Rauch schien überall zu sein und ließ es noch unheilvoller aussehen.

Der Feuerwehrmann, der es plötzlich eilig zu haben schien, schob sie hinter eine Absperrung, die eben noch nicht da gewesen war, und wies sie an, sich nicht wegzubewegen.

Das hatte Alix nicht vor. Sie würde zusehen. Auch wenn es das Schrecklichste war, was sie jemals gesehen hatte. Schmerz und Trauer überwältigten sie. Sie fühlte sich unendlich hilflos.

Das *Three Rooms* war verloren. Das Feuer würde es einfach auffressen.

Alix konnte kaum glauben, was sich vor ihren Augen abspielte. Sie stand hinter einer Absperrung aus Flatterband, die von der Feuerwehr gezogen worden war, und sah zu, wie ihr Hotel brannte. Lichterloh. Ihr Traum, ihr finanzielles Standbein, ihr Lebenswerk. Zumindest hatte es ein Lebenswerk werden sollen. Jetzt würde von ihrem Traum höchstens ein Häufchen Asche übrigbleiben.

Wie hatte das nur passieren können? Hätte sie schneller reagieren müssen? Möglicherweise wäre es anders gekommen, wenn sie nicht gezögert hätte. Wie dumm von ihr, zu vermuten, dass der Rauch von einem vergessenen Aschenbecher hatte stammen können. Warum hatte sie nicht schneller die Feuerwehr gerufen? Im Nachhinein ein nicht wiedergutzumachender Fehler.

Tränen stiegen ihr in die Augen und ließen sie alles verschwommen sehen. Der Rauch stach ihr in Hals und Nase. Aber das war nicht der Grund für die erste Träne, die langsam über ihre sicher rußverschmierte Wange lief.

Jemand, vermutlich ein Feuerwehrmann, legte ihr eine Unfalldecke über die Schultern und sagte etwas, das Alix nicht verstand. Es war auch egal, es war nicht wichtig. Sie nahm die dünne silberne Folie und hielt sie mit einer Hand vor der Brust zusammen. Genau wie die anderen, die um sie herumstanden – ihre Hotelgäste und die Schaulustigen aus dem Internetcafé. Alle standen in Decken gehüllt und starrten auf die unaufhaltsame Katastrophe. Bestimmt betrauerten sie ihr Gepäck, das gerade in Flammen aufging. Oder auch nicht.

Alix führte ein Stundenhotel. Für gewöhnlich blieben ihre Gäste nur kurz und hatten selten mehr als eine Handtasche dabei. Also beklagten sie höchstwahrscheinlich nur den Verlust ihrer Jacke.

Wenigstens war niemand verletzt worden. Ein Segen. Alle Hotelgäste hatten es rechtzeitig ins Freie geschafft. Rechtzeitig, bevor es diesen Knall gegeben hatte.

Alix war sich noch nicht sicher, was das für ein explosionsartiges Geräusch gewesen war, das sie beinahe von den Füßen geholt hatte. Die Feuerwehr würde es herausfinden. Vielleicht war die Heizungsanlage schuld. Konnte so ein technisches Ding explodieren? Oder war es doch eins ihrer Küchengeräte gewesen? Die Neusten waren es schließlich nicht mehr. Alix konnte sich keinen Reim darauf machen. Soweit sie wusste, war kein Gerät eingeschaltet gewesen, als das Feuer ausgebrochen war.

Sie seufzte lange und tief. Heute würde sie keine Antworten darauf bekommen. Die Feuerwehr würde den Brand löschen und die Polizei danach die Ermittlungen einleiten. Alle Schaulustigen würden nach Hause gehen und auch die wenigen Hotelgäste würden von dannen ziehen.

Und Alix? Wo sollte sie heute Nacht schlafen? Sie hatte nicht nur ihr Hotel verloren, sondern auch ihre Wohnung, die sich natürlich im Gebäude vor ihr befand ... befunden hatte. Das Feuer vernichtete sie gerade. Und da ihr Bruder mittelos bei ihr untergekommen war, konnte sie auch nicht bei ihm Unterschlupf finden.

Wo steckte er überhaupt? Sicher bei einem seiner schrecklich netten Kumpels. Alix sträubten sich bei dem Gedanken die Nackenhaare. Denn so nett waren diese Halsabschneider nicht. Beste Kumpels hin oder her. Wenigstens bräuchte Charly bei den Temperaturen nicht auf der Straße zu schlafen. Bevor er bei ihr vorübergehend eingezogen war, hatte er auch auf diversen Couches von Freunden geschlafen. Das sollte also kein Problem für ihn sein. Sie war es, der ein Platz zum Schlafen fehlte.

Neue Tränen verschleierten ihr die Sicht und ließen ihr Herz schwer werden. Eine Tragödie dieser Größenordnung war ihr noch nie widerfahren. Vielleicht konnte sie sich auf die Bordsteinkante setzen und weiter dem Feuer zusehen. Solange es noch nicht gänzlich gelöscht war, gab es eine behagliche Wärme ab. Zusammen mit der Decke, die über ihren Schultern hing, dürften die Minustemperaturen eine Weile auszuhalten sein.

Alix ließ den Blick über die sich lichtende Menschenansammlung schweifen. Wo war eigentlich ihr Hotelmanager?

Alix musste plötzlich an Colton denken. War es wirklich erst Stunden her, dass Alix sich das heruntergekommene Gebäude, das das zukünftige *West Wellness* werden sollte, angesehen hatte?

Ungelenk, weil sie die Enden der Decke nicht loslassen wollte, wischte sie sich über die Augen und zog die verfrorene Nase hoch. Ihr neuer Manager, der die Evakuierung ihres kleinen Hotels fachmännisch überwacht hatte, war offensichtlich gegangen, ohne ihr Bescheid zu geben. Jedenfalls konnte Alix ihn nirgendwo entdecken. Oder hatte er ihr ein Zeichen gegeben und sie hatte es nicht bemerkt? Möglich war in ihrem verwirrten Zustand alles ...

Die meisten noch Anwesenden gehörten zur Feuerwehr und waren damit beschäftigt, Ordnung in das Chaos zu bringen.

Alix' Beine fühlten sich von Minute zu Minute schwerer an. Gerade überlegte sie, sich an Ort und Stelle auf den Boden fallen zu lassen, da legte ihr jemand eine Hand auf die Schulter.

„Alix?" Der Jemand drehte sie sanft, aber bestimmt um und sah sie an. Es war Colton, Colton West. Und er wirkte zutiefst besorgt. Er ließ seinen Blick über ihr Gesicht und anschließend über ihren Körper wandern, als suchte er nach möglichen Verletzungen. „Bist du okay?", fragte er mit aufgeregter, leicht atemloser Stimme. Es hatte den Anschein, als würde er sich zur Ruhe zwingen.

War sie okay? Ganz sicher nicht. Ihr Hotel stand schließlich in Flammen. Beinah wäre ihr ein hysterisches Lachen entschlüpft. Wie konnte er so etwas Dummes fragen?

Offensichtlich las er ihre Gedanken, denn er korrigierte seine Frage im nächsten Augenblick. „Bist du verletzt?"

Alix schüttelte den Kopf. Sie hatte keine Lust, zu reden. Ihr fehlten die Worte. Das war alles viel zu entsetzlich.

Erneut holte sie Luft und schmeckte Rauch. Würde sie den Gestank jemals aus der Nase kriegen?

Als sie neue, ungeweinte Tränen spürte, überlegte sie nicht lange und lehnte den Kopf an Coltons Brust. Ihr rußverschmiertes Gesicht, das seine Kleidung ruinieren würde, war ihr egal. Die Flut ließ sie einfach laufen und ihre Finger grub sie in seine Jacke. Sofort zog er sie fest an sich und gab ihr Halt. Er strich ihr über den Rücken und sah wahrscheinlich über ihren Scheitel auf das Feuer.

Alix hörte ihn leise fluchen. Sie war heilfroh, dass er ihr diesen Moment gewährte. Sein Verständnis und Mitgefühl war etwas, das sie dringend gebrauchen konnte.

„Alix?“ Er schob sie ein Stück von sich weg, als ihr Schluchzen weniger geworden war. „Ich möchte kurz mit dem zuständigen Mann von der Feuerwehr sprechen. Kannst du einen Moment auf mich warten?“ Sein Blick war unendlich besorgt. Anscheinend war er sich nicht sicher, ob sie alleine lange durchhalten würde.

Alix nickte. Was sollte sie auch anderes machen? Sie konnte schließlich nirgendwohin. Ohne Colton würde sie nicht gehen. Unter Umständen konnte er ihr ein Zimmer in einem seiner Hotels besorgen. Wenn er ihr einen Rabatt gewährte, würde sie es sich sogar leisten können.

„Ich bin gleich wieder da. Beweg dich nicht vom Fleck. Hast du verstanden? Es dauert nicht lange.“

Alix sah Colton hinterher, wie er zu dem Feuerwehrmann ging, der am Führerhaus des Leiterwagens stand. Die beiden Männer sprachen miteinander. Einen Moment später schrieb Colton etwas auf die Rückseite seiner Visitenkarte und gab sie dem Mann, der daraufhin nickte.

Bestimmt sorgte er dafür, dass sie möglichst bald mit Informationen versorgt wurden. Das war gut und nichts, an das sie in der momentanen Situation gedacht hätte.

Mit wenigen großen Schritten war er zurück. „Okay. Wir können gehen. Sie melden sich bei mir, sobald es etwas Neues gibt.“

Alix ließ sich zu gerne von Colton in den Arm nehmen und zu seinem Auto führen. Der verrückte Kerl war fast bis an die Absperrung gefahren.

„Alexandra? Könntest du etwas sagen? Irgendwas?“, fragte er sie, als er die Beifahrertür öffnete und ihr half, einzusteigen, ohne sich in der Decke zu verheddern. „Ich bin noch nicht sicher, ob ich dich nicht doch in ein Krankenhaus fahren soll. Vielleicht hast du einen Schock."

„Ich habe keinen Schock", informierte sie ihn mit leiser sachlicher Stimme, die leicht kratzig klang. „Doch, ich habe einen Schock", revidierte sie das Gesagte gleich wieder. „Aber du brauchst mich nicht in ein Krankenhaus zu fahren. Mir geht es gut. Ich bin nicht verletzt."

Mit den letzten Worten ließ sie sich in die bequemen Sitze seines Sportwagens fallen. Im Auto war es kuschelig warm. Bestimmt hatte er in weiser Voraussicht die Standheizung laufen lassen. Das war typisch Colton. Er war ein Mann, der mitdachte. Das hatte Alix schon oft bemerkt. Es waren meist scheinbar unwichtige Kleinigkeiten, bei denen ihr das aufgefallen war. Er schloss die Tür und ging um das Auto herum.

„Warum bist du überhaupt hier?", fragte sie, kaum dass er eingestiegen war. „Woher wusstest du ...?" *Von dem Feuer* brachte sie nicht über die Lippen.

„Der Hotelmanager hat mich informiert." Colton warf ihr einen Blick zu.

Also hatte ihr neuer Angestellter sie doch nicht völlig im Stich gelassen. „Wohin fährst du mich?"

„Ich nehme dich mit zu mir, bis ich sicher bin, dass du nicht doch noch in ein Krankenhaus musst." Er legte seine Hand auf ihren Oberschenkel und drückte leicht. Alix spürte seine Wärme durch die dünne Stoffschicht.

„Okay." Mehr fiel ihr nicht ein. Was sollte sie auch sagen? Wenn er ihr seine Couch zum Schlafen anbieten wollte, würde sie nicht Nein sagen.

Besorgt, fast schon liebevoll, sah er ein letztes Mal zu ihr, bevor er den Motor startete. Dann sagten sie nichts mehr, bis sie vor dem *West Hotel* im Zentrum der Stadt anhielten. Colton fuhr in die Tiefgarage und stellte den Wagen auf einen Platz, der speziell gekennzeichnet war. Alix entging nicht, dass er offenbar mehr als ein Auto hier stehen hatte. Verrückt, dass ihr ausgerechnet dieses Detail jetzt auffiel. Sie hatte doch wirklich andere Sorgen als den persönlichen Fuhrpark von Colton West.

„Komm. Sehen wir zu, dass du etwas Warmes zu trinken bekommst." Colton stieg aus und half ihr erneut, als wäre sie verletzt.

„Kann ich vorher duschen? Ich stinke wie ein übervoller Aschenbecher."

Colton stieß einen wenig belustigten Laut aus. „Klar. Du kannst dich in die Badewanne legen und zusätzlich heißen Tee trinken. Alles, was dein Herz begehrt."

Das hörte sich fantastisch an.

Nebeneinander gingen sie in Richtung Aufzug. Plötzlich wurde Alix etwas bewusst. „Ich habe nichts zum Anziehen."

Die Sachen, die sie am Leib trug, waren höchstwahrscheinlich für immer ruiniert. Den schrecklichen Gestank konnte kein noch so gutes Waschpulver entfernen. Bei dem Gedanken, dass sie wirklich gar nichts mehr hatte, nicht mal ein einfaches T-Shirt, kamen ihr erneut die Tränen.

Alles war verbrannt. Wirklich alles. Ihr gesamtes Hab und Gut. Ihr Hotel. Schrecklich. Sie mutierte langsam aber sicher zu einer Heulsuse, einem mitleiderregenden Häufchen Elend.

Colton blieb stehen und umarmte sie von neuem. Sanft strich er ihr über den Rücken. „Alles wird gut. Du kannst etwas von mir anziehen, bis wir dir neue Klamotten besorgt haben." Er stupste sie an und versuchte die Stimmung aufzulockern. „Du wirst heiß aussehen in einem meiner Businesshemden."

Natürlich. Alix war nicht zu Späßen aufgelegt.

„Bestimmt nicht", nuschelte sie an seiner Brust. Ein zu großes Männerhemd sah nur gut aus, wenn die Frau die nötigen Kurven besaß, um es auszufüllen. Alix hatte nur mittelmäßige Kurven.

„Ich glaube doch. Und wenn du brav deinen Tee trinkst, gebe ich dir auch eine von meinen Shorts."

Wo kam das plötzlich her? Alix wollte nicht über Coltons Shorts nachdenken. Das verwirrte sie. Sie beschlich der Verdacht, dass Colton sie mit dem Gerede über Männerunterwäsche ablenken wollte. Er gehörte wirklich zu den Guten. Sie war ihm dankbar. Sehr sogar.

„Kann ich den Tee mit Schuss haben?" *Ganz viel Schuss.*

Der Mann an ihrer Seite lachte und diesmal klang es mehr als herzlich. „Aber klar doch."

Kapitel 14

Als Alix am nächsten Morgen die Augen aufschlug, wusste sie zunächst nicht, wo sie sich befand. Dass ihr eine Frau gegenüber auf dem Sessel saß, die eine Kaffeetasse auf einem monströsen Babybauch balancierte und dabei ihr Handy checkte, verwirrte sie zusätzlich. Ohne einen Laut von sich zu geben, ließ Alix den Blick schweifen. Ein paar Sonnenstrahlen fielen durchs Fenster und tauchten die fremde Umgebung in warmes Licht.

Der Raum, in dem sie sich befand, musste Coltons Wohnzimmer sein. Jetzt erinnerte sie sich. Sie hatten gestern Nacht gemeinsam auf der wunderbar bequemen Couch gesessen und geredet. Alix war wohl irgendwann eingeschlafen. Hatte Colton die Decke über sie gelegt? Wo war er überhaupt und wer war die Frau, die gerade zu ihr herübersah und zu strahlen anfing, als sie merkte, dass Alix wach war?

„Mein Bruder ist ein Schuft", klärte die Unbekannte, die mit ihren Dreadlocks und der bunten Tunika ein bisschen wie ein Hippie aussah, sie auf. Ohne Alix aus den Augen zu lassen, nahm sie die Kaffeetasse in die Hand, bevor sie den Kopf schüttelte. „Er schläft in seinem maßangefertigten Himmelbett und lässt dich auf der unbequemen Couch liegen. Darüber werde ich mit ihm reden müssen. Das ist nicht okay. Weiß er denn nicht, was sich gehört?"

Hä?

Die Couch war alles andere als unbequem. Sie war größer und besser gefedert als ihr Bett. Außerdem war Alix so erschöpft und durcheinander gewesen, dass sie nach dem hochprozentigen Tee sofort weggedämmert war. Colton hatte keine Chance gehabt, ihr sein Bett anzubieten. Ob er tatsächlich in einem Himmelbett schlief? Schwer vorstellbar. Dafür war er zu maskulin.

„Ich bin Tammi, Coltons Schwester. Und wer bist du? Da du bekleidet auf der Couch liegst, gehe ich nicht davon aus, dass du für gewöhnlich Sex mit meinem Bruder hast. Seid ihr nur Freunde? Oder läuft da was zwischen euch?"

Ach du Schreck!

Alix setzte sich auf und rieb sich über die Augen. Sie gehörte nicht zu den Menschen, die sofort hellwach waren, wenn sie morgens die Augen aufschlugen.

„Ich bin Alexandra Harrison." Sie gähnte und streckte die müden Beine aus. „Ich arbeite für deinen Bruder."

Mit strengem Blick musterte Tammi ihre Bekleidung, die nur aus Coltons Oberhemd bestand und eine Menge Bein zeigte. „Und deshalb trägst du sein Hemd?" Sie grinste und trank einen Schluck Kaffee. Ob Alix auch einen haben konnte? *Bitte, bitte ja!*

Vielleicht war in der Tasse gar kein schwarzes Gold. Die Frau war schließlich schwanger und sollte kein Koffein trinken. Alix würde wohl oder übel fragen müssen.

„Meine Sachen waren schmutzig", sagte sie, anstatt um einen Kaffee zu bitten. Die junge Frau machte ihr ein kleines bisschen Angst. Sie war zumindest nicht auf den Mund gefallen. Ganz wie Colton ihr damals prophezeit hatte.

Tammi nickte, als würde sie verstehen und stellte die Tasse zurück auf ihren Bauch. Sie war wirklich ungemein schwanger. Wenn sie gewollt hätte, hätte sie auf dem Bauch ein Frühstücksbuffet aufbauen können, so groß war er.

„Also, deine Sachen waren schmutzig und du arbeitest für meinen Bruder …" Sie kratzte sich am Kinn, während sie resümierte. „Gibt es sonst noch etwas, das ich wissen sollte? Was ist mit Sex?" Sie hob die Augenbrauen. „Dieses Thema interessiert mich brennend. Ich kann mich nicht erinnern, dass mein Bruder jemals eine Freundin mit nach Hause gebracht hätte. Bestimmt hat er schon seit Jahren keinen guten Sex mehr gehabt. Das wäre durchaus denkbar." Tammi zwinkerte und Alix wollte nicht wissen, warum.

Unglaublich! Sie kam kaum hinterher, so schnell redete die Frau und wechselte von einem Thema zum anderen.

„Ich habe Sex", tönte eine tiefe Stimme durch den Raum und ließ die redegewandte Tammi verstummen. „Lass Alix in Ruhe. Sie muss sich ausruhen und will ganz sicher nicht von dir ausgefragt werden."

„Woher willst du das wissen?" Tammi drehte sich zu Colton um, der mit freiem Oberkörper und nur mit Pyjamahose zum Anbeißen aussah. Dass er barfuß war, machte den Anblick noch besser.

„Ich weiß es eben."

„Äh … gibt es hier eigentlich Kaffee?", fragte Alix, bevor ein Geschwisterkrieg ausbrechen und es unschön werden konnte. Dass sie nicht wie erwartet mit Colton allein war, verunsicherte sie ein wenig. Wohnte er etwa mit seiner Schwester zusammen? Mit seiner schwangeren Schwester? Irgendwie merkwürdig. Sie würde ihn fragen, sobald sich eine Gelegenheit ergab.

„Natürlich gibt es Kaffee", antwortete ihr Gastgeber, der sich gegen den Türrahmen gelehnt und sie beobachtet hatte. Lag da ein Funkeln in seinen Augen? Er rieb sich das Handgelenk und jetzt sah Alix, dass es grün und blau war. Es schien auch dicker zu sein als das andere.

„Oh nein! Du hast dir doch wehgetan." Alix schlug den Rest der Decke weg und sprang auf. Tammi beobachtete aufmerksam, wie sie das Handgelenk wenig fachmännisch untersuchte.

Sie grinste ihren Bruder frech an, richtete ihre Frage aber anschließend an Alix.

„Wie hat mein Bruder sich verletzt?"

Alix konnte die Neugier hinter den Worten heraushören. Diese kleine Schwester schien extrem nervig zu sein. Nervig und ungemein anstrengend. Tammi war schlimmer als ihr Bruder Charly. Und das sollte etwas heißen …

Colton entzog ihr die Hand und drehte sich um. Mit einem Brummen verschwand er Richtung Küche. Seiner Schwester schenkte er keinen weiteren Blick. „Ich habe dir bereits gestern gesagt, dass dich das nichts angeht", rief er ins Wohnzimmer.

Alix ging zurück zur Couch, setzte sich und zog die Decke über ihre nackten Beine. Sie brauchte Koffein, wenn sie das hier überleben wollte.

„Und? Was hat er Schlimmes angestellt?", flüsterte Tammi. Sie gehörte offenbar zu der hartnäckigen Sorte und wusste nicht, wann es genug war. Warum wollte sie unbedingt wissen, was passiert war? Plante sie, sich über ihn lustig zu machen? Der Sturz, bei dem er auf dem Hintern gelandet war, war tatsächlich äußerst peinlich gewesen. Sie konnte Colton verstehen. Das war nichts Ruhmreiches, worüber ein Mann reden wollte. Alix brauchte nicht lange, um zu überlegen. Sie würde Colton beistehen. An zu wenig Fantasie hatte es ihr noch nie gemangelt.

„Dein Bruder ist ein wahrer Held", fing sie die Märchengeschichte an und betonte das Wort Held. „Er hat ein kleines Kätzchen aus einem verstopften Abwasserkanal gerettet. Er hat das hilflose Maunzen gehört und unerschrocken mit der Hand in den viel zu engen Schacht gegriffen. Dabei hat er sich verletzt." Alix verzog keine Miene. Sie setzte ihr Pokerface auf und genoss den Augenblick. Bestimmt kam es nicht häufig vor, dass Coltons Schwester vor Verblüffung nicht wusste, was sie sagen sollte.

„Ein Kätzchen, sagst du?"

Ihr Anblick war zu schön. Alix bemühte sich, ihre entspannte Haltung nicht zu verlieren. Ein Lacher konnte alles kaputtmachen.

„Yep. Höchstens acht Wochen alt. Es war winzig. Deshalb ist es ja in den Schacht gefallen."

Tammi schüttelte den Kopf, als würde sie es nicht glauben. „Und wo ist das Kätzchen jetzt?"

Schnell antworten, nicht lange nachdenken, das ließ es glaubhaft erscheinen. „Im Tierheim. Wir haben es gleich nach der Rettungsaktion dort abgegeben. Mit der Katzenhaarallergie kann Colton schließlich keine Haustiere halten. Aber das weißt du sicherlich."

Bingo!

Jetzt hatte sie Tammi auf dem falschen Fuß erwischt. Gedanklich rieb sie die Handflächen gegeneinander. Bloß keine Miene verziehen, ermahnte sie sich.

„Mein Bruder hat eine Katzenhaarallergie?" Bei dem Gesichtsausdruck, den Coltons Schwester zur Schau stellte, musste Alix sich wirklich zusammenreißen. Das war zu komisch. Sie stand kurz davor, in Gelächter auszubrechen. Wenn sie nicht aufpasste, würde sie sich gleich auf dem Boden kringeln.

„Ich glaube dir nicht." Die Worte kamen aus ihrem Mund, aber Alix konnte die Zweifel heraushören. Die Frau vor ihr war verunsichert. Sie wusste nichts über irgendwelche Tierhaarallergien.

Alix zuckte mit den Schultern. „So ist es passiert. Frag Colton, wenn du mir nicht glaubst." Ihr Pokerface verrutschte nicht für eine Sekunde. Es war herrlich, mitanzusehen, wie hin- und hergerissen Tammi reagierte. Hoffentlich machte Colton nicht alles kaputt.

Bevor Alix für diesen Unsinn direkt und ohne Umwege in die Hölle fuhr, kam der Held ihrer Geschichte mit zwei Bechern Kaffee zurück. Er reichte ihr einen und trank einen Schluck aus dem anderen. „Brauchst du Milch oder Zucker?"

Alix starrte dankbar auf das wunderbar duftende Heißgetränk. Ihre Rettung. „Nein, danke. Schwarz und stark ist genau richtig."

Nachdem sie das gesagt hatte, ließ ihr neuer Arbeitgeber sich neben sie auf die Couch fallen. Sein Knie berührte leicht ihren Oberschenkel, als suche er Kontakt.

„Seit wann hast du eine Katzenhaarallergie?“ Tammis Tonfall entsprach dem eines Polizeibeamten bei einer Befragung.

Alix versteckte ihr Grinsen hinter dem Kaffee und stupste Coltons Knie leicht an. Hoffentlich verstand er ihren subtilen Hinweis.

Colton hob eine Augenbraue. „Äh …“

Sie stupste noch mal, weil er offenbar auf der Leitung stand.

„Schon lange …“ Seine Antwort klang wie eine Frage, was seiner Schwester natürlich sofort auffiel. Er war wirklich ein schlechter Schauspieler. Was für ein Pech.

„Ja ja, klar.“ Tammi verzog das Gesicht. „Schon lange. Wie lange denn genau?“ Die Frau konnte wirklich nerven.

Das dachte Colton offenbar auch. Er funkelte seine Schwester an und stellte die Tasse vor sich auf den Tisch. Ein bisschen Kaffee schwappte über den Rand.

„Jetzt reicht es!“ Er beugte sich vor, um ihr näher zu sein. „Ich wollte dir die Geschichte eigentlich *nicht* erzählen. Ich prahle nicht. Aber wenn Alix dir von dem verlorenen Kätzchen bereits berichtet hat, kannst du ihr ruhig Glauben schenken. Sie ist eine meiner fähigsten Mitarbeiterinnen.“ Sein Knie drückte gezielt gegen ihren Oberschenkel. Eindeutig ein Zeichen. „Dass ich diese Allergie habe, weiß ich seit etwa zwei Jahren. Ein Katzenzüchter hat damals gleich mehrere Tiere ins Hotel geschmuggelt. Das war zur Ausstellungszeit im Mai.“ Colton lehnte sich zurück und verschränkte die Arme vor der Brust. „Bist du jetzt zufrieden?“

Tammi schwieg und ließ Colton nicht aus den Augen. Es schien, als hätte ihr jemand den Mund zugeklebt.

Wahnsinn! Alix revidierte ihre Meinung. Colton war absolute Spitze. Auch wenn natürlich klar war, dass er ihre Unterhaltung von der Küche aus belauscht hatte. Heute vergab sie ihm die kleine Unartigkeit zu gern. Am liebsten hätte sie ihm ihre Hand zum High Five entgegengestreckt.

Da das nicht ging, begnügte sie sich mit einem weiteren Schluck vorzüglich schmeckenden Kaffees. Dabei lächelte sie selig und höchst zufrieden vor sich hin.

***

Colton war von Alix' Streich begeistert. Sie war intuitiv ihrer Eingebung gefolgt und hatte seine Schwester in die Ecke gedrängt. Zum Glück handelte sie direkt aus dem Bauch heraus. Endlich ein menschliches Wesen, das in der Lage war, seiner Schwester die Stirn zu bieten. Tammi war ein toller Mensch. Er liebte sie. Sie war seine kleine Schwester. Aber manchmal eben auch eine der nervigsten Personen auf dem Planeten. Wenn sie sich einmal in etwas verbissen hatte, dann ließ sie nicht locker, bis sie zufrieden war. Eine furchtbare Eigenschaft.

Alix hatte es tatsächlich geschafft, sie zum Schweigen zu bringen. Okay, er hatte seinen Teil dazu beigetragen. Aber trotzdem ... sie waren ein gutes Team. Wenn sich die Zusammenarbeit in Zukunft genauso grandios gestaltete, dann würden die nächsten Wochen ein bahnbrechender Erfolg werden.

Aber erst musste er mit ihr über das Feuer reden. Alix hatte ihm am Abend versichert, dass sie keine Ahnung hatte, wie der Brand ausgebrochen war. Da sie völlig von der Rolle und emotional erschöpft gewesen war, hatte er sie nicht gedrängt, mehr zu erzählen. Aber heute Morgen sah das anders aus. Sobald seine Schwester vom Gästezimmer in ihr eigenes Hotelzimmer gezogen wäre, würde er mit Alix in Ruhe reden können. Dann waren sie endlich allein. Colton stellte seine nun leere Kaffeetasse auf den Tisch und sah Tammi an.

„Was hast du jetzt vor?", fragte er sie und scheute die Antwort. Es war Zeit, das unleidliche Thema anzuschneiden. Ein paar klärende Worte konnten nicht schaden. Dass Alix noch neben ihm saß und ihren Kaffee trank, störte ihn nicht im Geringsten. Sie durfte ruhig Bescheid wissen. Vielleicht war es sogar von Vorteil. In ihrer Gegenwart würde Tammi sich wohl zu benehmen wissen.

„Jetzt sofort und generell?", wich seine Schwester ihm aus. War ja klar.

„Beides." So leicht kam sie ihm nicht davon. Sie war schwanger und hatte ihm noch nicht verraten, wie sie sich die nächsten Tage vorstellte. Oder was sie machen wollte, wenn das Baby auf der Welt war.

„Ich dachte, ich kann dein Gästezimmer so lange bewohnen, bis ich etwas anderes, etwas Eigenes gefunden habe." Sie zuckte mit den Schultern. „Sonst erst mal nichts."

Colton hätte am liebsten laut geseufzt. Da das aber keinen guten Eindruck machen würde, ließ er es bleiben. Er wollte schließlich nicht, dass Tammi sich nicht willkommen fühlte.

„Geh nachher zu John Marson an die Rezeption. Er wird dir eine Suite auf einer der oberen Etagen zuweisen. Das Gästezimmer wollte ich Alix anbieten. Sie hat

…“, er stockte, „… in ihrem Hotel hat es gebrannt. Sie braucht vorübergehend einen Platz zum Schlafen.“

„Oh neeeeeein!“ Seine Schwester sah Alix voller Mitgefühl an. „Das tut mir leid.“

Alix verhielt sich, seit das Gespräch über seine nicht existierende Katzenhaarallergie vorbei war, merkwürdig still. Jetzt stand sie auf und legte die Decke zusammen. Ihr Blick war verschlossen. Ein bisschen zu verschlossen für seinen Geschmack. Was war los?

„Colton“, sprach sie ihn an, wich aber seinem Blick aus, indem sie nach rechts und links sah. „Tammi kann natürlich das Gästezimmer haben.“ Sie zog sein Hemd tiefer, um ihre Oberschenkel zu bedecken. Und vielleicht auch, weil sie ein wenig nervös war. „Sie ist deine Schwester. Du musst sie meinetwegen nicht ausquartieren. Das ist nicht nötig. Wirklich nicht.“ Sie bewegte sich zwei Schritte von der Couch weg und wusste dann nicht wohin. „Ich werde mir selbst ein Hotelzimmer nehmen, bis geklärt ist, was mit dem *Three Rooms* passiert.“ Die Ärmel seines Hemdes waren zu lang und rutschten. Sie hatte sie nur wenig aufgerollt. „Unter Umständen kann ich einen Teil des Gebäudes noch bewohnen. Ich werde mich schnellstmöglich bei der Feuerwehr erkundigen.“

Das glaubte Colton kaum. Selbst wenn das *Three Rooms* nicht bis auf die Grundmauern niedergebrannt war, würde Alix dort nicht wohnen können. Nicht in nächster Zeit. Bestimmt herrschte Einsturzgefahr, außerdem gab es höchstwahrscheinlich kein Wasser oder Strom. Wie sollte das gehen?

Er würde alles daran setzen, damit sie bei ihm blieb. In seinem Gästezimmer. Aber wie es aussah, würde er gehörige Überzeugungsarbeit leisten müssen. Das würde nicht einfach werden.

„Willst du in dem Aufzug nach einem Hotelzimmer
suchen?" Seine Schwester mischte sich ein und zeigte
auf Alix' nackte Beine.

„Äh ... nein." Sie wurde am Halsansatz ein wenig rot.
„Da ich nichts anderes habe, werde ich wohl oder übel
die verdreckten Sachen von gestern anziehen müssen
und dann schleunigst einkaufen gehen." Sie versuchte
zu lächeln, aber es misslang. Einmal mehr schien sie
sich der Lage, alles verloren zu haben, bewusst zu werden.

Tammi wuchtete ihren kugelrunden Körper hoch
und schnaufte dabei wie ein Walross. Ihr Bauch war
eindeutig im Weg.

„Colton, habt ihr noch eine Kooperation mit dem Damenausstatter in der Einkaufspassage am Ende der
Straße?"

Er strahlte seine Schwester an. Manchmal war ihre
hartnäckige Art doch recht hilfreich. Allein auf ihn
hätte Alix sicher nicht gehört. Sie hätte keine Hilfe oder
Geld annehmen wollen. Aber jetzt gab es kein Entkommen. Sie war geliefert.

Glück für ihn, Pech für sie.

„Klar. Da hätte ich auch selbst drauf kommen können. Ich werde gleich anrufen und eine Auswahl an Hosen und Shirts herschicken lassen." Er sah auf Alix'
nackte Beine. Sie hatte wunderbare Beine. Sie sah heute
Morgen sowieso verdammt sexy aus, so verstrubbelt
und mit einer Schlaffalte auf der Wange. „Eine dicke Jacke wäre bei den Temperaturen sicher auch nicht

verkehrt“, dachte er laut und kratzte sich am stoppeligen Kinn. Er brauchte eine Rasur.

Alix riss die Augen auf und zog erneut das Hemd nach unten. „Das ist nicht nötig. Ich will nicht ...“

Colton hob die Hand und unterbrach sie, bevor sie sich um Kopf und Kragen reden konnte. „Sieh es als Dienstkleidung an. Seit gestern arbeitest du für mich, also kann ich dich auch einkleiden.“ Er stand auf, um den nötigen Anruf zu tätigen und um zu verhindern, dass seine neue Untermieterin an ihrem Protest festhielt.

Er wusste noch nicht wie, aber er würde dafür sorgen, dass sie für ein paar Tage in seinem Gästezimmer blieb.

Kapitel 15

Kaum war Colton zum Telefonieren verschwunden, da hatte seine Schwester Alix zu sich ins Gästezimmer gezogen. Es war riesig. Darin befanden sich ein breites Kingsize Bett, zwei Fenster, die eine beeindruckende Aussicht auf die Londoner Innenstadt boten, und ein eigenes angrenzendes Badezimmer.

Colton wohnte, genau wie sie, in einem privaten Teil seines Hotels. Nur dass seine Räumlichkeiten sich deutlich von ihren unterschieden. Alix war gestern, als sie gekommen war, aufgewühlt und nicht ganz sie selbst gewesen. Aber so wie es aussah, bewohnte er die komplette obere Etage des *West Hotels*. Sehr luxuriös und sicher unsagbar kostspielig.

Seine Vorliebe, sich das Waldzimmer des *Three Rooms* gleich mehrmals in Folge zu reservieren, kam ihr mit dem jetzigen Wissen über seine Wohnsituation beinahe lächerlich vor. Natürlich wusste sie, dass er sich nur bei ihr einquartiert hatte, um ihr und ihrem Hotel auf den Zahn zu fühlen. Aber trotzdem – wer wollte in einem einzelnen Zimmer schlafen, und sei es noch so schön, wenn er eine eigene Etage in einem Luxushotel bewohnen konnte?

Es brachte nichts, darüber nachzudenken. Ihr kleines Hotel mit den drei ausgefallenen Zimmern lag in

Schutt und Asche. Colton würde nie wieder die künstlich nachempfundene Aussicht und die entspannenden Geräusche des Waldzimmers genießen können.

„Mach dir nicht so viele Gedanken." Tammi legte ihr eine Hand auf die Schulter und reichte ihr einen kleinen Beutel, in dem sich eine Haarbürste und eine ansehnliche Anzahl von Kosmetikprodukten befanden. Anscheinend war sie gut darin, Gefühle an einer nachdenklichen Miene abzulesen. „Eine neue Zahnbürste findest du sicher im Bad. Auch wenn Coltons Gästezimmer nicht die gleiche Ausstattung besitzt wie die restlichen Hotelzimmer, dürftest du dort alles finden, was du sonst noch brauchst."

„Danke." Alix drückte den Beutel an die Brust, damit nichts herausfiel.

„Gern geschehen." Tammi wandte sich ab.

„Besuchst du momentan deinen Bruder? Ich will dich wirklich nicht aus dem Zimmer vertreiben. Ich kann auch woanders unterkommen. Das ist kein Problem." Alix' schlechtes Gewissen meldete sich. Der Gedanke, ein Familientreffen zu stören, schmeckte ihr nicht. Womöglich konnte sie eine Zeit lang bei Austin wohnen. Unter Umständen würde er sich darüber sicher mehr freuen als sie. Aber gut ... es war eine Möglichkeit, die sie in Betracht ziehen musste. In ihrer Situation durfte sie nicht wählerisch sein.

„Ich besuche Colton nicht direkt ..." Tammi ging zu einem monströsen Wanderrucksack, der neben dem Bett stand, und holte ein paar dicke Socken aus dem Seitenfach. „Ich bin nicht zu Besuch in der Stadt. Ich bin sozusagen zurückgekehrt." Sie ließ sich aufs Bett fallen und versuchte die Socken über die nackten Füße zu ziehen.

Nicht einfach mit dem Bauch. „Ich war ein paar Jahre auf einem Selbstfindungstrip in Europa." Äußerst geschickt schaffte sie es, indem sie die Luft anhielt und sich etwas nach hinten lehnte. Alix musste lächeln, das sah einfach zu komisch aus.

„Und? Hast du dich gefunden?" Neugier war ihr zweiter Vorname. Alix gehörte nicht zu den Weltenbummlern. Sie war ein Mensch, der Wurzeln brauchte, einen Ort, an dem er sich zu Hause fühlen konnte. Monate oder Jahre durchs Land zu reisen, war nicht ihr Ding. Es wäre sogar die Hölle.

Tammi lachte und ließ sich nach hinten auf die Matratze sinken. Die zweite Socke war angezogen. „Ich habe in den letzten Jahren viel gefunden." Sie gluckste und Alix konnte nicht sagen, ob es ein erfreutes Glucksen war. „Mich, den Mann meiner Träume und dieses Baby." Sie legte die Hände auf ihren Bauch und strich zärtlich darüber. „Aber wie es im wirklichen Leben oft ist … das Finden ist nicht das Problem. Mit dem Gefundenen richtig umzugehen, ist die Herausforderung."

Oha!

Da stand eine interessante Geschichte zwischen den Zeilen. Alix spürte es, traute sich aber nicht nachzufragen. Tammi war plötzlich ungewöhnlich still. Ihr Blick war nachdenklich zur Decke gerichtet.

„Ich geh dann mal ins Bad." Alix hob den Beutel. „Danke dafür."

„Kein Ding." Die baldige Mutter stützte sich auf die Ellenbogen und sah sie an. Dabei kniff sie die Augenbrauen zusammen, als würde sie nachdenken. „Die Geschichte mit dem Katzenbaby war gelogen, oder?"

Alix grinste und fühlte sich gut. „Natürlich. Von vorne bis hinten."

Ein Nicken folgte. „Du bist gut. Sehr gerissen und glaubhaft", lobte Coltons Schwester sie. Der Gesichtsausdruck, mit dem Tammi sie bedachte, hatte etwas Anerkennendes. „Mein Bruder hat mit dir einen guten Fang gemacht."

Alix saß neben Colton in seinem Wagen und war auf dem Weg zum *Three Rooms* – zu dem, was davon übrig war. Er hatte sich angeboten, sie zu fahren, kaum dass ihr etwas Neues zum Anziehen gebracht worden war. Die Sachen waren nicht ganz ihr Stil, ein bisschen zu schick, aber Alix hatte angezogen, was Colton für sie ausgesucht hatte. Einen Blick auf irgendwelche Preisschilder hatte sie nicht riskiert. Die Gefahr, einen Schock zu erleiden, war zu groß.

Gleich nachdem sie das *West Hotel* verlassen hatten, war sie in eine nervöse Unruhe verfallen. Ihre Hände waren plötzlich feucht geworden und ihre Atmung veränderte sich ohne ersichtlichen Grund. Dass ihr Bruder sich nicht bei ihr gemeldet hatte, machte es nicht besser.

Alix musste dringend versuchen, Charly zu erreichen. Wo er wohl steckte? Hatte ihr Bruder bei einem Freund übernachtet oder war er gestern Nacht noch zum *Three Rooms* zurückgekehrt? Alix glaubte es nicht. Wenn er von dem Feuer erfahren hätte, hätte er sicher versucht, sie zu erreichen. Da aber auf ihrem Handy keine entgangenen Anrufe angezeigt wurden, vermutete Alix, dass er die Nacht irgendwo anders verbracht hatte und noch nichts von dem Brand wusste. Wenigstens war ihr Handy den Flammen nicht zum Opfer gefallen. Das war der einzige Lichtblick.

Sie mussten reden ... und zwar bald. Charly hatte ihr versprochen, die Finger von Drogen und schlechter Gesellschaft zu lassen. Hoffentlich hatte er sich nicht erneut in Schwierigkeiten gebracht. Ein Drama kam schließlich selten allein.

In gemeinschaftlichem Schweigen fuhren sie in die Straße, in der Alix' Hotel stand. Gestanden hatte. Schon von weitem konnte sie den Bauzaun erkennen, der von der Feuerwehr weiträumig um den Eingang aufgestellt worden war, damit niemand die Unfallstelle betreten konnte. Hatte sie gehofft, dass bei Tageslicht alles besser aussehen würde, so wurde sie nun übel enttäuscht.

Der Anblick war furchtbar. Die Fenster waren bis auf eines zersprungen, die Tür fehlte, dafür war der Eingang mit einem großen Brett vernagelt worden. Die Hauswände, die für gewöhnlich in einem sehr freundlichen Gelb erstrahlten, waren grau und über den Fenstern, wo der dicke Qualm sich seinen Weg gesucht hatte, war alles schwarz. Obwohl Alix noch im Auto saß, hatte sie trotzdem das Gefühl, den beißenden Geruch von Rauch im Hals zu spüren. Ihr Traum war zu einem Albtraum geworden.

Alix drängte die Tränen zurück. Sie wollte nicht schon wieder weinen. Das hatte sie gestern zur Genüge getan. Irgendwann musste der Punkt kommen, um nach vorn zu schauen.

Colton legte ihr eine Hand aufs Knie und fuhr in eine freie Parkbucht auf der anderen Straßenseite. Danach stellte er den Motor ab.

Schweigsam saßen sie da und starrten nach draußen. Der Himmel war grau und dicht bewölkt, was das Ganze nicht besser machte. Wo war die Sonne, wenn man sie brauchte?

„Wirst du es wieder aufbauen?", durchbrach Colton die Stille im Wagen. Seine Stimme klang bewegt. Sein Mitgefühl war deutlich zu spüren.

Alix wollte sofort mit Ja antworten, hielt dann aber inne. Selbst wenn sie es wollte, sie besaß kein Geld. Sie besaß lediglich einen Berg Schulden. Bei der Bank und bei Austin. Eventuell hatte sie Glück und die Versicherung würde den Schaden regulieren. Aber selbst dann wäre die Situation eine andere. Ihre Schulden würden bleiben und sogar anwachsen. Wie sollte sie nächsten Monat die Rate für die Bank aufbringen? Sie hatte keine Zimmer mehr, die sie vermieten konnte, also auch keine Einnahmen. Austin würde ihr seine Rate stunden, bis sie wieder zahlungsfähig war, aber mit der Bank verhielt es sich anders.

Colton hob die Hand von ihrem Knie und strich ihr mit dem Finger über die Wange. „Du denkst zu laut." Er schob ihr eine Haarsträhne zurück, die ihr ins Gesicht gefallen war. „Ich kann es hören."

Alix durchlief ein wohliger Schauder. Sie griff nach Coltons Hand und drückte kurz ihre Wange in seine Handfläche. Sie war warm. Warum war er so verdammt nett zu ihr? Womit hatte sie das verdient? Nachdem sie die Hände wieder hatte sinken lassen, sah sie ihn an.

„Ich möchte es gerne wieder aufbauen", beantwortete sie seine Frage. „Aber es wird dauern und nicht einfach zu finanzieren sein. Ich muss abwarten, was die Versicherung sagt."

Colton erwiderte ihren Blick. „Das verstehe ich. Aber vergiss nicht, dass du bei mir ein Einkommen hast. Du bist nicht mittellos. Und wenn du ein Darlehen brauchst, können wir uns zusammensetzen und darüber reden."

Alix hätte sich am liebsten mit der flachen Hand gegen die Stirn geschlagen. Sie war heute tatsächlich nicht in Bestform. Wie hatte sie ihren neuen Job bei West verdrängen können? Sie hatte zwar keine Einnahmen aus dem *Three Rooms* mehr, aber sie bekam ab dem nächsten Ersten einen Lohn. Jeden Monat, stets aufs Neue. Sie würde der Bank die Raten zahlen können und nicht in Verzug geraten.

Ihr entwich ein erleichterter Seufzer. „Du hast recht. Es ist zu früh, um aufzugeben." Sie lächelte, das erste echte Lächeln des Tages. „Ich werde das *West Wellness* konzipieren und danach mein eigenes Hotel wieder aufbauen. Ich werde mich in die Arbeit stürzen und vor Ablauf des Termins mit deinem Hotel fertig sein." Sie lächelte breiter. „Mit dem Bonus, den du mir versprochen hast, kann ich den Grundstein für das neue, bessere *Three Rooms* legen."

Colton schien sich über ihren gefundenen Optimismus zu freuen. „Das hört sich nach einem Plan an." Er machte Anstalten, auszusteigen. „Nach einem verdammt guten."

Alix kletterte nach ihm aus dem Wagen und war plötzlich voller Energie und Tatendrang. Worum musste sie sich als Erstes kümmern? Die Feuerwehr? Die Versicherung? Und was war mit den Gästen, die für die nächsten Tage reserviert hatten? Ihr Computer samt Datenbank war höchstwahrscheinlich zu einem ekeligen Klumpatsch verschmolzen. Wie sollte sie das organisieren?

Colton ging über die Straße und Alix folgte ihm in Gedanken versunken. Er zog sein Handy aus der Hosentasche und schoss Fotos von allen Seiten. Warum machte er das?

„Du solltest schnellstmöglich die Versicherung informieren. Weißt du zufällig deine Versicherungsnummer oder eine Telefonnummer?"

Der Vorschlag hörte sich gut an. Alix machte sich eine gedankliche Notiz.

„Auswendig weiß ich meine Versicherungsnummer nicht, aber höchstwahrscheinlich finde ich auf meinem Handy im Email-Postfach eine Rechnung."

Colton ging um das Gebäude herum und besah sich den Hintereingang. Alix folgte ihm und registrierte, dass er auch hier alles fotografierte, sogar die Mülltonnen.

Die Rückseite sah bei weitem nicht so schrecklich aus wie die Seite, die zur Straße rausging. Unter Umständen gab es doch noch Hoffnung und alles konnte repariert und renoviert werden.

„Hast du eine Ahnung, wie das Feuer ausgebrochen sein könnte?" Colton steckte sein Handy weg und besah sich den Inhalt der Mülltonne. Jetzt übertrieb er es aber.

„Nein." Sie erinnerte sich zurück. „Erst ging der Rauchmelder an und später kam der Gestank." Alix schüttelte sich bei dem Gedanken. Sie hätte nicht so lange zögern dürfen. Die Feuerwehr wäre eher da gewesen, wenn sie die Sache sofort ernst genommen hätte.

Colton ging zur Tür und drückte die Klinke. Sie war abgeschlossen. Das war zu erwarten gewesen. Alix hatte selbst dafür gesorgt, dass sie zu blieb.

„Und dann?" Colton sah sie abwartend an.

„Der neue Manager und ich haben die Gäste ins Freie geschafft und auf die Feuerwehr gewartet. Nach dem Knall trat das Feuer aus den Fenstern und das Dach fiel in sich zusammen."

Colton hob die Augenbrauen. „Es hat einen Knall gegeben?"

„Ja." Alix wurde sich erst jetzt wieder bewusst, in welcher Reihenfolge alles geschehen war. „Es war ohrenbetäubend laut und die Druckwelle hat mich nach vorn stolpern lassen." Sie nahm sich einen kurzen Moment. „Glaubst du, etwas ist explodiert?"

Colton kam die drei Stufen nach unten. „Gut möglich. Die Polizei wird dafür sorgen, dass die Brandursache gefunden und ein Gutachten erstellt wird. Das brauchst du eh für die Versicherung. Sie werden herausbekommen, wie und wo der Brand ausgebrochen ist."

Alix war froh, Colton an ihrer Seite zu haben. Alles fühlte sich viel weniger schrecklich an, wenn man nicht allein war. Und da ihr Bruder gerade mit Abwesenheit glänzte, nahm sie Coltons Gesellschaft und seine Hilfe gerne an.

„Und was jetzt?"

Colton kratzte sich am Kopf und wirkte plötzlich befangen. „Ich muss ins Büro."

Am liebsten hätte Alix sich noch mal gegen die Stirn geschlagen. Sie war heute Morgen wirklich nicht auf der Höhe. Natürlich hatte er einen Job. Er leitete ein Hotel und renovierte ein anderes. Er hatte Wichtigeres zu tun, als ihren Babysitter zu spielen. Wie hatte sie das vergessen können? „Ich habe gegen Mittag einen Termin mit dem Architekten. Wir besprechen die Pläne für das *West Wellness*. Danach habe ich sozusagen frei." Er grinste fast schon anzüglich.

„Okay." Alix überlegte, ob sie im Internetcafé auf der anderen Straßenseite ein mobiles Büro aufschlagen sollte. Sie hätte Wlan und könnte ein paar Anrufe tätigen. Bei ihren Eltern musste sie sich ebenfalls melden. Es wäre schrecklich, wenn sie sich unnötige Sorgen machen würden. Nicht sehr wahrscheinlich, aber unter Umständen hatten die Nachrichten über den Brand nahe der Londoner Innenstadt berichtet.

Colton riss sie aus den Überlegungen, indem er ihr erst eine Hand auf die Schulter legte und sie anschließend in eine Umarmung zog. „Ich hätte einen Vorschlag zu machen."

Sein Duft und seine beschützende Art hüllten sie ein. Auch seine Stimme klang unglaublich verlockend.

Alix hatte nichts dagegen, noch eine Weile so stehen zu bleiben. In der Position fühlte sie sich geborgen.

„Ich könnte dich ins *West Wellness* fahren. Dort gibt es einen Raum, der mir quasi als Büro dient. Ein Schreibtisch und ein Teil der kopierten Pläne befinden sich ebenfalls dort. Ich habe bereits einen Aktenschrank aufstellen lassen. Der Telefonanschluss ist noch in Arbeit, aber du könntest das Wlan des *West Hotels* nutzen.

Da die Gebäude nebeneinander liegen, sollte es keine Schwierigkeiten geben."

Der Mann war eine Wucht! Die Idee war wie ihre, nur besser. Wenn Alix Zeit in dem neuen Hotel verbringen durfte, konnte das nur von Vorteil sein. Sie könnte ihre Anrufe tätigen, alles regeln und sich anschließend mit den neuen Entwürfen ablenken. Ihre ersten Ideen waren dem Feuer zum Opfer gefallen. Es gab also Arbeit genug.

„Das klingt perfekt." Ohne lange zu überlegen, küsste sie Colton. Direkt auf den Mund, einfach so. Er hatte so viel für sie getan, außerdem hielt er sie im Arm und … sie mochte ihn. Schon ihr erster Kuss vor dem Imbiss damals hatte ihr ausgesprochen gut gefallen. Warum sollten sie es also nicht wiederholen? Er verdiente es. Und sie auch.

Colton dachte anscheinend dasselbe, denn er erwiderte ihren Kuss leidenschaftlich und zog sie sogar fester in die Arme.

Donnerlittchen! Der Mann konnte küssen. Alix war sich nicht sicher, was er mit ihrer Zunge anstellte, aber sie wollte mehr davon. Mehr spüren, mehr schmecken und am liebsten ewig so weitermachen. In ihrem Innern tobte ein Wirbelsturm der Stärke zehn.

Konzentration! Sie durfte das Atmen nicht vergessen. Das fiel ihr ein, als Colton innehielt, um ihrer Unterlippe besondere Aufmerksamkeit zu schenken. Sie stöhnte leise und er verschloss erneut ihren Mund.

„Ich glaube, ich bin süchtig nach dir", flüsterte er kurze Zeit später. Sanft strich er mit dem Daumen über ihre feuchte und sicherlich rote Lippe. Anschließend löste er sich mit einem Seufzen und trat einen Schritt

zurück. Sein Atem ging schwer, als wäre er gerannt.
Trotzdem war es an der Zeit, damit aufzuhören. Vorerst.

Kapitel 16

Nachdem Colton Alix ins *West Wellness* gebracht hatte, nahm sie sich Zeit. Sie sprach ihrem Bruder einen kurzen Bericht auf die Mailbox, schrieb Austin eine Textnachricht und rief ihre Eltern an. Das Gespräch dauerte nicht lange, da Alix nichts zu dem Brand sagen konnte. Es ging ihr gut und das war es, was ihren Eltern wichtig war. Sie ließ die üblichen Belehrungen, vorsichtiger zu sein, über sich ergehen und lehnte die Einladung, nach Hause zu kommen ab. Sie versprach, für ein Wochenende vorbeizuschauen, sobald sie sich einen Überblick verschafft hatte und wusste, wie es mit dem *Three Rooms* weitergehen würde. Der Punkt war erledigt.

Die nächste halbe Stunde verbrachte sie damit, sich bei der Versicherung zu melden und ein kurzes Gespräch mit der Polizei zu führen. Es gab keine Erkenntnisse zur Brandursache. Brandstiftung wurde allerdings nicht ausgeschlossen. Die eingeleitete Untersuchung würde in den nächsten Tagen für Klarheit sorgen.

Das Wort Brandstiftung wollte Alix noch Stunden nach dem Telefonat nicht aus dem Kopf gehen. Wer sollte so etwas tun? Und warum? Sie hatte niemandem etwas getan und soweit sie wusste, hatte sie auch keine Feinde. Ihr Hotel war zwar ein Stundenhotel und damit nicht in jedermanns Augen eine Bereicherung für die

Gesellschaft, aber sie hatte ein gutes Nachbarschaftsverhältnis und nie Probleme mit Miesmachern oder Unruhestiftern gehabt.

Nachdenklich ging sie durch den Rohbau ihres neuen Arbeitsplatzes und besah sich die Räumlichkeiten des Hotels ein zweites Mal. Colton hatte sie engagiert, um für ihn ein ausgefallenes Hotelkonzept zu entwerfen. Ein Konzept, das dem *Three Rooms* einerseits ähnlich, aber andererseits völlig neu war. Das *Three Rooms* war ein kleines Seitensprunghotel. Das *West Wellness* würde ein Erlebnishotel für gut situierte Leute werden. Weil Colton ein großer Fan ihres Waldzimmers war, würde es auch im *West Wellness* eines geben. Alix wusste sogar schon, welche Suite diesen der Natur nachempfundenen Charme bekommen würde. Der Gedanke, einen Wasserfall aus der Wand sprießen zu lassen, war ihr gekommen, als sie den Raum betreten und die meterhohen Decken gesehen hatte. Es war der perfekte Ort, um ein bisschen zu protzen.

Sie machte sich eine Notiz und würde diesen Einfall sofort mit Colton besprechen, sobald er auftauchte, um sie abzuholen. Da sie für den Wellnessbereich ebenfalls einige Wasserspiele geplant hatte, müsste es machbar sein. Schließlich befand sich alles auf einer Etage, was den Handwerkern die Arbeit erleichtern würde und sicher auch Kosten einsparte, da nicht unzählige Leitungen verlegt werden mussten. Colton hatte ihr versichert, dass sie ihren Ideen ungeachtet der Finanzen freien Lauf lassen durfte. Aber Alix war es trotzdem wichtig, kein Geld für unnötige Arbeiten zu verplempern.

Sie hatte gerade beschlossen, sich einen Kaffee in dem Sandwichladen an der Ecke zu holen, als Colton mit mehreren Rollen Plänen unter dem Arm ihr improvisiertes Büro betrat.

„Hallohoo", begrüßte er sie freudestrahlend. Seine offensichtlich gute Laune rührte bestimmt daher, dass das Treffen mit den Architekten erfolgreich verlaufen war.

„Hey. Du siehst zufrieden aus."

„Das bin ich." Er legte die Rollen auf einen der zwei Aktenschränke, die an der Wand standen. „Ich kann es gar nicht erwarten, dir die geänderten Grundrisse zu zeigen. Du wirst nicht nur von den Fenstern und den Decken begeistert sein."

Daran zweifelte Alix nicht eine Sekunde. Colton plante Beeindruckendes mit dem Hotel. Ihr neuer Arbeitgeber streckte die Hand aus und zog sie vom Stuhl hoch. Er schloss sie in die Arme und küsste sie. Zum zweiten Mal innerhalb weniger Stunden. Alix hatte sich bereits gefragt, ob er das jetzt öfter machen würde. In diesem Moment bekam sie die Antwort.

Sie würde sich nicht beschweren. Oh nein …

Er nahm sich Zeit, erkundete ihren Mund und schob sie kurz darauf ein Stück zurück, ohne sie loszulassen. „Mir fällt gerade etwas ein."

„Während du mich küsst, fällt dir etwas ein? Das ist nicht gerade ein Kompliment an meine Fähigkeiten." Alix lachte. Vielleicht mochte sie ihn mehr als er sie.

„Ich habe Austin St. John dummerweise versprochen, die Finger von dir zu lassen", offenbarte ihr der Mann, der sie immer noch festhielt und keine Anstalten machte, das zu ändern. Er suchte ihren Blick und griff nach einer Haarsträhne, die er sich um den Finger wickelte. Dabei sah er ihr in die Augen und wartete auf eine Reaktion von ihr.

Alix fehlten kurz die Worte. Wow!

„Was soll ich dazu sagen? Das hat wohl nicht ganz geklappt." Was hatte Austin sich nur rausgenommen? Sie spürte Fassungslosigkeit in sich aufsteigen. Da war ein Gespräch fällig! Er durfte das Geschäftliche für sie regeln, aber er durfte nicht bestimmen, wen sie küsste und wen nicht. Das ging eindeutig zu weit.

„Nein, das Versprechen konnte ich nicht halten. Ich bin dir ins Netz gegangen. Es ist nicht meine Schuld. Du bist einfach umwerfend." Colton ließ seine Hand sinken und fuhr mit dem Finger den Ausschnitt ihre Bluse entlang. Sie war etwas höhergeschlossen, als sie es gewohnt war. Alix bekam eine wohlige Gänsehaut. Ihre Brustwarzen richteten sich auf und drückten gegen den feinen Stoff.

Ohne Zweifel entging Colton ihre Reaktion auf seine Berührung nicht. Sie schien ihm zu gefallen. Sein Blick wurde im nächsten Moment magisch von ihren deutlich hervortretenden Vorzügen angezogen. Alix wurde rot und wollte gerade die Arme vor der Brust überkreuzen, als er sie aufhielt.

„Du trägst keinen BH", stellte er unnötigerweise fest.

„Nein." Mit erhitzten Wangen wich sie seinem Blick aus. „Meine Sachen sind hinüber – du erinnerst dich. Auch meine Unterwäsche hat gestunken wie im Höllenfeuer geröstet."

„Und das Geschäft, das uns die Sachen geschickt hat, führt keine Unterwäsche", resümierte Colton und grinste dabei spöttisch, als würde er die Tatsache sehr schätzen. „Dann trägst du also unter der Jeans ebenfalls nichts? Kein Höschen?" Er ließ seinen frechen Finger bis zu ihrem Hosenbund wandern.

Alix schnappte nach Luft, als er die Gürtelschnalle berührte. „Nein. Ich bin unter der Hose nackt." Teufel! Er wollte sie ihr doch nicht ausziehen, oder? Hier? Am helllichten Tag, wo jeder durch die gardinenlosen Fenster gucken konnte?

„Colton …" Ihre Stimme klang atemlos.

„Alix …" Seine Finger suchten sich ihren Weg, umrundeten die Gürtelschnalle und schoben sich unter ihre Bluse.

Warme Finger berührten ihren Bauch. Sie bewegten sich hoch, bis sie die Unterseite ihrer Brust streiften. Die Empfindungen, die sich rasend schnell ausbreiteten, überwältigten sie. Alix fing an zu zittern. Die ungemein zärtlichen Berührungen ließen sie alles um sich herum vergessen. Weil sie nicht anders konnte, schloss sie die Augen und ließ ihn machen.

Es fühlte sich gigantisch an. Etwas in der Art hatte sie seit langem vermisst. Hoffentlich hörte er nicht auf. Sie wollte mehr … mehr davon.

„So empfindlich …" Der Mann mit den geschickten Fingern beugte sich über sie und küsste ihren Hals, direkt unter ihrem Ohr. „Und so wunderschön." Er schob seine Hand über ihre rechte Brust und streichelte sie.

Alix entwich ein Stöhnen. Sie ließ den Kopf zur Seite fallen, damit Colton besseren Zugang hatte.

Verdammt, ja! Wenn er so weitermachte, wären ihr die Fenster und die möglichen Zuschauer, denen sie eine grandiose Show bieten würden, egal. Wie konnten ein paar leichte Berührungen solche Gefühle auslösen?

Colton musste magische Fähigkeiten besitzen. Er war ein Zauberer.

Geschickt umkreiste er ihre Brustwarze und löste sich von ihrem Hals. Im nächsten Moment hatte er sie vom Fenster weggedreht und ihre Bluse hochgeschoben. „Du bist atemberaubend. Du solltest immer auf Unterwäsche verzichten. Das ist teuflisch sexy."

Alix kam nicht dazu, etwas zu erwidern, weil er seinen Mund über ihre Brustwarze schob und sie mit der Zunge umspielte. Ihre Nippel reckten sich ihm entgegen.

„Colton ...", versuchte Alix den Ansturm ihrer Gefühle in den Griff zu bekommen. „Wir sollten ..."

Was sollten sie denn?

Alix wusste es selbst nicht. Sie war im Himmel und würde Colton sicher nicht aufhalten. Zu lange war es her, dass ein Mann es geschafft hatte, sie völlig aus der Fassung zu bringen – allein mit ein paar Liebkosungen.

Im nächsten Moment ließ Colton sie seine Zähne spüren, bevor er über die feuchte Haut pustete. Alix spürte, wie ihre Knie nachgaben. Sollte sie sich auf den Boden legen? Dann könnte dieser wunderbare Mann genau da weitermachen. Der Gedanke schien extrem verlockend.

Diesmal teilte Colton ihre Gedanken wohl nicht. *Schade.*

Er löste sich schwer atmend und zog ihre Bluse wieder hinunter. Verwundert sah Alix in seine dunklen Augen. Sie hatten etwas Hungriges an sich, das vorher noch nicht dagewesen war.

Warum hörte er auf? Die Frage lag ihr auf der Zunge. Sie kam nicht dazu, sie auszusprechen.

„Komm. Hier können wir das Angefangene nicht zu Ende bringen." Er griff nach ihrer Hand. „St. John kann mir den Buckel runterrutschen. Ich breche mein Versprechen." Er zog an ihr. „Ich will dich. Jetzt! In meinem Bett."

***

Alix' Regenschirm liebender Geschäftsfreund würde mit der veränderten Situation klarkommen müssen. Dieser reiche Sack war eh zu alt für Alix. Außerdem liebte sie Austin nicht. Sonst würde sie nicht auf ihn reagieren, diese Nähe niemals zulassen und ihn stattdessen aufhalten. Colton hatte kein schlechtes Gewissen. Er war der richtige Mann für Alexandra Harrison. Irgendwann würde Austin das einsehen.

Hoffentlich hatte Tammi mittlerweile das Feld geräumt und war in ihre eigene Suite gezogen. Für das, was er vorhatte, brauchte er keine nervigen Familienangehörigen.

„Colton, denkst du, das ist vernünftig?"

Er hatte Alix ohne Umwege nach draußen gezogen. Da die Gebäude nebeneinander lagen, war es nicht weit bis zu seinem Bett. Allerdings hatte die kalte Luft Alix Gedanken offenbar durcheinandergewirbelt. Sie zweifelte und das gefiel ihm nicht.

„Ich finde die Idee grandios." Er zog sie an seine Seite, ohne stehen zu bleiben. Er wollte nicht stoppen und auch nicht nachdenken. Er wollte nur Alix.

Die Frau, deren Hand er fest umklammert hielt, lachte wohlwollend und das freute Colton.

Anscheinend war der Protest nur ein halbherziger. Sie wollte ihn auch. Gott sei Dank.

Sie betraten die Lobby gemeinsam und wurden auf eine laute und sehr wüste Stimme an der Rezeption aufmerksam. Ein Italiener, etwa in seinem Alter und adrett gekleidet, bewies seinen Angestellten, dass er Feuer im Blut hatte. Sicherlich kein einfacher Gast. Was wohl sein Problem war?

Colton wollte es gar nicht wissen. Nicht jetzt.

Er würde in wenigen Minuten den besten Sex seines Lebens haben und sich nicht von schlecht gelaunten Italienern ärgern lassen. Sein Manager war fähig und würde mit der Situation umgehen können. Dieser Gast war kein Einzelfall. Hin und wieder konnte es zu Unstimmigkeiten oder Beschwerden kommen. Das war im *West Hotel* eher selten der Fall, würde sich aber sicherlich zur Zufriedenheit des Gastes regeln lassen. Colton machte sich keine Sorgen.

„Komm, wir haben es eilig." Er dirigierte Alix mit der Hand auf dem Rücken zu den Aufzügen und vermied es, zur Rezeption zu schauen. In seiner Hosentasche suchte er bereits nach dem Schlüssel, um den Fahrstuhl in seine Etage fahren zu lassen.

„Mr West!" Eine eindringliche Stimme schallte durch die Lobby. „Mr West. Mr West."

Verdammt! Zu spät.

Er war entdeckt worden. Ohne Lust zu verspüren, blieb er stehen, drehte sich aber nicht um. Seinen Blick hielt er starr nach vorn gerichtet.

„Du wurdest gerufen." Auch Alix klang enttäuscht.

„Ich habe es gehört. Leider."

„Mr West, hier ist ein Besucher für Ms Tamara West. Er verlangt, Ihre Schwester zu sehen. Sofort." Die Stimme gehörte zu einem seiner Angestellten, der ihm nachgelaufen war.

Tammi? Wieso?

Seine Hilfe schien nötiger gebraucht zu werden, als er gedacht hatte. Was hatte seine Schwester angestellt? Sie war gerade einen Tag zurück in London und schon hatte sie jemanden verärgert. Colton drehte sich um, blickte an seinem Mitarbeiter vorbei und besah sich den Mann, der nur wenige Meter entfernt stand und gerade für eine Sekunde den Mund hielt. Der Südländer war groß, mindestens einen Meter neunzig, hatte schwarze kurze Haare und einen Dreitagebart, der nicht zu seinem gepflegten Äußeren und dem dreiteiligen Anzug passte, den er trug. Er sah nicht nur abgekämpft aus, sondern war offensichtlich wahnsinnig wütend. Ihre Blicke trafen sich und dann wusste Colton es. Es gab keinen triftigen Grund für seinen Verdacht … und trotzdem. Das musste der Vater von Tammis Baby sein. Ganz bestimmt.

***

Alix spürte, wie Coltons Haltung sich änderte, als er sich den Mann, der für den lautstarken Wirbel gesorgt hatte, genauer ansah. Er versteifte sich und ballte die Hand, die locker an seiner Seite hing, zur Faust. Die, die in ihrem Rücken gelegen hatte, war plötzlich verschwunden.

Ohne auf sie zu achten, ging er auf den schlecht gelaunten Hotelgast zu und überließ sie sich selbst. Sein

Angestellter, der ihm nachgelaufen war, trottete wie ein Hündchen hinter ihm her. Dabei redete er leise und unaufhaltsam auf Colton ein. Offensichtlich ging es um etwas Wichtiges.

Hatte Alix etwas verpasst? Da er ihr den Rücken zugedreht hatte, konnte sie seine Miene nicht deuten. So schnell konnte es gehen. Alix wusste nicht, wie sie es finden sollte, dass der Mann, der gerade noch mit ihr ins Bett hatte hüpfen wollen, sie von jetzt auf gleich vollkommen vergessen hatte.

Eigenartig.

Sie blieb vor den Aufzügen stehen und sah Colton hinterher. Ein ungutes Gefühl machte sich breit. Sie würde ihm einen Moment geben, sich daran zu erinnern, dass sie auch noch da war. Wie es aussah, hatte Colton ihre Anwesenheit völlig verdrängt und war plötzlich genauso wütend wie der Südländer. Das war merkwürdig. Kannte Colton den Mann? Und warum fiel ihm das erst jetzt auf? Eben hatte sie noch den Eindruck gehabt, dass es für ihn nichts Wichtigeres gab, als sie ins Bett zu schaffen. Vorzugsweise nackt. Fragen über Fragen. Und keine Antworten.

Alix drückte den Fahrstuhlknopf. Sie konnte sich schon mal nützlich machen, dann brauchten sie gleich nicht zu warten. Als das erledigt war, beobachtete sie das Aufeinandertreffen der Gewalten. Unter Umständen war in wenigen Augenblicken eine schnelle Flucht nötig. Colton würde ihr dankbar sein, wenn der Aufzug dann bereitstand.

Kaum hatte Colton die Rezeption erreicht, hob er die geballte Faust und schlug dem Italiener mitten ins Gesicht, noch bevor er etwas sagen konnte.

Krass! Wahnsinn! Damit hätte sie nicht gerechnet. Alix blieb der Mund offen stehen. Genau wie dem Manager und dem Hündchen, das ihrem Freund hinterhergedackelt war. Das war verrückt! Kurz zweifelte sie an ihrer Sehkraft.

Der Geschlagene ging zu Boden, nur um gleich wieder auf die Füße zu springen und seinem Angreifer einen Hieb in den Magen zu verpassen. Colton krümmte sich vor Schmerz und ließ einen Schwall Italienisch über sich ergehen, während er auf seine Füße starrte und nach Atem rang.

Heiliger Strohsack! Alix' Augen waren vollkommen in Ordnung. Das passierte gerade wirklich! Sie träumte das nicht.

Was zum Geier sollte das? Waren die beiden verrückt geworden? Das war unglaublich und nicht zu fassen.

Endlich erwachten die Leute um das Geschehen herum. Der Manager stellte sich in Windeseile neben Colton und ein fähiger Mitarbeiter versuchte dem wütenden Italiener den Weg zu versperren. Dessen Lippe blutete und ließ ihn dadurch noch zorniger wirken.

Wollten die sich etwa weiter prügeln? Direkt in der Lobby? Vor den anderen Gästen? Das konnte Colton nicht ernst meinen. Dazu war er viel zu professionell. Niemals hätte Alix gedacht, dass der Inhaber der *West Hotels* sich auf einen Faustkampf einlassen würde. Das passte nicht zu dem sonst so abgeklärten Geschäftsmann. Was wohl der Grund dafür war?

Ein Pling kündigte den Aufzug an. Alix wurde kurz von den Leuten abgelenkt, die heraustraten und an ihr vorbei zum Ausgang des Hotels strömten. Bevor sich die Fahrstuhltüren wieder schließen konnten, stellte sie einen Fuß in die Lichtschranke. Und jetzt?

Sie schaute zu der kleinen Ansammlung von Menschen, die sich gebildet hatte. Auch ein paar Schaulustige waren stehen geblieben und sahen interessiert herüber.

Der Manager sagte etwas zu Colton, das ihn innehalten ließ. Er seufzte, strich sich durch die Haare, die ihm bei dem Schlag in die Stirn gefallen waren, und nickte anschließend. Seine Miene war nicht zu deuten. Außer Schmerz war nichts zu erkennen. Was hatte das zu bedeuten?

Im nächsten Moment drehte Colton sich um und kam auf sie zu. Allerdings hatte es den Anschein, als würde er durch sie hindurchsehen. Er war ganz woanders mit seinen Gedanken, nahm seine Umgebung und die Leute um sich herum nicht wahr. Zornesfalten kräuselten sich auf seiner Stirn und seine Augenbrauen standen dichter zusammen als sonst. Es wunderte Alix, dass kein Dampf aus seinen Ohren trat.

Auch der Italiener sowie der Manager setzten sich in Bewegung.

Gerade wollte Alix etwas sagen, da ging der Mann, mit dem sie eben so glücklich gewesen war, an ihr vorbei und betrat den Aufzug. Er sah sie nicht an und reagierte auch sonst nicht auf ihre Geste, die Tür für ihn offen zu halten. Alix wusste nicht, wie sie sich verhalten sollte. Ignorierte er sie absichtlich oder hatte er sie lediglich vergessen? Beides keine schöne Alternativen.

Der Rattenschwanz, bestehend aus dem Manager, dem Italiener und zwei Leuten, die offensichtlich zur Security gehörten, folgten ihm in den Aufzug.

Gerade wollte Alix ihren verletzten Stolz hinunterschlucken und ebenfalls eintreten, da drückte Colton den Knopf, um die Türen zufahren zu lassen. Vor ihrer Nase.

Danke!

Das war deutlich – deutlicher ging's kaum. Sie war unerwünscht und sollte offensichtlich draußen bleiben.

Fassungslos, fast schon perplex, sah Alix zwischen den sich schließenden Türen, wie Colton mit einem Schlüssel das Tastenfeld entsperrte und den Aufzug im nächsten Moment in die oberste Etage schickte. Gleich drauf erblickte sie ihr trauriges Spiegelbild in den verschlossenen Türen.

Was für ein Idiot, war alles, was ihr dazu einfiel.

Kapitel 17

Colton konnte es nicht glauben, dass der Typ es tatsächlich gewagt hatte, in sein Hotel zu marschieren. Einfach so. Als wäre er nicht dafür verantwortlich, dass seine kleine Schwester ein Baby erwartete. Der Kerl war wirklich der größte Idiot auf dem Planeten! Was glaubte er denn, wie er empfangen werden würde? Mit offenen Armen?

Mit Genugtuung stellte Colton fest, dass die Lippe dieses Penners aufgeplatzt war und blutete. Der Mann, dessen Namen er nicht mal kannte, starrte ihn an und ließ das Blut ungehindert auf den Boden tropfen. Sein schickes weißes Hemd zierten bereits ein paar unschöne rote Flecken. Wollte er mit diesem herausfordernden Blickkontakt etwas beweisen? Wie es aussah, würde das folgende Gespräch kein leichtes werden. Colton sollte es recht sein. Obwohl es sonst gar nicht seine Art war, war er in Stimmung, sich zu prügeln, auf dreckige und unschöne Art und Weise. Zu gerne würde er gleich hier, in dieser zwei mal zwei Meter großen Box, zuschlagen. Aber in dem Fall würden ihn sicher alle, außer dem Italiener, daran hindern. Der wirkte, als würde er sich nur zu gerne herausfordern lassen. Was für ein Idiot!

Der Aufzug hielt und Colton stieg anmaßend und vor allen anderen aus, sobald die Türen auseinanderfuhren. Dabei stieß er ein Knurren aus, das seine üble

Laune beschrieb und eine Warnung sein sollte. Er war immer noch auf hundertachtzig. Das sollte keiner vergessen.

Er betrat seine Wohnung und erwartete, dass die anderen ihm folgten. Ohne Umwege ging er gleich durch zur Bar. Etwas Hochprozentiges würde seinen Nerven sicher guttun.

„Tamara wird gleich hier sein“, versuchte der Manager den Italiener in seiner Sprache zu beschwichtigen. Colton verstand nicht jedes Wort. Seine Italienischkenntnisse hielten sich in Grenzen. Der fähigste Mitarbeiter des *West Hotels* sprach dagegen vier Sprachen fließend und konnte hervorragend mit schwierigen Gästen umgehen. Er meisterte jede noch so prekäre Situation. Diese war allerdings neu – noch nie dagewesen.

Colton ließ Eiswürfel in sein Glas fallen und verzichtete darauf, seinem unerwünschten Besuch ebenfalls einen Drink anzubieten. Er war nicht in Stimmung für Gastfreundschaft. Nicht bevor sie Grundlegendes geklärt hatten.

Konnte der Kerl sich nicht endlich das Blut aus dem Gesicht wischen? Wollte er damit Mitleid erzeugen? Das war lächerlich. Er hatte nicht mal mit voller Kraft zugeschlagen.

Immer noch wütend goss er sich Bourbon ein und sah, wie die Eiswürfel sich in der Flüssigkeit drehten. Was für eine vermaledeite Situation.

Gerade nahm er einen großen Schluck, als die angelehnte Tür mit Wucht aufgestoßen wurde. Offensichtlich hatte keiner es für nötig gehalten, sie richtig zu schließen. Tammi versuchte schnellen Schrittes vorwärtszukommen, scheiterte aber an dem enormen Umfang ihres Bauches.

„Mateo!", rief sie und wirkte genauso aufgebracht wie der Knaller vor ihm. „Was machst du hier?" Sie sprach Englisch, was Colton darauf schließen ließ, dass dieses hübsche Mateo-Söhnchen mehr als nur seine Muttersprache beherrschte.

„Du bist abgehauen." Seine Stimme wurde plötzlich weich und hörte sich ganz anders an als das wüste Fluchen von vorhin. Schwer vorstellbar, aber anscheinend war er heilfroh, die Mutter seines ungeborenen Kindes unversehrt und wohlauf vor sich zu haben.

„Du blutest", stellte Tammi überrascht fest, als sie endlich vor ihrem verschollen geglaubten Freund zum Stehen kam. „Wieso blutest du?" Schneller als er es je für möglich gehalten hätte, drehte sie sich um. „Colton!"

Natürlich war er jetzt der Böse. War ja klar.

Seelenruhig trank er einen Schluck Bourbon, bevor er antwortete.

„Was? Ich habe genau das getan, was du erwartet hast." Er stellte den Drink lautstark auf die Bar. „Er hat dich ausgenutzt. Dieser Mistkerl …", er zeigte mit dem Finger auf den Mann, „… hat die Prügel verdient." Sogar noch viel mehr, als er bekommen hatte. Das bisschen Blut war gar nichts. Es war lächerlich, nicht der Rede wert.

Tammi zog ein sauberes Taschentuch aus der Hosentasche und tupfte dem verletzten Mateo die Unterlippe ab. Dabei sah sie ihm tief in die Augen. Ob es ein verliebter Blick war, konnte Colton von seinem Platz aus nicht sagen. Er war sich sicher, dass Mateo nur deshalb das Blut noch nicht selbst abgewischt hatte, damit Tammi es für ihn tun konnte. Der Hund war gerissen, wie es schien.

Noch bevor seine Schwester mehr sagen konnte oder mit ihrer Wischerei fertig war, schloss Mateo die Schwangere in die Arme. Er drückte sie an sich, so gut es mit dem Bauch eben ging, und strich ihr über den Rücken. Dabei vergrub er sein Gesicht an ihrem Hals und flüsterte etwas in seiner Sprache. Tammi nickte und ließ sich fester umschließen.

Colton musste zugeben, dass dieses Wiedersehen irgendwie herzzerreißend war. Trotzdem ... Tammi hatte sicher einen Grund gehabt, diesen Macker in den schicken Klamotten zu verlassen. So schnell würde er nicht klein beigeben und seinen Standpunkt verlassen. Irgendwas war zwischen den beiden vorgefallen. Und bestimmt war seine Schwester nahezu unschuldig. Es musste einfach so sein. Sie war schwanger, verdammt! Zumindest daran war dieser italienische Gigolo schuld. Aber sowas von.

Hoffentlich tat er mit seiner Schuldzuweisung niemandem unrecht. Ein ungutes Gefühl beschlich ihn. Die Tammi von früher hatte schon viel Dummes angestellt. Seine Schwester handelte oft unüberlegt. Eigentlich immer.

Colton brauchte mehr Bourbon, wenn er das überstehen wollte.

Er goss sich nach und bat mit Handzeichen alle Herumstehenden seine Wohnung zu verlassen. Der Manager nickte und war sogar so schlau, die Tür hinter dem letzten Mann von der Security zu schließen.

Jetzt war Colton mit dem innig umschlungenen Pärchen allein. Endlich konnten sie ungestört reden. Zumindest dann, wenn die beiden kurz voneinander ablassen würden. Sie redeten leise miteinander und schienen ihn förmlich vergessen zu haben.

Neuer Ärger kochte hoch. Diese Schmuserei! Die beiden wussten doch, dass sie nicht allein waren, warum benahmen sie sich dann so? Schrecklich. Und irgendwie kindisch.

Er räusperte sich und Tammi sah in seine Richtung. Endlich.

Sie löste sich aus der Umarmung. „Colton, das ist Mateo de Luca, mein Mann", ließ sie die Bombe platzen, ohne ihm eine klitzekleine Vorwarnung zu geben.

Hä? Ihr Mann?

Colton glaubte sich verhört zu haben. War sie etwa verheiratet? Schwanger und verheiratet? Das wurde ja immer besser. So viel Bourbon konnte er gar nicht trinken, um das zu verdauen.

„Dein Mann?" Er musste einfach nachfragen. Es klang unwirklich in seinen Ohren.

Seine Schwester senkte den Blick und wirkte auf einmal extrem schuldbewusst. „Ja." Sie griff nach der Hand ihres Herzbuben und verschränkte die Finger mit seinen. „Mateo und ich sind verheiratet. Schon seit acht Monaten."

Alter Falter! Seine Schwester hatte ihn schon immer überraschen können, aber das schlug dem Fass den Boden auf.

Er leerte seinen Drink und spürte, wie der Alkohol in seiner Kehle brannte.

„Bitte, lass es mich erklären." Tammi kam zur Bar und zog ihren Ehemann hinter sich her. Der ließ sich offensichtlich zu gerne mitziehen. Er sah eh ekelhaft glücklich aus, seit seine Angebetete hereingeplatzt war.

„Dann los. Ich bin ganz Ohr." Er stellte zwei weitere Gläser auf die Bar und schenkte für sich und Mateo Bourbon ein. Tammis Glas lieb leer. Ihm war kurz entfallen, dass sie wegen der Schwangerschaft keinen Alkohol trinken durfte. Er war wirklich von der Rolle. Wann hatte sie ihm das mit der Hochzeit sagen wollen? Es war früher schon ihre Art gewesen, Neuigkeiten stets häppchenweise zu servieren.

„Ich habe Mateo auf meiner Tour in der Toskana kennengelernt. Er ist leidenschaftlicher Kitesurfer und besitzt eine natürliche Gabe für alle Wassersportarten. Du müsstest dir seine Sprünge und Tricks ansehen. Er ist ein wahrer Meister seines Fachs. Seine Manöver sind atemberaubend und extrem gefährlich."

Sollten diese Lobeshymnen ihn milde stimmen? Ohne Frage himmelte seine Schwester den Mann, dessen Aufmachung so gar nicht zu einem begabten Wassersportler passte, an. Sie war völlig weggetreten und in Gedanken versunken, weil sie sich offenbar an vergangene Zeiten erinnerte.

„Du übertreibst", sagte Mateo, der bis jetzt geschwiegen hatte, in gebrochenem Englisch und griff nach dem Drink. Mit dem Anzug, der Fliege und dem Drink in der Hand passte Mateo eher in einen noblen Designerclub als an einen Strand. Nur die borstigen, kurzen schwarzen Haare und der gebräunte Teint ließen vermuten, dass er sich oft draußen aufhielt.

„Ich denke nicht.“ Tammi legte ihm einen Arm um die Taille und ihren Kopf auf seine Schulter. Schon wieder bekam sie diesen verliebten Blick. Anscheinend hatte sie längst ihre Objektivität verloren.

„Okay, okay.“ Colton hob die Hand, um zu resümieren. „Du hast Mr Kitesurfer hier also braungebrannt und nur in Badeshorts an einem Lenkdrachen hängen sehen, wie er gewagte Manöver ausführte und ihn daraufhin zum Traualtar geschleppt.“ Colton schüttelte den Kopf. „Ich komme nicht ganz mit.“

„Kitesurfer tragen Neoprenanzüge, keine Badeshorts.“

„Tammi ...!“

„Schon gut. Das ist nicht wichtig. Ich habe verstanden.“ Ihre Augen blitzten wie früher, wenn sie nach etwas verlangte, das er ihr nicht hatte geben wollen. Gleich würde sie ihn böse anzicken, wenn er nicht aufpasste.

„Lass es mich erklären.“ Mateo mischte sich ein und strich ihr eine Dreadlock aus dem Gesicht, dabei bot er ihr einen der drei Barhocker an, die vor der Theke standen. Na toll, offensichtlich wusste er, dass ihr schnell die Füße wehtaten. Colton musste zugeben, dass sein neuer Schwager sehr aufmerksam war.

Sein Schwager! Wie sich das anhörte. Verrückt! Er hatte jetzt einen Schwager. Einen, der heldenhaft kitesurfen konnte.

„Ich habe Tamara am Kitestrand in Marina di Grossetto zum ersten Mal getroffen.“

„Stimmt“, unterbrach seine Schwester ihren Mann. „Ich habe in dem kleinen Lokal am Strand gesessen und euch Verrückten zugesehen. Den ganzen Tag lang.“ Sie lächelte fast schon selig. „Du warst der Beste von allen.“

Natürlich. Colton verdrehte innerlich die Augen. Diese Beweihräucherung war kaum zum Aushalten. Gleich würde er sich übergeben müssen.

„Stimmt. Deshalb hast du mich auch auf einen Cappuccino eingeladen, nachdem ich vor dir mit meinen neuen Tricks angegeben habe.“

Colton räusperte sich. Er wollte, dass sie endlich auf den Punkt kamen. An den schmalzigen Details ihres Kennenlernens war er nicht interessiert. Er wollte wissen, warum die beiden ein verdammtes Paar waren.

„Warum habt ihr geheiratet?“, drängte er sie.

Einen Moment schwiegen beide. Nur Mateo wich seinem bohrenden Blick nicht aus. Der Mann hatte Schneid, das musste Colton ihm lassen. Denn er war sich sicher, dass er kein bisschen freundlich guckte.

„Ich wollte es.“ Der Italiener zuckte mit den Schultern. „Ich war verliebt – bin es immer noch. Also habe ich Tammi gefragt und sie hat Ja gesagt. Wir haben barfuß am Strand geheiratet, bei Sonnenaufgang.“ Aus seinem Mund hörte sich das logisch und unglaublich unkompliziert an. Fast wie im Märchen.

„Und danach habt ihr gleich ein Baby gemacht. Eine Meisterleistung. Meine Schwester ist gerade mal neunzehn.“ Der Vorwurf wog schwer in seiner Stimme. „Sie ist selbst noch ein Kind.“ Den letzten Satz konnte er nicht zurückhalten, obwohl er wusste, in welches Wespennest er damit stieß. Seine Schwester hasste es, wenn er ihr Vorhaltungen machte. Erst recht, wenn er sie ein Kind nannte.

„Bin ich nicht." Kam die prompte Antwort, mit der er gerechnet hatte. „Außerdem bin ich zwanzig, nicht neunzehn."

„Du warst aber neunzehn, als du geheiratet hast und schwanger geworden bist. Oder?" Er knallte die Hand auf den Tisch. Das Geräusch klang unnatürlich laut.

Tamara wollte etwas erwidern. Ihrem Schnauben nach zu urteilen nichts Gutes. Aber sie wurde von Mateo unterbrochen, der ihr eine Hand auf die Schulter legte und sie mit der liebevollen Geste von der Palme holte. Alles geschah schnell, wortlos und nur von einem einzigen Blickkontakt begleitet. Dafür bewunderte Colton ihn. Das hatte noch niemand geschafft.

„Dein Bruder hat recht." Er streichelte sie. „Wir haben uns nicht klug verhalten. Wir waren verliebt und haben uns treiben lassen."

Bravo. Was für eine tiefschürfende Erkenntnis. Leider kam sie ein bisschen spät. Das Kind war schließlich längst in den Brunnen gefallen. Offensichtlich war sein brandneuer Schwager genauso unreif wie seine Schwester. Das perfekte Paar.

Tamara ergriff das Wort. „Mateos Eltern sind sehr vermögend. Sie führen in Italien gleich mehrere Unternehmen in der Modebranche und besitzen sogar eine eigene Schneiderei. Sie konnten und wollten unsere Verbindung nicht gutheißen, deshalb bin ich abgehauen. Ich wollte nicht, dass seine Familie ihn verstößt, weil er eine Ausländerin geheiratet hat. Eine Rumtreiberin ohne Ausbildung." Tammi sah ihren Mann an. „Ich wollte nicht schuld daran sein, dass sein Vater ihn enterbt und seine Familie sich von ihm abwendet. Nur meinetwegen."

Wie herzzerreißend. Seine Schwester hatte eindeutig zu viele Schnulzen gesehen.

Kein Bourbon der Welt würde Colton vor so viel Naivität retten. Erneut überlief ihn ein Gruselschauder. Das war schlimmer als jede Seifenoper. Er zweifelte wahrhaftig an der Vernunft seiner Schwester. Liebe schien wirklich blind zu machen. Colton sparte sich jeden Einwand, da die beiden sich schon wieder verliebte Blicke zuwarfen. Furchtbar. Was sollte er nur tun? Denen war nicht zu helfen. Er war sprachlos. Was würden seine Eltern sagen, wenn sie davon erfuhren? Colton war sich sicher, dass sie Mateo nicht verstoßen und Tamara auch nicht enterben würden. Wahrscheinlich rechneten sie sogar mit einem solchen Verhalten ihrer Tochter. Trotzdem ... leicht würde dieses Gespräch nicht werden. Hoffentlich blieben seine Eltern dem Londoner *West Hotel* noch eine Weile fern. Wenn das Baby erst auf der Welt war, würde seine Mutter schon einknicken. Sie liebte Kinder. Und gegen zuckersüße Enkelkinder war kein Kraut gewachsen. Wenigstens standen die Chancen nicht schlecht, dass das Baby eine wahre Schönheit wurde. Die beiden sahen toll zusammen aus. Das musste Colton sich bei allem Ärger eingestehen.

„Ich brauche meine Familie und ihr Geld nicht", unterbrach Mateo seine Gedanken. „Ich will nur Tamara und unser Baby. Wir schaffen es auch allein." Er klang wie der Held in einem schmalzigen Liebesroman. *Amen!*

Gleich würde Colton sich tatsächlich übergeben müssen. Er spürte schon, wie es ihm hochkam.

Kapitel 18

Alix hatte das Hotel verlassen. Die Anzeige des Fahrstuhls hatte ihr bestätigt, dass Colton bis nach oben gefahren war – ohne anzuhalten. Warum hätte sie also warten sollen? Er würde so schnell nicht wieder in der Lobby erscheinen. Seinem Blick nach zu urteilen hatte er sie völlig vergessen. Es gab offenbar Wichtigeres. Auch wenn sie es nicht gerne zugab, das schmerzte irgendwie. Vor allem, weil sie auf dem Weg zu mehr gewesen waren. Zu mehr als nur einer Geschäftsbeziehung.

Verdammt! Noch vor wenigen Minuten waren sie auf dem Weg in sein Bett gewesen, um es auf den Punkt zu bringen.

Sie hatte unanständige Dinge mit dem Inhaber der *West Hotels* tun wollen. Ob er öfter Frauen mit in seine Wohnung nahm? Seine Wohnung, die ganz oben lag, die ganze Etage einnahm und nur mit einem speziellen Schlüssel zu erreichen war.

Alix wollte es nur ungern zugeben, aber dieses Reiche-Leute-Gebaren war irgendwie heiß. Sie war für einen Moment schwach geworden. Coltons anziehendes Äußeres hatte verständlicherweise ebenfalls dazu beigetragen. Sie war sozusagen einem Kurzschluss erlegen. Einem kurzen Kurzschluss.

Bei ihrem nächsten Aufeinandertreffen würde sie sich nicht so leicht überreden lassen. Obwohl sie ein

Seitensprunghotel führte und vielleicht offener für das heikle Thema sein sollte, hatte sie für gewöhnlich keine One-Night-Stands. Und schon gar nicht mit Männern, die ihr ein Gehalt bezahlten. Sie durfte nicht vergessen, dass Colton momentan ihre einzige Einnahmequelle, ihre finanzielle Absicherung war.

Das *Three Rooms* existierte nicht mehr. Wenn sie nicht auf der Straße enden wollte, sollte sie besser zusehen, dass sie ihren Job erledigte und kreative Ideen für das *West Wellness* entwickelte. Sexspiele mit dem neuen Boss sollte sie tunlichst vermeiden. Denn das konnte über kurz oder lang nur schiefgehen. Jeder andere Gedanke wäre realitätsfremd. Sie musste auf dem Teppich bleiben und sich nicht wie ein dummes Mädchen verhalten. Das hatte sie kurz vergessen, als Colton sie alles verschlingend geküsst hatte. *Aber ja, dieser Mann konnte küssen!*

Schnell wischte sie den Gedankenblitz weg. Besser, Alix sah das jetzt ein, als wenn es hinterher merkwürdig zwischen ihnen wurde und Colton keine andere Möglichkeit sah, als sie zu entlassen. Welch grauenvoller Gedanke.

Auf der Straße atmete sie die kühle Luft ein und fischte ihr Handy aus der Hosentasche. Was jetzt? Sie brauchte einen Plan. Ein paar klare Gedanken, die nichts mit dem aufgewühlten und unbefriedigten Gefühl in ihrem Innern zu tun hatten, würden möglicherweise helfen.

Ganz einfach. Alix würde Austin anrufen und sich von ihrem Freund aufmuntern lassen. Das war naheliegend. Er war die treue Seele, auf die sie sich in jeder Lebenslage verlassen konnte. Er würde ihr die nötige Ablenkung schenken, die sie momentan brauchte. Auch wenn sie ihn vermutlich niemals heiraten würde, als guter Freund war er von unschätzbarem Wert. Der Beste von allen. Er würde sie erden und von Wolke Sieben holen. Vielleicht hatte sie Glück und er war bereits zu Hause. Heute war Montag. Montags arbeitete er hin und wieder von zu Hause aus. Alix sah auf die Uhr. Wow! Die Zeit war offenbar wie im Fluge vergangen. Mittlerweile war es früher Abend. Er würde auf jeden Fall zu Hause sein.

Alix entschied sich dazu, ihm eine Textnachricht zu schicken und ihren Besuch anzukündigen. Die Zeit, die sie brauchte, um mit der U-Bahn zu ihm zu fahren, würde sie nutzen, um über Colton und sein merkwürdiges Verhalten nachzudenken. Oder sie würde versuchen, nicht über ihn nachzudenken. Verzwickte Situation.

Austin öffnete nach dem ersten Klingeln. Er wohnte in einem schicken kleinen Häuschen in der Nähe von Kings Cross. Alix war schon einige Male zu Besuch gewesen. Die Gegend war ihr ein bisschen zu Schickimicki, aber sie passte zu einem vermögenden Mann wie Austin St. John. Noch ein Grund, warum sie nicht zusammengehörten. Alix mochte das hippe Viertel, das sie für ihr Seitensprunghotel ausgewählt hatte. Die bunten Häuser und die mit Graffiti bemalten Mauern hatten ihren ganz eigenen Charme. In Shoreditch hatte sie sich von Anfang an zu Hause gefühlt. Bei dem Gedanken traten ihr mal wieder Tränen in die Augen. Ihr geliebtes Hotel, ihren heimeligen Ort, den gab es nicht mehr. *Verdammte Gefühlswelt.*

Alix schloss das eiserne Eingangstörchen hinter sich und drängte die Tränen zurück. Dass sie ständig und bei jedem noch so kleinen Gedankenfetzen anfing zu heulen, war furchtbar. Sie wollte kein Häufchen Elend sein. Das passte nicht zu ihr. Hoffentlich hörte das bald auf. Colton hatte sie in den letzten Stunden alles vergessen lassen. Das hatte sich toll angefühlt. Pech. Jetzt war er nicht da und prompt ließ sie sich runterziehen. Das ärgerte sie. Sie war für gewöhnlich kein depressiver Mensch.

„Alexandra!" Austin stand in der Eingangstür und hatte bereits die Arme einladend ausgebreitet. Sie brauchte nur die wenigen Schritte zum Haus zu überwinden und sich auffangen lassen. Sie wartete keine Sekunde länger. Verdammt, tat das gut!

Austin war nicht Colton und roch auch nicht so verführerisch wie der Mann, der sie gerade ignorierte. Aber im Im-Arm-Halten war ihr Freund einfach spitze. Er zog sie ins Haus und schloss die Tür. Wärme umfing sie und vertrieb das kalte, schaurige Gefühl.

„Du hättest eher kommen oder mich anrufen sollen." Er strich ihr über den Rücken und klang verletzt. „Ich habe mir Sorgen gemacht."

Der Arme.

„Das musstest du nicht. Ich habe dir doch geschrieben." Alix überlegte, ob sie ein schlechtes Gewissen haben musste. Sie hatte gedacht, eine Nachricht, dass es ihr gutgehe und sie sich erst mal um alles kümmern musste, würde ausreichen.

„Eine Textnachricht!" Sein Körper spannte sich an. „Das ist nicht ausreichend." Er klang empört wie ein strenger Lehrer. „Nicht im Entferntesten."

Anscheinend waren heute alle Männer schwierig. Sie löste sich und spürte Ärger in sich aufsteigen. Sie war nicht gekommen, um sich Vorhaltungen machen zu lassen. Vielleicht hätte sie ihn heute Morgen anrufen sollen. Aber ihre Eltern waren ihr wichtiger erschienen. Selbst ihr Bruder war wichtiger und von dem wusste sie nicht mal, ob er schon von dem Brand erfahren hatte. Oder wo er überhaupt steckte.

Ihr Mund öffnete sich, um Austin genau das zu verklickern, als er sie erneut an sich zog. Diesmal fester und voller Liebe. „Entschuldige. Ich wollte dir keine Vorwürfe machen. Ich bin froh, dass dir nichts passiert ist. Dass du nicht verletzt bist." Er strich ihr über den Kopf. „Komm, lass uns Tee trinken. Bei einer guten Tasse Earl Grey sieht die Welt gleich ganz anders aus. Außerdem kannst du mir dann alles in Ruhe erzählen. Du siehst völlig fertig aus."

Wie sie solche Stimmungsumschwünge hasste. Alix verzichtete auf eine Antwort und ließ sich in den Salon führen. Dann würde sie eben Tee trinken anstatt zu streiten. Auch gut. Ihr Magen knurrte und Austin schüttelte den Kopf. „Was hältst du von Sandwiches? Ich mache ganz hervorragende Schinken-Käse-Sandwiches mit Gurke."

Das hörte sich nach einem Friedensangebot an, das Alix zu gerne annahm. Hoffentlich war Austin nicht sauer, wenn sie die Gurke verweigerte. Sie hasste eingelegte Gurken.

Colton atmete lange aus und spürte ein Schwindelgefühl in sich aufsteigen. Der Alkohol stieg ihm zu Kopf. Vielleicht hätte er zuvor etwas essen sollen.

Das plötzliche Auftauchen seines Schwagers hatte ihn aus dem Konzept gebracht. Nicht nur ihn, auch sein Leben und das zukünftige der Familie West. Ab jetzt würde alles anders werden. Das war so sicher wie seine Schwester schwanger war.

Tammi und ihr Mann hatten sich vor wenigen Minuten in ihre Suite verabschiedet, um sich zu besprechen und ganz sicher auch, um ihre Wiedervereinigung zu zelebrieren, nackt und mit viel Körpereinsatz. Letzteres war nur eine Vermutung. Diese verliebten Blicke waren nicht mehr zu ertragen gewesen. Colton war froh, dass die beiden abgedampft waren. Endlich allein ...

In den nächsten Tagen hatte er Zeit, seine Gedanken zu sortieren und sich zu überlegen, wie er Tammi helfen konnte, die Veränderungen ihren Eltern beizubringen. Schonend, versteht sich. Das würde nicht leicht werden.

Gerade wollte er zum Telefon greifen, um sich etwas zu Essen aus der Küche kommen zu lassen, da beschlich ihn das dumpfe Gefühl, etwas vergessen zu haben. Etwas fehlte. Etwas Wichtiges.

Der Bourbon rumorte in seinem leeren Magen und verstärkte das unbestimmte Gefühl. Was konnte es sein, das ihm entfallen war? Was ...

Shit! Die Erkenntnis traf ihn wie ein Blitzschlag. Mit der gleichen Heftigkeit und ziemlich schmerzhaft. Er war ein Idiot. Alix! Er hatte Alix vergessen!

Wie hatte ihm das passieren können? Und wann war es passiert? Sein Innerstes gefror zu Eis, ihm wurde schlecht. In der Lobby war sie noch rechts neben ihm gewesen. Er hatte ihre Hand gehalten. Gemeinsam hatten sie mit dem Aufzug nach oben fahren wollen, um ... ungestört zu sein.

Shit! Shit! Shit! Der Aufzug!

Seine Freundin war nicht mit hochgefahren. Nur Mateo, der Manager und die Security. Wo zum Geier steckte sie? Warum war Alix nicht mit in den Fahrstuhl eingestiegen? Sie konnte ihn unmöglich aus den Augen verloren haben. Nicht bei dem Wirbel, den er veranstaltet hatte, als er Mateo geschlagen hatte. Warum hatte sie nichts gesagt? Ihn angesprochen? Was für ein Unglück. Er war ein verdammter Idiot!

Was sie wohl jetzt von ihm dachte? Bestimmt verstand sie sein Verhalten völlig falsch. Er war sauer und aufgebracht gewesen, das hatte jeder sehen können. Gott, er hatte Mateo blutig geschlagen – im Beisein von Hotelgästen. Wahrlich keine Meisterleistung.

Vielleicht hatte sie sich nicht getraut, ihn in seiner Wut auf sich aufmerksam zu machen. Bei dem Gedanken wurde Colton schlecht. Keine Frau hatte jemals Angst vor ihm gehabt. Allein der Gedanke daran schmerzte. Er musste das wiedergutmachen. Und zwar schnell.

Er zückte sein Handy und wählte ihre Nummer. Viel Hoffnung machte er sich nicht, dass sie das Gespräch annehmen würde. Wenn sie enttäuscht und verletzt war, würde sie nicht mit ihm reden wollen. Dass sofort die Mailbox ansprang, bestätigte seine Vermutung. Alexandra Harrison war wütend. Auf ihn.

Er steckte in Schwierigkeiten, in ernsthaften Schwierigkeiten.

Wo konnte sie sein? Sie hatte keinen Platz zum Schlafen. Keine Bleibe. Ob sie in ein anderes Hotel gegangen war?

Neue Angst machte sich breit. Hoffentlich weigerte sie sich jetzt nicht, für die nächsten Tage in sein Gästezimmer zu ziehen. Bei seinem Pech war sie genauso stur wie seine Schwester. Er würde alle Register ziehen müssen, um zu bekommen, was das Beste für sie war. Wenn er etwas in den Sand setzte, dann aber richtig.

Wäre Mateo nicht aufgetaucht, würde er jetzt mit ihr im Bett liegen und hätte den besten Sex seines Lebens gehabt. Was für ein verlockender Gedanke, der leider nicht Wirklichkeit geworden war. Er zweifelte nicht daran, dass der Sex schweißtreibend und unglaublich gut gewesen wäre. Der Kuss, der etwas aus dem Ruder gelaufen und kaum eine Stunde her war, war Hinweis genug. Wo konnte sie stecken?

Denk nach!

Denk schneller!

Er sah auf die schmelzenden Eiswürfel in seinem leeren Glas und plötzlich wusste er es. Es gab nur eine Person, zu der Alix in ihrem Frust und ihrer Enttäuschung gehen würde. Es gab nur einen Mann, den sie als ihren Freund betrachtete. Einen Mann, der einsprang und die Anmeldung des *Three Rooms* übernahm, wenn es ihr schlecht ging. Und der zusätzlich aufpasste, dass sie keine hinterhältigen Knebelverträge unterschrieb: Austin St. John! Der alte Sack, der nicht ohne Regenschirm das Haus verließ. Mistkerl.

Colton steckte das Handy weg und überlegte erneut. Er würde nicht lockerlassen. Nein, er würde nicht zulassen, dass Alix bei ihrem besten Freund unterkroch und sich versteckte. Sie sollte bei *ihm* bleiben. An *seiner* Seite und in *seinem* Bett.

Wie schwer konnte es sein, St. Johns Adresse rauszubekommen? Nicht besonders. Wenn er Glück hatte, war noch jemand im Büro, dem er weismachen konnte, mit dem Investmentbanker reden zu müssen. Dringend, versteht sich.

Dass sie bereits wegen Alix' Arbeitsvertrag geschäftlich Kontakt gehabt hatten, würde neben seinem bekannten Namen von Vorteil sein. Eine kleine Notlüge und er sollte bekommen, was er wollte.

Der Plan nahm in seinem vom Bourbon vernebelten Hirn Gestalt an. Mit wenigen Schritten war er in der Küche. Kaffee! Er würde eine Extradosis Koffein inhalieren, sich die Adresse besorgen und dann seinen Chauffeur rufen. Fahren konnte er beim besten Willen nicht mehr. Kein noch so starker Espresso würde ihn in so kurzer Zeit völlig ausnüchtern. Das könnte funktionieren. Er brauchte nur ein bisschen Glück.

Mit geübten Handgriffen und in Gedanken versunken, stellte er den Kaffeevollautomaten an und suchte nach einer Tasse.

Wenn er erfolgreich sein wollte, durfte er nicht mit leeren Händen kommen, um vor ihr zu Kreuze zu kriechen. Colton wollte seinen Fehler wiedergutmachen und Alix beweisen, dass er kein ungehobelter Schläger war, der unter Wutausbrüchen litt. Was hatte sie wohl von ihm gedacht, als sie ihn ohne Vorwarnung hatte zuschlagen sehen? Er wollte es lieber nicht wissen. Das war keine seiner besten Ideen gewesen. Verflixt!

Was könnte er ihr als Entschädigung mitbringen? Als Wiedergutmachung? Was schenkte ein Mann einer Frau, bei der er sich von ganzem Herzen entschuldigen wollte?

Colton erinnerte sich an die Bemerkung von Alix' Bruder. Er hatte vorgeschlagen, jedem Gast des *Three Rooms* die Anleitung für den perfekten Seitensprung aufs Zimmer zu legen. *Wie betrüge ich meine Frau* und so weiter ...

Eine Anleitung zum Thema *Wie entschuldige ich mich bei einer Frau* wäre jetzt äußerst hilfreich.

Die Kaffeemaschine hatte ihre Temperatur erreicht. Er stellte eine Tasse unter den Ausguss, drückte ein paar Knöpfe und wartete, dass das heiße Gebräu in die Tasse lief.

Blumen waren zu wenig und Schmuck unpassend. Es musste individuell sein ... und es musste ihr ein Lächeln ins Gesicht zaubern. Alix sollte sofort erkennen, dass sie ihm wichtig war. Auch wenn er das kurzzeitig vergessen hatte.

Heiliges Gedankenchaos! Das Geschenk musste nicht mal teuer sein.

Vielleicht war es sogar besser, wenn es nicht viel kostete. In dem Fall würde sie sich womöglich schwerer tun, es abzulehnen. Denn dass sie es ablehnen würde, daran zweifelte er nicht. Es wäre typisch für sie. Alix war stark und wollte sich selten helfen oder beschenken lassen. Und erst recht nicht, wenn sie schmollte oder wütend war.

Von neuer Ungeduld gepackt, stürzte er den ersten Espresso hinunter, obwohl er viel zu heiß war. Natürlich verbrannte er sich die Lippe.

Eine Eingebung musste her.

Teufel, ja! Auf einmal wusste Colton, mit was er die außergewöhnliche Alexandra Harrison überraschen konnte. Es war unglaublich einfach und doch genial. Außerdem war das Geschenk extrem leicht zu besorgen. Er brauchte lediglich an der Rezeption Bescheid zu geben und es beim Verlassen des Hotels mitzunehmen.

Alix würde sein Einfall sicher gefallen. Zumindest würde er ihr damit ein Lächeln entlocken. Und annehmen musste sie seine Gabe auch, weil er es ihr versprochen hatte. Perfekt!

Colton schöpfte Hoffnung. Sie musste ihm einfach sein überaus dummes Verhalten vergeben. Etwas anderes wollte er sich nicht vorstellen.

Kapitel 19

Eine Stunde später war Colton auf dem Weg zu einem Haus in Kings Cross. Er hatte keine Zeit verschwendet und den Chauffeur des *West Hotels* gerufen, kaum dass er die Adresse herausgefunden hatte.

Er war unterwegs und seit dem zweiten Kaffee auch wieder klar im Kopf. Ein Vorteil, denn er glaubte, dass die starrsinnige Alexandra Harrison es ihm nicht einfach machen würde. Er würde sich mächtig ins Zeug legen müssen.

Sein Wiedergutmachungsgeschenk lag neben ihm auf dem Sitz und strahlte in einem wunderbar leuchtenden Weiß. Auf Geschenkpapier hatte er verzichtet. Einpacken war noch nie seine Stärke gewesen. Für gewöhnlich ließ er das Tammi oder eine Hotelangestellte machen. Heute nicht.

Seine von Herzen kommende Gabe waren Laken aus gekämmter ägyptischer Baumwolle, mit einer 350er Fadendichte, in bester Hotelqualität. Angenehm auf der Haut, strapazierfähig und atmungsaktiv.

Als er nun an dem Eingangstörchen, das kaum einen Meter hoch war, stand und an dem Gebäude hochblickte, fing er an zu zweifeln. War sein Einfall wirklich so grandios, wie er annahm? Jetzt, wo der Bourbon seine Wirkung verloren hatte, schien ägyptische Baumwolle nicht unbedingt die Lösung für seine Probleme zu sein. Es war irgendwie albern. St. John würde sich lustig machen und Alix ...

Colton wusste nicht, wie Alix reagieren würde. Vielleicht sollte er umdrehen und morgen mit einer besseren Entschuldigung zurückkommen.

Gerade wollte er sich abwenden und zur Limousine zurückgehen, da rutschte ihm die Bettwäsche unter dem Arm hervor. Beinahe hätte er sie fallen lassen. Kaum hatte er nachgefasst und sich zum Gehen gewandt, da stand Alix neben ihm. Sie sah genauso aus, wie er sie verlassen hatte. Mit der Ausnahme, dass sie einen Beutel vom Supermarkt in der Hand trug und eine zurückhaltende Miene aufgesetzt hatte. Nichts ließ darauf schließen, dass sie sich wunderte, ihn hier stehen zu sehen.

Kein gutes Zeichen.

„Hey", begrüßte er sie und versuchte sich an einem Lächeln. „Du warst einkaufen?"

Am liebsten hätte er sich für die Bemerkung in den Hintern getreten. Warum fragte er das?

„Ja." Sie unterstrich die Antwort mit einem Nicken. „Austin hat kein Eis im Haus."

Colton schob die vermaledeite Bettwäsche höher. Sie wollte offenbar unbedingt zu Boden fallen.

„Und du bist in Stimmung, um ...", er warf einen Blick in die Tüte, „... einen halben Liter Bourbon Vanille zu verspeisen?" Daran waren nur er und sein dämliches Verhalten schuld. Ohne Frage wollte sie ihrem Frust mit Süßkram zu Leibe rücken.

In der Hoffnung, dass sie ihn trotzdem noch mochte und auf seinen Körper reagieren würde, schob er sich näher an sie heran.

Sogleich ging ein Beben durch ihren Körper. Es war mehr ein leichtes Zittern als ein Beben. Aber Colton hatte es bemerkt und war heilfroh, überhaupt eine Reaktion wahrzunehmen. Er würde seinen Vorteil nutzen. Sie musste ihm einfach verzeihen, daran führte kein Weg vorbei. Sonst würde er hier nicht weggehen.

„Ich bin ein Hornochse." Er streckte die Hand aus und hob ihr Kinn an, damit sie seinem Blick nicht ausweichen konnte. „Es tut mir leid."

Alix schloss kurz die Augen und schluckte. Sie wirkte so verdammt gefasst.

„Okay", antwortete sie, ohne ihn anzusehen.

Das war ihre Antwort? Okay?

Da sie die Augen noch nicht wieder geöffnet hatte – sie wollte ihn anscheinend aus ihrer Welt ausschließen – beschloss er, die letzten Zentimeter zu überwinden und sie einfach zu küssen. Ob das überstürzt war, wusste er nicht. Vielleicht war es ein Fehler.

Gleich würde er es wissen.

Colton schlang den Arm samt Bettwäsche um ihre Taille und senkte seine Lippen auf ihre. Ihr Mund fühlte sich warm und vertraut an. Es dauerte einen Moment länger als erwartet, aber dann ließ sie es geschehen und erwiderte den Kuss sogar, wenn auch zögerlich und für seinen Geschmack zu verhalten. Er spielte mit ihrer Zunge und war heilfroh, als sie das Eis fallen ließ und ihm die Arme um den Hals schlang. Zum Glück.

Dem Himmel sei Dank! Sie würden das hinbekommen. Er hatte nicht alles versaut. Es gab Hoffnung. Erleichterung durchflutete ihn.

Als sie einen kleinen zufriedenen Seufzer ausstieß, löste er sich sanft von ihr, ohne sie gänzlich loszulassen.

„Es tut mir leid, was passiert ist. Ich bin ein Idiot", wiederholte er seine Entschuldigung, damit sie sah, dass er es ernst meinte.

„O..."

Colton ließ sie nicht aussprechen. „Jetzt sag nicht wieder okay. Mein Verhalten war nicht okay." Das war es bei weitem nicht gewesen.

„Das stimmt." Sie wirkte kurz verletzt, hatte sich aber schnell wieder im Griff. „Du hast mich in der Lobby deines Hotels stehenlassen, vollkommen ignoriert und wie Luft behandelt. Und das, während wir auf dem Weg ins Bett waren, um Sex zu haben."

Laut ausgesprochen, hörte es sich furchtbar an. Er konnte sich selbst nicht erklären, wie das hatte passieren können.

Colton stieß einen Seufzer aus. Ihm fehlten kurz die Worte. Er hatte plötzlich Angst, sie würde sich abwenden und ihn stehenlassen. Die Gefahr war noch längst nicht gebannt.

„Es tut mir leid", sagte er nun zum dritten Mal, weil er glaubte, es nicht oft genug sagen zu können. „Der Vater von Tammis Baby, mein Schwager, ist plötzlich aufgetaucht und hat den schlafenden großen bösen Bruder in mir geweckt." Er verzog das Gesicht zu einer Grimasse. „Ich habe alles um mich herum vergessen. Leider sogar dich."

Auch wenn es dafür keine Entschuldigung gab, konnte sie hoffentlich an seiner Miene erkennen, wie leid es ihm tat. Das tat es tatsächlich.

„Dein Schwager?", fragte Alix und wirkte verblüfft.

„Ja, meine Schwester ist nicht nur im neunten Monat schwanger, sie ist auch verheiratet und das schon seit Monaten. Mit einem Italiener, der offenbar steinreich ist, aber seiner Familie abgeschworen hat, um seiner großen Liebe hinterherzureisen. Ohne Geld und ohne Job. Aber er ist ein geborener Kitesurfer, habe ich mir sagen lassen. Genau das richtige Hobby, wenn die beiden in einer Großstadt wie London leben wollen."

Sarkasmus tropfte aus jedem seiner Worte. Es war nicht schwer, zu erraten, dass noch nicht alle Familienstreitigkeiten gelöst waren.

„Wow." Jetzt lächelte Alix doch.

Zumindest das hatte er geschafft. „Genau. Wow ist der richtige Ausdruck." Er küsste sie auf die Nasenspitze. „Die beiden wirken wie verliebte unreife Teenager. Tammi war schon immer so, aber ich dachte, sie wäre in ihrer Art einzigartig auf der Welt." Er zog die Frau, die ihm so wichtig war, in eine festere Umarmung. „Aber da habe ich mich offensichtlich getäuscht. Es gibt das perfekte männliche Gegenstück zu meiner Schwester." Er stieß einen Laut aus, der einem Stöhnen ähnelte. „Ich werde dem Baby ein vorbildlicher Onkel sein müssen, damit es nicht in einer Traumwelt aus Seifenblasen groß wird."

Alix drückte ihren zierlichen Körper an ihn und Colton war heilfroh, sie halten zu dürfen. Auch wenn der Ort, mitten auf dem Bürgersteig, vor St. Johns Haus, nicht der perfekte Platz war.

„Mein Eis schmilzt", informierte Alix ihn, ohne Anstalten zu machen, ihn loszulassen. Sie drückte sich sogar fester gegen seinen Oberkörper.

„Du brauchst kein Eis mehr." Bei den frostigen Temperaturen würde das Eis nicht schmelzen. Jedenfalls nicht so schnell.

„Glaubst du?" Ein Unterton, der Colton nicht gefiel, begleitete die Worte.

„Natürlich." Er schob sie ein Stück zurück, um ihr ins Gesicht zu schauen. Da war noch was. Eindeutig. Sie waren noch nicht fertig.

„Colton …"

Jetzt kam es. Er machte sich bereit.

Sie wollte sich losmachen, aber er ließ es nicht zu. Alles, was sie ihm erklären wollte, konnte sie auch erklären, wenn er sie festhielt.

„Was?"

Alix schüttelte den Kopf. „Du machst mich wahnsinnig."

Das Grinsen, das ihm im nächsten Moment über die Lippen kam, hatte höchstwahrscheinlich etwas sehr Zufriedenes. „Das freut mich." Endlich ein Erfolg.

„Hör auf!" Sie boxte ihn leicht in die Seite. „Du hast mich mit deiner Reaktion verletzt. Und dann … dann habe ich beschlossen, mich zusammenzureißen und dich nur … nur noch als meinen Arbeitgeber zu sehen. Freundschaften zwischen Arbeitgeber und Arbeitnehmer gehen niemals gut aus."

Ihr Gesichtsausdruck war plötzlich schrecklich ernst. Der Kuss schien vergessen.

„Sagt wer?" Hatte er sich verhört? Woher hatte sie denn diesen Unsinn?

„Ich sage das. Das weiß doch jeder." Sie seufzte und startete einen weiteren schwachen Versuch, sich freizumachen. „Was ist, wenn wir uns streiten? Muss ich dann um mein nächstes Gehalt fürchten? Kündigst du mir? Sitze ich irgendwann überraschend auf der Straße? Colton, ich habe alles verloren. Mein Hotel ist eine Ruine. Ich kann es mir nicht erlauben, im Fall des Falles meine letzte Einnahmequelle zu verlieren."

Unmut kochte in Colton hoch. „Bis du deshalb gleich zu St. John gelaufen?" Er war sauer. Das hörte sicher auch Alix heraus. „Weil er dein ewiger Retter in der Not ist?", fragte er mit Entrüstung in der Stimme.

„Nein. Du Idiot!" Sie funkelte ihn an. „Ich bin zu Austin gegangen, weil es spät ist. Hast du mal auf die Uhr gesehen? Irgendwo muss ich schließlich schlafen. Ich habe kein Dach über dem Kopf. Erinnerst du dich? Und da du ... beschäftigt warst und mich vergessen hattest, bin ich zu dem einzigen Freund gelaufen, den ich habe." Ein langer Seufzer folgte den Worten.

Mist! Colton bekam ein schlechtes Gewissen. Er konnte verstehen, dass für Alix weit mehr auf dem Spiel stand als für ihn. Er würde das jetzt und hier klären. Sie sollte niemals wieder an ihm zweifeln müssen. Das war er ihr schuldig.

„Alix ..." Er wartete, bis sie ihn ansah und zwang sich zur Ruhe. Unsicherheit und Sorge stand in ihren Augen. „Ich versichere dir, dass du deinen Job behalten wirst, egal was zwischen uns passiert. Du bist das Beste, was dem *West Wellness* passieren kann. Das meine ich ehrlich. Und wenn es dir ein sicheres Gefühl gibt, gebe ich dir das schriftlich. Du wirst deinen Job so lange behalten, wie du ihn behalten willst. Ich werde dir nicht kündigen. Versprochen."

Colton spürte, wie sie sich mit jedem Wort, das er aussprach, entspannte. Anscheinend brauchte sie diese

Sicherheit. Warum hatte er nicht schon eher daran gedacht, ihr das zu sagen?

„Danke.“

„Können wir jetzt nach Hause fahren?“ Er wollte hier weg. Es war kalt. Dieser Streit dauerte schon viel zu lange. Außerdem standen sie immer noch vor St. Johns Haus und lieferten jedem Vorbeikommenden eine schlechte Show ab.

Alix wirkte doch tatsächlich überrascht. „Mein Plan war es, bei Austin zu übernachten. Er hat bereits das Gästezimmer für mich herrichten lassen.“

Nein! Auf keinen Fall.

„Bitte schlaf in meinem Gästezimmer.“ Er küsste sie auf den Mund. „Nein, bitte schlaf in meinem Bett. Mit mir zusammen.“

Alix verdrehte die Augen und versuchte ein erneutes Seufzen zu unterdrücken.

„Nur schlafen. Nur schlafen“, versicherte er ihr. „Wir lassen es langsam angehen. Versprochen. Kein Sex und kein Gefummel. Nur schlafen.“

Er entließ sie aus seinen Armen, um ihr Raum zu geben und stellte fest, dass er immer noch die Bettwäsche in der Hand hielt. Er hatte sie die ganze Zeit gegen ihren Rücken gedrückt.

„Was ist das?“, fragte Alix, bevor er sie vor ihr verbergen konnte.

„Nichts.“ Er bückte sich nach der Tüte mit dem Eis, die immer noch auf dem Boden lag und an den Rand des Bordsteins gerollt war.

„Das ist nicht nichts“, erklärte sie ihm bestimmt und überkreuzte die Arme vor der Brust.

Also schön. „Ich wollte nicht mit leeren Händen kommen, deshalb habe ich eine kleine Wiedergutmachung mitgebracht. Quasi eine Entschuldigung, weil ich mich wie der letzte Idiot aufgeführt habe." Er deutete auf die wartende Limousine. „Können wir jetzt gehen? Es ist kalt."

„Nein."

„Warum nicht?" *Zur Hölle! Konnte nicht endlich mal etwas einfach sein?*

„Ich will wissen, was das ist. Das Geschenk sollte doch für mich sein, oder? Also kannst du es mir auch geben. Ist es überhaupt ein Geschenk?" Sie kniff die Augen zusammen und versuchte das Etikett auf der durchsichtigen Umverpackung zu entziffern.

Ihm blieb auch nichts erspart. Sie war genauso dickköpfig wie Tammi. Er reichte ihr seine Wiedergutmachung und wagte sogar einen vorsichtigen Blick in ihr Gesicht. „Bitteschön."

Alix nahm die Bettwäsche und besah sich das Etikett genauer. Auf ihrer Stirn stand ein Fragezeichen.

„Was ist das?"

„Neue Laken. Oder besser gesagt, Laken und Bettwäsche. Die habe ich dir versprochen. Erinnerst du dich? Als du verletzt warst und wir auf den Rettungswagen gewartet haben." Er räusperte sich umständlich. „Da war überall Blut."

Colton konnte in Alix' Miene lesen wie in einem offenen Buch. Zu seinem Glück erinnert sie sich. Gott sei Dank! Alles andere wäre hochgradig peinlich gewesen.

Sie drückte sein Geschenk an ihre Brust und schien beeindruckt und tiefer bewegt, als er für möglich gehalten hätte. „Danke."

Standen da etwa Tränen in ihren Augen?

„Alix ..." Er nahm sie wieder in die Arme. „Es tut mir leid. Ich hätte dir das nicht mitbringen sollen. Nicht jetzt, wo du kein Hotel mehr hast." Er hatte den Gedanken nicht zu Ende gedacht. Typisch. Was für eine blöde Idee. Heute lief aber auch gar nichts rund.

„Es ist okay. Das ist ein tolles Geschenk. Danke." Sie schniefte an seiner Brust. „An die ruinierten Laken habe ich gar nicht mehr gedacht."

Natürlich nicht. Colton hätte sich am liebsten selbst geohrfeigt. Sie hatte momentan andere Sorgen. Neue Bettwäsche stand höchstwahrscheinlich ziemlich weit unten auf ihrer Liste mit Problemen.

„Ich helfe dir. Wir bauen das *Three Rooms* wieder auf und dann bekommst du von mir so viel Bettwäsche wie du brauchst. Das hier ist nur ein Anfang." Er stupste sie in die Seite und freute sich, dass sie hochsah und lächelte. „Lass uns endlich von hier verschwinden. Es ist wirklich schweinekalt."

Sie seufzte, als läge die Last der ganzen Welt auf ihren Schultern. „Ich muss Austin Bescheid geben. Ich kann nicht einfach verschwinden. Sonst macht er sich Sorgen und lässt nach mir suchen."

„Da hast du verdammt recht", tönte eine Stimme wenig begeistert von hinten. „Ich würde dich von einem kompletten Einsatztrupp suchen lassen, wenn du vom Eisholen nicht zurückkommen würdest."

Austin.

Wo kam der Knallkopf plötzlich her? War er unbemerkt aus dem Haus gekommen, um nach Alix zu suchen?

„Austin …“, wandte sich Alix dem Mann zu, der sie für die Nacht hatte aufnehmen wollen. Wie gut, dass es dazu nicht mehr kommen würde.

„Willst du wirklich mit *ihm* gehen?“ Das *Ihm* betonte dieser arrogante Schnösel, als wäre Colton eine schreckliche Krankheit. „Das kannst du nicht machen! Das kannst du mir nicht antun.“

Alix seufzte. „Colton hat einen Fehler gemacht. Er hat sich entschuldigt und nun möchte ich gerne mit ihm zum Hotel fahren. Kannst du das nicht verstehen?“ Sie seufzte ein zweites Mal. „Zumindest ein bisschen?“

„Nein!“ Austin war nähergekommen. Eine Ader pochte an seiner Stirn und sein Gesicht war dunkelrot.

„Also schön.“ Alix blieb unnachgiebig. „Wenn du es darauf anlegst, dann werde ich ohne dein Verständnis in dieser Sache gehen.“

JA!

Das hatte Colton hören wollen. Das war sein Mädchen.

Nach dieser wunderbaren Aussage fühlte er sich plötzlich überflüssig. Er hatte gewonnen. Alix hatte sich für ihn entschieden. Mehr wollte er nicht. „Ich warte im Wagen.“ Fürsorglich küsste er Alix’ Stirn und freute sich, dass sie auf seiner Seite war. Niemals wieder würde er sie einfach vergessen. „Beeil dich und sag schnell auf Wiedersehen.“ Colton hob die Tüte an. „Das Eis schmilzt …“

Dann verabschiedete er sich mit einem Nicken von St. John. Von seiner Seite aus war alles gesagt.

Kapitel 20

Alix konnte kaum glauben, dass sie sich nun wieder im *West Hotel* befand. Selbstverständlich hatte Colton für die Fahrt im Aufzug den Schlüssel benutzt, den sie speziell und ein klein wenig sexy fand.

Erschöpft von den Ereignissen des Tages und der Szene, die Austin gemacht hatte, stand sie nun wieder in Coltons Wohnung. Mitten im Wohnzimmer. Ein Teil der Kleidung, die Colton für sie hatte kommen lassen, lag unverändert über dem Sessel, der vor dem Fenster mit der tollen Aussicht stand.

Alix seufzte und ließ die Schultern tiefer sinken. Es war eine Menge passiert. Sie hatte das Gefühl, einen Zeitraffer eingeschaltet zu haben. Vor zwei Tagen war sie stolze Besitzerin eines Hotels gewesen und jetzt besaß sie nicht mal Unterwäsche. Vor zwei Tagen hatte sie geglaubt, Austin wäre der einzige Freund, auf den sie sich immer verlassen könnte.

Und nun? Wenn sie ehrlich zu sich selbst war, machte sie das Gefühl, gleich mit Colton in ein Bett zu steigen – nur um zu schlafen – mehr als nervös. Der Mann war verflucht sexy und Alix war sich nicht sicher, ob sie das die ganze Nacht ignorieren konnte. Nicht mal wenn sie die Augen schloss. Denn eins war sicher: Sollte sie den Duft und die wohldefinierten Muskeln nicht ignorieren können, dann würde kein noch so leichter Schlaf sie übermannen.

„Woran denkst du?“ Colton hatte seine Jacke abgelegt und war hinter sie getreten. Seine Hände lagen auf ihren Schultern und fingen an, sie sanft zu massieren. Sofort entspannte sie sich und ließ alle Gedanken los.

„Soll ich ehrlich sein?“

„Du sollst immer ehrlich sein.“ Seine Stimme klang butterweich und sandte ihr ein wohliges Kribbeln über den Rücken.

Alix schloss die Augen und ließ sich nach hinten, gegen seine geschickten Hände sinken.

„Ich mag dich, obwohl du dich wie der letzte Idiot verhalten hast“, fing sie an und spürte, wie seine geschickten Finger bei den Worten kurz innehielten. „Und ich weiß nicht, wie ich heute Nacht neben dir liegen und schlafen soll. Du riechst so verdammt gut. Außerdem möchte ich deine Bauchmuskeln schon anfassen, seit ich dich heute Morgen nur in der tiefsitzenden Pyjamahose gesehen habe.“

Colton strich über die Muskelstränge an ihrem Hals und drückte einen Kuss unter ihr Ohr, als Alix den Kopf neigte. Sie glaubte ein Grinsen an seinem Mund zu spüren. Weil er nichts sagte, redete sie weiter.

„Ich hatte schon unendlich lange keinen Sex mehr ... ich ... ich möchte dich anfassen ... aber wenn ich das getan habe, werde ich nicht schlafen können bis wir es zu Ende gebracht haben.“ Sie stöhnte, als Colton die Liebkosung ihres Nackens fortsetzte. „Ich bin schwach.“

Zum Beweis gaben ihre Knie ein winziges bisschen nach. Colton schien es nicht zu bemerken. „Ich sollte das Gästezimmer nehmen, damit wir beide schlafen können. Der Tag war ... anstrengend.“

Jetzt war es raus. Sie hatte ihm ehrlich ihre Gedanken mitgeteilt. Zwar hatte sie geplappert und war ins Stocken geraten, aber das war egal. Die Fakten lagen auf dem Tisch.

Colton hörte auf, sie zu küssen und drehte sie an den Schultern gefasst herum. Er sah ihr in die Augen und als Alix seinen Blick erwiderte, konnte sie nichts als Zufriedenheit darin erkennen. Zufriedenheit und ein freches Funkeln, das ihr mehr versprach, als sie sich jemals erhofft hatte.

„Da du so ehrlich zu mir warst, will ich auch ehrlich zu dir sein." Er gab ihr einen Kuss auf jedes Auge und anschließend auf den Mund. „Ich habe nie vorgehabt, heute Nacht nur zu schlafen." Er schob einen Arm in ihren Rücken, den anderen unter die Knie und hob sie hoch. „Das war gelogen, um dich in mein Hotel zu locken." Er grinste breit und Alix schlang die Arme um seinen Hals. „Ich konnte ja nicht ahnen, dass unsere Gedanken sich so wunderbar decken würden." Er zwinkerte.

„Wenn du wüsstest ..." Alix stieß ein Lachen aus und fühlte sich zum ersten Mal nach dem Brand rundum glücklich. Aller Ärger war vorerst vergessen. Coltons starke Arme gaben ihr das Gefühl von Sicherheit. Dieses Gefühl war so wichtig, um nicht von der schweren Last, die in der Zukunft auf sie wartete, erdrückt zu werden.

Ein Augenblick später stand Colton vor dem Fußende seines Bettes – es besaß tatsächlich einen Himmel, wie Tammi gesagt hatte – und schien zu überlegen, ob er sie erst küssen oder erst aufs Bett legen sollte.

Der Mann, mit dem sie gleich Sex haben würde, entschied sich, um das Fußende herumzugehen und sie sanft abzulegen. Alix hatte sich schon darauf vorbereitet, auf die Matratze zu fliegen, aber der leichte Übermut, den sie eben gespürt hatte, war offensichtlich verschwunden. Er ging fast schon zu sanft mit ihr um.

Colton richtete sich auf, kaum dass sie auf der Matratze lag, und sah auf sie herunter. Der hungrig funkelnde Ausdruck war wieder da.

„Ich werde versuchen, es langsam zu machen, damit wir es genießen können." Er griff nach seinem Gürtel und öffnete die Schnalle. Dabei sah er ihr ins Gesicht. „Aber du bist nicht die Einzige mit Fantasien", klärte er sie auf und machte den Knopf und anschließend den Reißverschluss auf. „Ich weiß, dass du keine Unterwäsche trägst. Außerdem weiß ich, wie wunderbar weich sich deine Haut anfühlt und dass deine Brüste genau in meine Hände passen."

Huch!

Alix spürte, wie ihr bei den Worten heiß wurde. Von Neugier gepackt, stützte sie sich auf die Ellenbogen, um mehr zu erkennen. Sie war fast enttäuscht, dass er nur die Hose fallen ließ und die Shorts anbehielt. Aber da Colton sich im nächsten Moment mit einer Hand in den Nacken griff und das Hemd samt T-Shirt, das er darunter trug, über den Kopf zog, fühlte Alix sich in gewisser Weise entschädigt. Seine Muskeln ließen darauf schließen, dass er in regelmäßigen Abständen das Fitnessstudio besuchte. Teufel! Bestimmt hatte er ein gezieltes Trainingsprogramm für die Muskelstränge direkt über seinem Hosenbund. Am liebsten wäre Alix mit dem Finger den Sixpack nachgefahren und hätte erforscht, wo die Stränge ihren Ursprung hatten.

Ihr Mund war plötzlich staubtrocken und sie versuchte zu schlucken. Dass Colton sie ausgehungert ansah und nichts trug als seine Unterhose, machte es nicht einfacher. Wann hatte er die Socken ausgezogen? Sie war total von der Rolle. Wie hatte ihr das entgehen können?

„Jetzt du." Colton stand vor dem Bett, sah auf sie herunter und hatte die Arme vor der Brust gekreuzt. Natürlich waren auch seine Oberarme muskulös und seine Schultern, anders als seine Taille, breit.

Alix riskierte einen Blick auf den sich wölbenden Stoff seines letzten Kleidungsstücks. Der Mann, mit dem sie die Nacht verbringen würde, hatte bereits eine beachtliche Erektion. Und das, obwohl sie noch nicht ein Teil ausgezogen hatte. Sie hatte sich nicht mal bewegt. Alix lag genauso da, wie er sie abgelegt hatte. Die Tatsache, dass ihre Unterwäsche fehlte, schien ihm fürwahr ein wunderbares Kopfkino zu bescheren. Alix würde es zu ihrem Vorteil ausnutzen.

Sie spreizte die Beine und ließ sich nach hinten sinken. Den Kopf bettete sie auf ein Kissen, das hinter ihr auf der Tagesdecke lag. Ein Muskel an seinem Kiefer fing an zu zucken.

In der Position konnte sie zwar nicht auf Coltons Sixpack starren, aber seine ungeduldige Miene, mit der er sie musterte, war auch nicht von schlechten Eltern. Er war nur halb so gelassen wie er tat. Darauf würde Alix wetten.

Sollte sie erst die Hose oder erst das Oberteil ausziehen? Sie strich sich mit beiden Händen über ihre Brust und entschied sich für die gleiche Reihenfolge, die er gewählt hatte.

Da sie keinen Gürtel trug, öffnete sie gleich die ganze Knopfreihe. Fünf Knöpfe an der Zahl. Alix spürte die kalte Luft auf ihrer nackten Haut und wusste, dass Colton jetzt einen tiefen Einblick bekam. Mit nur einem Handgriff bekam er mehr von ihr zu sehen als sie von ihm. Wie ungerecht.

Umständlich fummelte sie an dem Stoff und schob den Daumen in den Hosenbund, um das überflüssige Kleidungsstück nach unten zu schieben. Mit Genugtuung stellte sie fest, dass Colton zu zappeln anfing. Er trat auf der Stelle und auch seine Oberarmmuskeln schienen zu pulsieren, obwohl er die Arme noch verschränkt hielt.

Alix hob den Po und ließ ihn alles sehen. Volltreffer!

Als er ein entnervtes und sehr ungeduldiges Stöhnen von sich gab, platzte der Knoten. Er löste die Arme, als hätte er ein paar Ketten gesprengt. Schnell schob sie die Hose herunter und warf sie auf den Boden, nachdem sie die Beine befreit hatte. Die Socken flogen gleich hinterher.

Plötzlich war Colton über ihr. Er drückte sie nach hinten in die Matratze und seinen Mund auf ihren. Alix erwiderte den ungestümen Kuss mit einem Lächeln. Eigentlich hatte sie erst noch die Bluse ausziehen wollen, aber so ging es auch.

Als er ihr einen Moment gab, um Luft zu holen, bremste sie ihn mit einen Finger auf dem Mund. „Hast du Kondome?"

Im *Three Roms* hätte Alix einen Karton voll gehabt, mindestens tausend Stück. Sie stellte ihren Gästen die

Verhüterli kostenlos zur Verfügung. Aber jetzt und hier hatte sie nicht ein einziges.

Colton schien nachzudenken. Seine Stirn legte sich in Falten, was in der aktuellen Situation merkwürdig aussah. Ein bisschen lustig.

„Ja, ich habe welche ...", antwortete er zögerlich, mit ihrem Finger auf dem Mund.

Alix schmunzelte. „Weißt du auch wo?" Sie ließ die Hand sinken und legte sie auf seinen Po.

Das entlockte ihm ebenfalls ein Schmunzeln. „Ich glaube, im Badezimmer sind welche." Er schob sich zurück. „Für gewöhnlich denke ich an solche Sachen, aber auch mein letzter Sex ist etwas her." Er lachte entschuldigend. „Ich scheine aus der Übung zu sein."

Alix glaubte ihm kein Wort. Das war lächerlich.

Schwupps war er aus dem Bett gesprungen und sie schaute auf seine beachtliche und ebenfalls gut trainierte Kehrseite, während er zum angrenzenden Bad sprintete. Es wurde Zeit, dass er den letzten Fetzen loswurde. Sie wollte endlich alles sehen.

Während er geräuschvoll Schubladen öffnete und Schranktüren zuknallte, zog sie die Bluse aus und krabbelte unter die Decke. Die Zierkissen und die Tagesdecke warf sie zu ihren Sachen auf den Boden.

Nach einer gefühlten Ewigkeit tauchte Colton im Türrahmen auf. Seine Miene verriet nichts Gutes.

Oh nein!

„Möglicherweise muss ich kurz den Zimmerservice anrufen."

Was? Hatte sie sich verhört? Das konnte nicht sein Ernst sein! Wollte er sie aufziehen? Er hatte keine Kondome im Haus? Welcher Mann hatte keine Kondome? Hatte nicht jeder mindestens eins im Portemonnaie?

„Du kannst nicht beim Zimmerservice nach Kondomen fragen! Wie würde das aussehen? Ich würde jedes Mal rot werden, wenn ich durch die Lobby gehe." Das *West Hotel* war schließlich kein Stundenhotel.

Colton kam lachend zu ihr zurück. Er trug immer noch die verdammte Unterhose. „Du glaubst gar nicht, wie oft Gäste nach Kondomen verlangen." Er kroch zu ihr unter die Decke. „Vermutlich ist unser Vorrat kleiner als der des *Three Rooms*, aber auch wir kaufen die Dinger nicht im Zehnerpack."

Alix wusste nicht, was sie sagen sollte. Damit hätte sie nicht gerechnet. Dass Colton sich bewegte und seinen Körper erneut über sie schob, verwirrte sie zusätzlich. Plötzlich war sein verführerischer Duft wieder ganz nah. Das brachte sie noch mehr durcheinander.

„Colton ...?"

Er küsste ihren Mundwinkel. „Alix, sei unbesorgt. Wir werden keinen Sex ohne Kondom haben. Das würde ich nie von dir verlangen, selbst dann nicht, wenn du die Pille nehmen würdest." Er küsste ihren anderen Mundwinkel. „Aber ich habe welche gefunden. Er ließ ein kleines viereckiges Päckchen zwischen ihre Brüste fallen und freute sich diebisch an ihrem Gesichtsausdruck.

Dieser Schuft!

„Du hast mich veräppelt."

„Nur ein bisschen." Er nahm das Päckchen und umkreiste damit ihre Brustwarze. Sofort stellten sich ihre

Nippel auf und ein Vibrieren ging durch ihren Körper. Alix konnte den kleinen wohligen Laut, der sich an die Oberfläche kämpfte, nicht zurückhalten.

„Colton …“, jammerte sie und erschreckte sich selbst über ihre Stimme, die völlig anders klang als sonst.

„Du hast wundschöne Brüste. Ich bin froh, dass du die Bluse ausgezogen hast, während ich kurz weg war.“ Er umspielte die andere Brust. „Würdest du mir das Kondom überziehen, damit ich endlich in dir sein kann?“ Sein Tonfall klang plötzlich heiser.

Verdammt, ja! Die Bitte würde sie ihm gerne erfüllen.

Alix nahm das Kondom und holte es aus der Verpackung. Colton befreite sich umständlich von dem letzten Stückchen Stoff und warf es beiseite. Anschließend präsentierte er ihr eine beachtliche Erektion. Alix konnte sich gar nicht sattsehen. Colton kniete über ihr und sein bestes Stück zeigte genau auf sie.

WOW! Und noch mal WOW!

Sie nahm sich einen Moment – so viel Zeit musste sein – und schaute sich alles genau an.

„Alix, wenn du mich noch lange so anguckst, muss ich es selbst machen.“ Seine Muskelstränge in den Oberarmen schienen wieder zu pulsieren. „Dieses verzögerte Vorspiel ist härter, als ich je für möglich gehalten habe.“

Da musste Alix ihm Recht geben. Sie war bereits feucht, dabei hatte er ihre empfindlichen Stellen noch nicht mal berührt.

„Okay. Ich mach ja schon.“ Sie warf die Folie weg und tat, was von ihr verlangt wurde. Dabei ließ sie sich Zeit und genoss seinen angespannten Gesichtsausdruck, während er ihre Finger beobachtete. Wenn er dermaßen unter Strom stand, obwohl sie noch gar nicht richtig angefangen hatten, war sein letzter Sex womöglich länger her als ihrer.

„Alix!“ Das Wort klang wie ein Brummen. Ein frustriertes, leicht unzufriedenes Brummen.

„Fertig“, informierte sie ihn schnell und küsste seinen Bauch. Ihre Hände ließ sie über seine Pobacken gleiten. Selten hatte sie eine solche Vorfreude verspürt.

Colton schien es ähnlich zu gehen. Er beugte sich vor und Alix ließ sich nach hinten fallen. Kaum hatte sie die Beine gespreizt, berührte seine Erektion ihre Mitte. Alix schloss die Augen. Möglicherweise entschlüpfte ihr auch ein seliger Seufzer. Ihre Empfindungen liefen über.

„Alix! Du fühlst dich ... verdammt gut an. So verdammt gut.“ Colton ließ sich Zeit, umspielte sie und brachte sich in Position. Sacht stieß er in sie und gab ihr Zeit, sich an seine Größe zu gewöhnen. Sie hatte schon fast vergessen, wie gut es sich anfühlte, ausgefüllt zu werden.

„Colton ...“

„Wir werden es mehr als einmal tun müssen.“ Er drang tiefer und zog sich gleich wieder zurück. „Ich werde nicht lange durchhalten“, sagte er und stieß einen Fluch aus. Im nächsten Augenblick küsste er sie auf den Mund und legte eine Hand über ihre Brust. Als ihr Nippel sich aufrichtete, spielte er damit. Wenn er so weitermachte, würde sie schneller kommen als er. Erstaunlicherweise stand sie jetzt schon kurz davor. Wahnsinn!

„Beweg dich schneller", forderte sie ihn auf. Sie hatte sich an seine Größe gewöhnt und wollte endlich mehr.

„Dann komm ich." Sein Protest klang eher halbherzig.

„Ich auch. Mach!"

Mehr Ermunterung brauchte er nicht. Dieser wunderbare Mann gab ihr alles und Alix nahm es gerne an. Sie kamen in kurz aufeinanderfolgenden Abständen, Colton zuerst. Geschickt und überhaupt nicht aus der Übung zog er ihren Orgasmus in die Länge, indem er seine Finger erstaunlich effektiv zu Hilfe nahm.

Als es vorbei war, ließ er sich erschöpft neben sie fallen und stützte nach einer kurzen Pause den Kopf auf den Ellenbogen. „Das war nur der Anfang", informierte er sie selbstzufrieden.

Kapitel 21

Als Alix am nächsten Morgen die Augen aufschlug, wusste sie zunächst nicht, wo sie sich befand. Der weiße Stoff über ihr verwirrte sie zusätzlich. Ein leicht behaarter Männerarm, der quer über ihrer Brust lag, ließ die Erinnerung schlagartig zurückkommen. Unweigerlich musste sie grinsen. Richtig. Sie hatte Sex gehabt! Verdammt viel. Aus dem Grund schlummerte sie in einem Himmelbett.

Colton West war der Mann, der sie fest umschlungen hielt, als hätte er Angst, sie könnte unbemerkt das Bett verlassen. War das wirklich wahr? Musste sie sich kneifen, um zu überprüfen, ob sie träumte? Nein, das Brennen in ihrem Schritt sollte Beweis genug sein. Sie hatte die beste Nacht ihres Lebens gehabt. Sie hatte den besten Sex ihres Lebens gehabt, verbesserte sie sich. Alix' Grinsen verbreiterte sich, als Coltons Hand sich über ihre Brust schob und sie festhielt. Er war wach.

Sie legte ihre Finger über seine und strich ihm über den Handrücken. Er grummelte unverständlich, hob aber nicht den Kopf an oder machte Anstalten, andere Körperteile zu bewegen. Ein Morgenmuffel also. Wie spät es wohl war?

Alix wusste, dass er ein Büro besaß, hier im *West Hotel*. Aber sie wusste nicht, wann er dort aufschlagen musste oder ob er überhaupt regelmäßig dort anzutreffen war. Sie wusste eigentlich gar nichts darüber, wie sein Arbeitstag für gewöhnlich aussah.

Möglichst sanft befreite sie sich und schwang die Beine aus dem Bett. Sie hatte zwar keinen blassen Schimmer, wie Coltons Arbeitstag aussah, aber sie wusste, wie ihrer aussehen sollte. Den Dienstagvormittag im Bett zu bleiben, stand nicht auf dem Plan. Sie musste ins Büro des *West Wellness* und an den Entwürfen arbeiten. Vielleicht waren auch schon die ersten Handwerker vor Ort, sodass sie mit anpacken konnte. Je eher alles in Fahrt kam, desto besser.

Gerade wollte sie aufstehen und nach ihrem Handy suchen, um zu sehen, wie spät es war, da legte sich eine Hand auf ihre Schulter und hielt sie fest.

„Wohin willst du?“ Die Stimme klang genauso missgestimmt wie das ausgestoßene Grummeln von vorhin.

Alix lachte und schüttelte gleichzeitig den Kopf. „Zur Arbeit.“ Sie drehte sich um und gab ihm einen schnellen Kuss. „Das Wochenende ist vorbei. Ich sollte anfangen und etwas tun für das Gehalt, das du mir zahlst.“

Colton gähnte und guckte sie ungläubig, fast schon kritisch an. Er sah mit den Bartstoppeln und den verstrubbelten Haaren einfach atemberaubend aus. Bei dem Anblick fiel es ihr noch schwerer, das Bett zu verlassen.

„Wie spät ist es?“

„Ich weiß nicht, das wollte ich gerade herausfinden.“

Colton griff nach seinem Handy, das auf dem Nachtisch lag. Er warf einen Blick darauf und zog sie prompt zurück ins Bett.

„Colton ..." Alix strampelte mit den Beinen, aber er ignorierte das und schob einfach die Decke über sie beide. „Wir haben Zeit. Es ist noch früh."

Alix kaufte ihm das nicht ab. „Draußen ist es bereits hell", widersprach sie ihm. „So früh kann es also nicht sein."

Trotz ihres Protestes legte sie ihren Kopf auf seine Schulter und genoss das regelmäßige Heben und Senken seiner Brust. Dann eben nicht ... Wann war sie zu einem Schwächling mutiert? Sie sollte darauf beharren, endlich aufzustehen.

„Wir haben Zeit", wiederholte er seine Worte und strich ihr über den Rücken. „Lass uns den Moment eine Weile genießen." Er hauchte einen Kuss auf ihren Kopf. „Ich bin schon lange nicht mehr mit einem so wunderbaren Gefühl in den Tag gestartet. Ich möchte nicht, dass es schon vorbei ist."

Da konnte Alix ihm nicht widersprechen. Auch für sie war solche Zufriedenheit am Morgen etwas Besonderes. Ein paar Minuten konnten sie sich sicher noch gönnen.

„Wieso hast du eigentlich ein Himmelbett?" Die Frage rutschte ihr einfach heraus und ließ sie sogleich schmunzeln. Das war etwas, das nicht leicht nachzuvollziehen war. „Versteh mich nicht falsch", fuhr sie fort und warf den Blick nach oben. „Es ist toll. Breit, bequem und einfach wunderbar. Aber es ist eher der Stil kleiner Mädchen als der einflussreicher Hotelbesitzer."

Coltons Brustmuskel verspannte sich und sein Atem geriet aus dem Takt. „Das ist *kein* Himmelbett."

Huch! Da reagierte aber einer empfindlich. „Okaaaay", antwortete sie und war auf der Hut. Alix wollte mit ihrer Frage auf keinen Fall die Stimmung ruinieren. Schon gar nicht wegen eigenartiger Schlafgewohnheiten.

„Meine Schwester bezeichnet es als Himmelbett", klärte er sie auf. „Sie liebt es, mich damit aufzuziehen, vorzugsweise wenn wir nicht allein sind." Er setzte sich auf und zog sie mit sich hoch. Jetzt lehnten sie eng umschlungen am Kopfteil des Bettes, das ihr Gesprächsthema war. „Aber dieses Bett ist so weit von einem Himmelbett für kleine Mädchen entfernt, wie meine Schwester von realitätsnahem Denken." Mit den Fingerspitzen strich er über ihre Schulter und sandte ein Kribbeln durch ihren Körper.

„Also ist das kein romantischer Himmel?" Sie deutete auf den weißen, tüllähnlichen Stoff, der zurückgeschoben rechts und links am Bettpfosten befestigt war. Ein winziges Mundwinkelzucken konnte sie nicht zurückhalten. Sie musste Tammi Recht geben. Es sah hundertprozentig aus wie ein Himmelbett, da konnte Colton ihr erzählen, was er wollte.

„Nein." Ruckzuck hatte er sie ausgestreckt liegend in die Mitte der Matratze befördert. Sichtlich verstimmt rollte er sich über sie und erdrückte sie absichtlich mit seinem Gewicht. „Das über dir, meine Liebe", er küsste sie schnell und hart auf den Mund, „ist ein Moskitonetz."

Die Erektion, die sie zwischen ihren Beinen spürte, störte ihr Denken und verwirrte sie. „Ein Moskitonetz?" Mit der Erklärung hätte sie jetzt nicht gerechnet.

„Yep." Colton nahm das Gewicht von ihr, sodass sie leichter Luft bekam. Seine Hüfte drückte er aber weiter gegen ihre Mitte und ließ sie seine Morgenerektion spüren. „Ich reagiere allergisch auf verschiedene Insektenstiche." Seine Miene nahm einen ernsten Zug an. „Als Kind hat mich ein anaphylaktischer Schock beinahe das Leben gekostet. Seitdem habe ich das Netz. Es lässt mich nachts ruhiger schlafen."

Alix fühlte sich wie die grauenhafteste Freundin der Welt.

Verdammt, Tammi!

Mit der Erklärung hatte sie nicht gerechnet. Alix bekam ein schlechtes Gewissen und wollte sich gar nicht vorstellen, was das im Alltag für Probleme mit sich brachte. Allergische Reaktionen, die tödlich enden konnten, waren nichts, worüber sich jemand lustig machen sollte.

Wenn ein einziger Mückenstich ihr Leben auspusten könnte, würde sie auch nicht ohne Schutz schlafen wollen. Und schon gar nicht allein. Der Gedanke, zu sterben, ohne dass es einer mitbekam, war grauenvoll.

Es war gemein von Tammi, ihn damit aufzuziehen. Auch wenn sie vermutete, dass der Ursprung dieser Frotzelei Jahre zurücklag. Hänseleien unter Geschwistern konnten grausam sein.

„Aber jetzt haben wir Winter ..." Colton bewegte sich über ihr und machte ein entspanntes und sehr zufriedenes Gesicht. Der Groll auf die Neckereien seiner Schwester war verschwunden.

„... und keine lästigen Insekten sind in Sicht." Kaum hatte er das ausgesprochen, küsste er sie erneut und machte sie bereit, dem „Nicht-Himmelbett" die Ehre zu erweisen, indem er romantischen Sex mit ihr hatte.

Zwei Stunden später saß Alix in ihrem neuen Büro und war heilfroh, dass Charly sich endlich per Textnachricht gemeldet hatte. Ihr Bruder war eine unbeständige Konstante in ihrem Leben, die oft für Komplikationen sorgte. Er hatte die letzten Tage bei einem entfernten Cousin geschlafen und nicht bei einem seiner dubiosen Freunde. Warum er aber auf die Idee gekommen war, bei einem Verwandten, den sie nicht näher kannte, Unterschlupf zu suchen, war Alix ein Rätsel. Was wohl der Grund für dieses sonderbare Verhalten war? Es wirkte fast so, als hätte Charly die Katastrophe geahnt und wäre frühzeitig in Deckung gegangen. Ein schrecklicher Gedanke, der ihr prompt eine Gänsehaut bescherte. Daran wollte sie nicht mal im Traum denken. Nein! Nein! Nein!

Wenn ihr Bruder etwas von dem Brand gewusst hätte, hätte er dafür gesorgt, dass sie in Sicherheit war. Ganz bestimmt. Auch wenn sie selten einer Meinung waren und er in ihren Augen oft den faulen Hund rauskehrte, würde er niemals ihr Leben oder das ihrer Gäste aufs Spiel setzen. Das wollte und konnte sie nicht glauben. Das war unvorstellbar. Sie waren eine Familie!

Alix wischte alle Zweifel weg. Zu gerne verzichtete sie auf weitere Sorgen und Probleme. Die aktuelle Zahl war hoch genug.

Ohne weiter nachzudenken, tippte sie ihm eine Antwort und bat ihn, noch heute ins *West Wellness* zu kommen. Sie beschrieb ihm den Weg zur Baustelle und war froh, als er ihr antwortete und versprach, am Nachmittag vorbeizuschauen. Sie würde ihn fragen, ob er etwas mit dem Feuer, das so rasend schnell ausgebrochen war, zu tun gehabt hatte. Das war die einzige Möglichkeit, um sich Klarheit zu verschaffen. Eine Ausrede würde sie sofort erkennen. Ihr Bruder war bereits als Kind ein schlechter Lügner gewesen. Ein guter Plan.

Eine Angst weniger.

Noch vor wenigen Tagen hatte sie Colton bitten wollen, Charly einen Job im *West Hotel* anzubieten, aber mittlerweile hatte sie die Idee wieder verworfen. Colton hatte schon Unmengen für sie getan. Und jetzt, wo sie mehr oder weniger ein Paar waren, wollte sie ihn nicht ausnutzen. Die Zukunft würde zeigen, was aus ihrer Beziehung wurde. Vielleicht hatte sie Glück und in Colton den Mann fürs Leben gefunden. Zu gerne würde sie daran glauben.

Da er momentan ihr Gehalt zahlte, brauchte er nicht auch noch eine Stelle zu schaffen, nur um ihren Bruder durchzufüttern. Charly war alt genug. Er konnte selbst nach einem neuen Job suchen. Das taten andere arbeitslose Menschen schließlich auch. Hoffentlich ließ ihr Cousin ihn noch ein paar Tage auf der Couch schlafen. Das war das Einzige, was Alix Kopfschmerzen bereitete. Charly durfte nicht auf der Straße landen. Das wäre sein Untergang.

Sie musste mit ihm darüber reden, sobald er auftauchte. Unter Umständen würde es ihm guttun, nach Hause zu ihren Eltern zu gehen. Zumindest für eine Weile. Bis sie ihr Hotel wieder aufgebaut hatte und ihm helfen konnte.

Alix stieß einen Seufzer aus und massierte sich die Stirn, als jemand gegen den Türrahmen klopfte. Die Tür, die zu ihrem improvisierten Büro führte, hatte einer der vielen arbeitswütigen Handwerker ausgehängt. Irgendetwas schien abgeschliffen werden zu müssen.

„Klopf, klopf", sagte Austin und wiederholte die Geste mit dem Finger. „Kann ich reinkommen?" Er lächelte und sofort fühlte Alix sich besser.

„Hey", begrüßte sie ihren besten Freund und erwiderte sein Lächeln etwas abgekämpft. Austin besaß ein exzellentes Gespür dafür, wann sie eine Aufmunterung gebrauchen konnte. Er kam stets zur richtigen Zeit. Manchmal war es fast schon unheimlich, wie er immer zu wissen schien, wann er zur Stelle sein musste. „Natürlich. Tritt ein in meinen Palast." Sie holte mit der Hand aus und machte eine spielerische Verbeugung.

„Ich habe Kuchen." Er stellte eine kleine quadratische Schachtel einer bekannten Confiserie auf den Schreibtisch. Alix ahnte, was drin war. Eine wahrhaftige Köstlichkeit. Es konnte nur ihr Lieblingsmuffin mit Himbeeren und Walnussstückchen sein. Aber warum?

Misstrauisch beäugte sie ihren Überraschungsbesuch. Austin kannte sie gut, aber sie kannte ihn ebenfalls. „Du willst etwas von mir ...", stellte sie verschmitzt fest.

Austin sah auf die Pläne, die ausgebreitet auf ihrem Schreibtisch lagen. „Vielleicht hast du recht."

„Ich *habe* recht." Sie öffnete den Deckel und ihre Vermutung bestätigte sich. Himbeeren und Walnüsse. Ihr lief das Wasser im Mund zusammen. Am liebsten wäre sie gleich darüber hergefallen. Mit drei Bissen hätte sie das Naschwerk verschlingen können, ohne einen einzigen Krümel zu hinterlassen.

Nach einer zweiten Runde Matratzentango hatte Alix lediglich einen Kaffee getrunken und danach gemeinsam mit Colton die Wohnung verlassen. Für ein ausgiebiges Frühstück war keine Zeit geblieben. Dafür hatten sie das morgendliche Kuscheln zu weit ausgedehnt.

Mit einer Willensstärke, für die sie nicht bekannt war, nahm sie den Blick von dem Hochgenuss. Erst wollte sie wissen, was Austin zu ihr trieb. Sie ließ sich nicht gerne bestechen. „Müsstest du nicht auf der Arbeit sein?", tastete sie sich vor und bot ihm einen der beiden Stühle an, die um den Tisch herumstanden. Als er sich setzte, nahm sie ebenfalls Platz. Noch nie hatte sie ein eigenes Büro besessen. Es fühlte sich verdammt gut an.

„Ich habe mir freigenommen." Alix entging der Blick, mit dem er alles in Augenschein nahm, nicht. Ob er auch schon die Eingangshalle gründlich inspiziert hatte? Austin war von Natur aus neugierig. Ohne Frage interessierten ihn das *West Wellness* und ihre außergewöhnlichen Ideen sehr.

„Gibt es einen Grund dafür?"

Austin schlug die Beine übereinander und wippte mit dem Fuß. Alix fiel auf, dass er diesmal keinen Regenschirm dabeihatte. Es war fast schon ein bisschen merkwürdig, ihn dort ohne sitzen zu sehen.

„Ich möchte mit dir reden."

Oha!

„Du klingst ungewöhnlich ernst."

Er zuckte mit den Schultern. „Mir ist es auch ernst."

Alix fragte sich, worum es gehen könnte. Sie wollte keine voreiligen Schlüsse ziehen oder spekulieren. Er war gestern förmlich ausgeflippt, als sie ihn darüber in

Kenntnis gesetzt hatte, dass sie mit Colton gehen und ab jetzt bei ihm im Hotel wohnen würde. Sie hatte zwar Coltons Gästezimmer und den kurzen Arbeitsweg erwähnt, den die Nähe zum *West Wellness* mit sich brachte, aber Austin hatte es trotzdem wenig gefallen. Er war vom alten Schlag und wünschte sich eine andere Lösung für sie.

„Na dann ..." Dafür, dass er mit ihr reden wollte, sagte er ziemlich wenig.

„Ich möchte mich für mein eifersüchtiges Verhalten von gestern entschuldigen", fing er endlich an. „Das war unangebracht. Ich hatte mich in dem Moment nicht unter Kontrolle." Er räusperte sich. „Wir haben uns vor mehr als einem Jahr kennengelernt und ich denke, du siehst es genauso, wenn ich behaupte, dass wir ausgezeichnet zusammen agieren. Ich habe es nie bereut, in das *Three Rooms* – und dich – investiert zu haben."

Ein warmes Gefühl durchströmte sie. So etwas hörte jeder gern. Alix fühlte sich geschmeichelt. Und auch die Entschuldigung nahm sie gerne an.

„Danke. Schön, dass du es so siehst."

Es freute sie wirklich, dass er dieser Meinung war. Vor allem, wo es jetzt kein Hotel mehr gab und sie ihn bitten wollte, ihr erneut zu helfen, sollte es irgendwann in den nächsten Wochen vonnöten sein.

„Ich möchte, dass wir auch weiterhin ein gutes Gespann bilden."

Alix hatte nichts dagegen einzuwenden. Allerdings fragte sie sich, warum er ihr das sagte. Jetzt. Auf so merkwürdige Art und Weise. „Ich habe nichts dagegen."

Colton würde ihr finanziell unter die Arme greifen, wenn sie das wollte. Daran zweifelte sie keine Sekunde. Aber er sollte der Mann an ihrer Seite sein, ihr fester Freund, und nicht ihr Wohltäter. Wenn sie die Möglichkeit hätte, würde sie die beiden Bereiche ihres Lebens gerne trennen. Sie fühlte sich schon nicht wohl damit, von ihm ein Gehalt zu beziehen. Ein Darlehen würde das Gefühl verschlimmern. Es reichte vollkommen, dass er ihr neuer Boss war. Das war anstrengend genug.

„... deswegen möchte ich, dass du mich heiratest.“

Was? Sie hatte nur das Ende des Satzes verstanden. Aber das reichte aus, um sie wachzurütteln.

„Sag das noch mal, bitte.“ Ihr Mund war plötzlich staubtrocken. Sie musste sich verhört haben.

Austin schmunzelte und intensivierte seinen Blick. „Ich habe dich gefragt, ob du mich heiraten möchtest. Offensichtlich warst du mit deinen Gedanken gerade woanders und hast mich nicht verstanden.“

Also doch. Sie träumte nicht.

„Nein.“ Ihre Antwort kam prompt und fiel heftiger aus als beabsichtigt. In den letzten Wochen hatte sie immer mal wieder das Gefühl gehabt, Austin könnte auf eine dumme Idee wie diese kommen. Aber es war nur eine Vermutung gewesen. Meist hatte Alix sie schnell wieder verworfen.

„Wie kommst du darauf, dass wir heiraten sollten? Wir führen nicht mal eine intime Beziehung.“ Die letzten Worte ließen sie ärgerlicherweise rot werden. Sie spürte die unangenehme Hitze in ihren Wangen. Allein die Vorstellung, mit Austin zu schlafen, war total abwegig. Sie liebte ihn nicht. Nicht so.

„Wie schon gesagt, wir sind ein gutes Gespann. Ich mag dich und du magst mich." Er entfernte einen Fussel von seiner Anzughose und wich ihrem Blick aus. „Ich wünsche mir eine Frau an meiner Seite und habe dich ausgewählt."

Alix klappte der Mund auf. Sie wollte etwas sagen, aber Austin hob die Hand und stoppte sie.

„Wenn wir heiraten, hättest du keine Schulden mehr bei mir. Mein Geld wäre auch dein Geld. Du könntest dein Hotel neu aufbauen. Größer, schöner, besser als jemals zuvor ... es müsste kein verruchtes Stundenhotel mehr sein. Du könntest ein richtiges Hotel eröffnen."

Sie traute ihren Ohren nicht. Hatte er das wirklich gesagt?

„Mein Hotel *war* ein richtiges Hotel!"

Wusste Austin eigentlich, wie sehr sie seine Worte verletzten? Sie hatte immer geglaubt, er würde, anders als ihr Bruder, hinter der Verwirklichung ihres Traumes stehen. Voll und ganz.

Der Mann, der ihr gegenübersaß, seufzte und schüttelte leicht den Kopf.

„Sind wir mal ehrlich, Alexandra. Das *Three Rooms* war ein Seitensprunghotel. Ein Ort, an dem Leute sich treffen, um Sex zu haben." Er schnaubte und suchte weiter nach Fusseln, die nicht da waren. „Es hatte keine Klasse. Kein Niveau."

Nicht sein Ernst!

Niemals hätte sie vermutet, dass Austin eine solche Meinung von ihrem Traum, ihrem Lebenswerk, hatte. Diese neu entdeckte Ehrlichkeit tat weh. Schrecklich weh.

„Mein Hotel hatte sehr wohl Klasse!“, widersprach sie ihm und bezwang die Frustration, die sich unaufhaltsam ausbreitete. „Die Zimmer hatten etwas Besonderes. Sie waren kreativ und speziell. Und meine Gäste waren keine schlechten Menschen.“ Sie spürte, wie der Ärger höher kochte. „Die Zimmer waren sogar so speziell, dass der Inhaber der *West Hotels* sich mehrfach um das Waldzimmer bemüht hat. Verdammt, Austin! Das *Three Rooms* ist der Grund, warum ich jetzt hier bin und ein ganzes Erlebnisparadies designen darf.“

„Das stimmt.“ Er nickte und die Geste hatte etwas Oberlehrerhaftes. Sie gefiel ihr nicht. „Ein weiterer Grund, ab jetzt mehr vom Leben zu verlangen. Heirate mich, dann gebe ich dir das Geld, um ein neues Hotel aufzubauen. Eins mit mehr als drei Zimmern, ein Mittelklassehotel in bester Londoner Lage.“

Alix zuckte zusammen. Das Wort Mittelklassehotel löste in ihr einen gruseligen Schauder aus. Sie wollte kein langweiliges Mittelklassehotel. Das gab es an jeder Ecke. Sie wollte etwas Außergewöhnliches, etwas, das Aufsehen erregte. Sie wollte ihren Traum zurück. Das war zu viel! Austin war zu viel.

„Nein danke. Ich baue das *Three Rooms* wieder auf. Auch ohne deine Hilfe.“ Von dem Plan würde er sie niemals abbringen können. „Und heiraten werde ich dich auf keinen Fall. Wir sind Geschäftspartner und Freunde, aber kein Liebespaar. Niemals. Ich fühle nicht so für dich.“

Sie klappte den Deckel der Muffinschachtel zu. Ihr war der Appetit vergangen. „Ich denke, du solltest jetzt gehen. Ich habe zu arbeiten.“ Sie deutete auf die Pläne vor sich und hoffte, dass Austin verstand und sich hinauswerfen ließ. Gerade hatte ihre Freundschaft einen gehörigen Knacks bekommen.

Austin sah sie an und schien im ersten Moment nicht zu wissen, wie er auf ihre Abfuhr reagieren sollte. Seine starre, undurchdringliche Miene zeige kleine Risse. Offenbar hatte er mit einer anderen Antwort gerechnet. „Das wirst du bereuen, Alexandra. Ich bin die beste Partie, die du jemals bekommen kannst."

Das war seine Meinung, nicht ihre.

Kapitel 22

Was für ein Drama! Dieser gut gemeinte, aber völlig überflüssige Heiratsantrag war eine Katastrophe. Dabei hatte der Tag so gut angefangen. Alix sehnte sich zurück ins Bett zu Colton.

Natürlich würde sie ihrem neuen Freund von dem Zusammentreffen mit Austin erzählen. Hoffentlich reagierte er anders als der Investmentbanker. Hoffentlich verstand er, wie wichtig ihr das kleine Hotel gewesen war. Sie wollte das *Three Rooms* zurück – und kein Mittelklassehotel.

Bei dem Gedanken, wie es momentan aussah, und wie viel Arbeit in dem Neuaufbau steckte, krochen Zweifel und Unbehagen in ihr hoch. Es würde Monate dauern, alles wieder so herzurichten wie es gewesen war. Alix betete, dass das Geld der Versicherung dafür ausreichte. Austin würde sie in naher Zukunft nicht um einen Kredit bitten. Ganz sicher nicht. Sie wollte nicht mehr als nötig in seiner Schuld stehen. Nicht nach der Unterhaltung, die sie gerade geführt hatten. Vielleicht hätte sie Austin von der neuen Situation zwischen ihr und Colton erzählen sollen. Aber sein irrwitziges Angebot hatte sie dermaßen überrumpelt, dass sie es glatt vergessen hatte. Egal. Streng genommen ging es ihn sowieso nichts an. Er würde schnell genug spitzkriegen, dass sie und Colton mehr als nur Geschäftspartner waren. Der Investmentbanker war schließlich nicht auf den Kopf gefallen.

Wieder klopfte es gegen den Türrahmen. Alix blickte hoch und sah zwei Polizeibeamte vor sich stehen. Noch mehr schlechte Nachrichten? Oder zur Abwechslung mal ein paar gute? An den Gesichtern ließ sich nichts ablesen.

„Guten Morgen", begrüßte sie einer der beiden. „Wir suchen Alexandra Harrison. Der Brandsachverständige der hiesigen Polizei hat uns darüber informiert, dass wir sie hier finden könnten."

Alix nickte und seufzte erleichtert auf. Endlich bekam sie neue Informationen. Das wurde auch Zeit. Solange das *Three Rooms* wegen der andauernden Untersuchungen gesperrt war, konnte sie nicht mal einen Blick hineinwerfen. Sie würde gerne wissen, ob von dem Inventar oder ihren Sachen irgendetwas zu retten war.

„Kommen Sie doch näher, bitte. Ich bin Alexandra Harrison. Ich würde gerne wissen, was es Neues gibt."

Die finster dreinblickenden Gesetzeshüter näherten sich ihrem Schreibtisch. Gute Nachrichten sahen irgendwie anders aus. Sie bekam ein ungutes Gefühl.

„Wir haben einen vorläufigen Bericht der Brandursache Ihres Hotels vorliegen und möchten Sie bitten, uns zur Polizeistation zu begleiten. Es gibt ein paar ungeklärte Fragen."

„Warum?" Merkwürdig. Konnten sie nicht hier reden?

„Das Feuer ist mit großer Wahrscheinlichkeit nicht durch Mängel oder Unachtsamkeit entstanden. Es gibt

Hinweise auf vorsätzliche Brandstiftung. Zudem wurden Rückstände eines Brandbeschleunigers sichergestellt."

„Brandstiftung? Es war Brandstiftung?"

Vermutlich hatte Alix deshalb den Knall nach Verlassen des Gebäudes gehört. Etwas war explodiert.

„Aber wer sollte etwas so Schreckliches tun?" Fassungslos und bestürzt versuchte sie zu begreifen, was sie gerade erfahren hatte.

„Das versuchen wir herauszufinden." Einer der beiden trat einen Schritt vor und legte seine Hände an den Gürtel. „Im Moment sind Sie eine der Verdächtigen."

Wie bitte? Das konnte er jetzt nicht wirklich gesagt haben.

„Ich bin verdächtig, mein eigenes Hotel angezündet zu haben?" Das war sowas von lächerlich, eine abscheuliche Vorstellung. „Warum sollte ich das tun?" Sie liebte ihr kleines Hotel über alles.

„Das werden wir untersuchen und herausfinden. Deshalb möchten wir Sie bitten, uns zu begleiten. Wenn Sie unsere Fragen beantworten, werden wir die Sache schnellstmöglich aufklären."

„Bin ich verhaftet?" Der Gedanke versetzte sie in Angst und Schrecken. Sie war noch nie mit dem Gesetz in Konflikt geraten. Wenn sie von ein paar unbezahlten Strafzetteln für falsches Parken absah.

„Nein." Auch der zweite Beamte bewegte sich. „Aber Sie sind eine Hauptverdächtige und es wäre in Ihrem Interesse, die Angelegenheit unverzüglich zu klären."

Da konnte sie ihm nur Recht geben. Dieser Unsinn musste umgehend richtiggestellt werden.

„Brauche ich einen Anwalt?" Niemals hätte sie gedacht, dass sie diese Frage einmal stellen würde. Beinahe hätte sie hysterisch gelacht. Ihre Handflächen wurden feucht und ein leichtes Zittern setzte ein.

„Die Entscheidung liegt bei Ihnen. Aber wir wollen nur ein paar Ungereimtheiten klären, danach können Sie wieder gehen." Der Beamte räusperte sich. „Sie sind nicht verhaftet."

Das Zucken seines Mundwinkels beruhigte Alix ein wenig. Offensichtlich amüsierte sich der Polizist über ihre Art, frühzeitig in Panik zu geraten. Alles klar. Möglicherweise hatte sie in letzter Zeit zu viel Fernsehen geschaut.

„Dann los." Umgehend stand sie auf und griff nach ihrer Jacke und dem Handy. Sie würde Colton von unterwegs eine Nachricht schicken. Er musste davon erfahren.

Auf der Rückbank eines Streifenwagens sitzend, gingen Alix die unmöglichsten Dinge durch den Kopf. Sie konnte nicht umhin, an alles Mögliche zu denken. Natürlich nur an die schlimmsten Szenarien. Wenn sie schon in die Bredouille geriet, dann richtig. Aber Himmel, sie war eine Frau. Die waren dafür bekannt, zu viel zu denken und sich in den schillerndsten Farben das Schlimmste auszumalen. Falls sie verdächtigt wurde, ihr Hotel in Brand gesteckt zu haben, würde die Versicherung nicht umgehend zahlen. Es würden weitere Untersuchungen eingeleitet. Sie würde vorerst kein Geld bekommen und könnte mit dem Wiederaufbau des *Three Rooms* nicht sofort beginnen. Außerdem würde sie möglicherweise einer Straftat bezichtigt.

Schreck lass nach! Dann würde sie bestimmt ins Gefängnis müssen. Wie viele Jahre wohl auf Brandstiftung standen? Natürlich würde sie mildernde Umstände bekommen, da niemand verletzt worden war. Aber ...

Stopp!

Alix brachte ihre haarsträubenden Gedanken zum Stillstand. Es gab keine Beweise für irgendwas. Sie musste aufhören, sich zu quälen und alles schwarzzusehen. Sie hatte ihr Hotel nicht in Brand gesteckt. Das war ein haltloser Verdacht. Es konnte keine Spuren oder Hinweise geben, die das bewiesen. Sie war unschuldig. Sie liebte ihr kleines Hotel über alles. Niemals würde sie etwas derart Abwegiges tun. Das musste auch die Polizei verstehen. Welches Motiv sollte sie für die Tat überhaupt haben? Keins. Es gab kein Motiv.

Im nächsten Moment dachte Alix an Charly. Er war rechtzeitig in Deckung gegangen und nicht da gewesen, als das Feuer ausgebrochen war. Er schien sogar ein direktes Aufeinandertreffen mit ihr zu vermeiden. Bis jetzt hatte sie lediglich eine Textnachricht von ihm bekommen. Mehr nicht.

Nein, niemals, rief sie sich zur Ordnung. Auf keinen Fall.

Charly war ihr Bruder. Er würde etwas so Unverzeihliches nicht tun. Ein solches Verhalten passte nicht zu ihm. Heute Nachmittag besuchte er sie und dann würde sie erfahren, ob er etwas vor ihr verheimlichte.

Verflixt! Ein neuer Gedanke, der so abwegig war, dass sie ihn gerne sofort wieder verworfen hätte, kam ihr in den Sinn. Warum machte Austin ihr ausgerechnet jetzt einen Heiratsantrag? Und warum bot er ihr an, ein langweiliges Mittelklassehotel zu eröffnen? War das alles nur ein für ihn günstiger Zufall? Für gewöhnlich glaubte sie nicht an Zufälle dieser Art.

Wenn es das *Three Rooms* noch geben würde, hätte Austin ihr den schrägen Vorschlag von dem Mittelklassehotel niemals gemacht. Sie hätte ihn ausgelacht. Und das wusste er.

Oh Gott! Nein! Dass Austin in den Brand verwickelt sein könnte, daran wollte sie nicht mal im Traum denken. Es war genauso schlimm wie die Vermutung, Charly könnte etwas damit zu tun haben.

„Wir sind da", informierte sie der Beamte, der den Wagen gerade auf den Parkplatz der Polizeistation lenkte.

Alix hatte weiche Knie, als sie aus dem Auto stieg. Es musste eine andere Erklärung geben. Weder Charly noch Austin durften etwas mit dem Feuer zu tun haben.

***

Als Colton am frühen Nachmittag auf sein Handy sah, freute er sich. Alix hatte ihm eine Nachricht geschickt. Ob sie zu den Frauen gehörte, die rote Herzchen versandte? Er glaubte nicht daran. Bei der Vorstellung musste er fast schmunzeln. Seine neue Freundin war kein Rote-Herzchen-Typ. Bestimmt nicht.

Wenn sie ihm schrieb, hatte sie auch etwas zu erzählen. Ob es etwas Wichtiges war? Wahrscheinlich war es das. Wenn es das *West Wellness* betraf, war es immer wichtig. Er hatte ihr versichert, dass sie sich rund um die Uhr bei ihm melden könnte, sollte es Probleme mit den Handwerkern geben. Egal welcher Art. Oberstes Ziel war es, sein Projekt bis Mitte nächsten Jahres fertigzubekommen. Er hatte lange genug getrödelt.

Als Colton jetzt die Nachricht öffnete, wusste er gar nicht, was er davon halten sollte. Die Wörter klangen wirr und waren wegen der vielen Fehler offensichtlich in großer Eile geschrieben worden. Alix bat ihn, zur Polizeistation zu kommen. Außerdem fragte sie nach einem Anwalt. *Einem Anwalt?*

Er sah auf die Uhr. Verdammt! Die Nachricht war bereits drei Stunden alt. Colton checkte die Mailbox, aber seine Freundin hatte nichts draufgesprochen.

Meinte Alix wirklich *Anwalt*? Oder war die Autokorrektur schuld an dem Wort? Wofür sollte sie einen Anwalt brauchen? Und warum war sie überhaupt bei der Polizei?

Er unterbrach seine Arbeit und verließ das Büro, sich über sich selbst ärgernd. Warum hatte er nicht eher auf das verfluchte Handy geschaut? Zumindest hätte er daran denken müssen, den Ton einzuschalten. Jetzt war es zu spät.

Auf dem Weg zur Tiefgarage wählte er Alix' Nummer. Der Teilnehmer sei nicht zu erreichen, klärte ihn die näselnde Computerstimme auf. Was konnte das zu bedeuten haben? Er wurde einfach nicht schlau daraus.

Schnell schrieb er Alix eine Antwort, dass er auf dem Weg sei, und stieg in den Fahrstuhl. Hoffentlich war sie noch dort. Drei Stunden waren eine lange Zeit. Unter Umständen hatte sie die Polizeistation längst wieder verlassen.

Mist, verdammt!

Die Gefühle, die sich in ihm breitmachten, verwirrten ihn. Er war es nicht gewohnt, im Unklaren zu sein und sich Sorgen zu machen. Er fühlte sich schrecklich, obwohl er nicht einmal wusste, was passiert war.

Colton checkte seine Anrufliste. Sie hatte nicht versucht, ihn anzurufen. Warum nicht, zum Geier? Wenn es um etwas Wichtiges ging, hätte sie zumindest versuchen müssen, ihn anzurufen. Sobald er sie gefunden hätte, würde er mit ihr darüber reden. Ab jetzt waren sie ein Team.

Als er die Polizeistation betrat, hatte sich seine Ungewissheit in große Besorgnis verwandelt. Ging es Alix wirklich gut? Oder war sie erneut überfallen worden? Hatte etwa wieder einer von Charlys Freunden auf sie geschossen? Für gewöhnlich nahm er nicht gleich das Schlimmste an. Warum das ausgerechnet heute der Fall war, wusste er nicht.

Nein, bestimmt nicht, beruhige er sich. Niemand hatte auf Alix geschossen. Wenn dem so wäre, wäre sie im Krankenhaus und nicht auf der Polizeistation. Außerdem würde sie nicht nach einem Anwalt fragen. Mittlerweile war er sich fast sicher, dass das Wort kein Tippfehler war.

Fragen über Fragen. Gleich würde er Antworten bekommen. Nervöse Unruhe machte sich breit und ließ seine Handflächen feucht werden.

Noch bevor er sich bei dem Beamten hinter dem Tresen nach Alexandra Harrison erkundigen konnte, nahm er eine Bewegung neben sich wahr. Er drehte sich um und blickte seiner Freundin direkt ins Gesicht. Sie hatte rote, geschwollene Augen und war merkwürdig blass um die Nase. Es sah aus, als hätte sie geweint.

„Alix!" Er drückte sie an sich und dankte Gott, dass sie kommentarlos ihre Arme um seine Taille schlang und ihr Gesicht an seine Brust bettete. Er legte sein Kinn auf ihren Scheitel und strich ihr über den Rücken. Ihr Körper bebte ein wenig, aber ein Schluchzen hörte er nicht. Was war nur mit ihr in den letzten Stunden passiert? Wo war die Frau von heute Morgen? „Alix, rede mit mir. Sag doch was." Ihr Verhalten versetzte ihn in Angst.

Da sie auch nach einer gefühlten Ewigkeit keine Anstalten machte, ihn loszulassen, schob er sie sanft aber bestimmt zurück, sodass er ihr in die Augen schauen konnte. Sie sah völlig fertig aus. Fast, als stünde sie unter Schock.

„Warum bist du hier? Bist du überfallen worden? Hat dich jemand bedroht?" Ein schrecklicher Gedanke.

Sie schüttelte den Kopf. „Nein."

Himmel! Warum redete sie nicht weiter? Musste er ihr alles aus der Nase ziehen?

„Ist etwas passiert? Im *West Wellness*?" Soweit er wusste, hatte sie den ganzen Tag im Büro verbringen wollen, um an ihren Entwürfen zu arbeiten.

Ihre Miene änderte sich. „Kann man so sagen."

Da er den Durchgang blockierte, zog sie ihn zu ein paar Bänken, die an der Seite standen. Gemeinsam setzten sie sich. Colton griff nach ihrer Hand, weil er das Gefühl hatte, dass sie eine tröstende Berührung gebrauchen konnte.

„Was ist passiert?", fragte er in eindringlichem Tonfall und ließ sie nicht eine Sekunde aus den Augen.

Alix stieß einen langgezogenen Seufzer aus und fing an zu erzählen. Sie redete sich alles von der Seele und setzte ihn darüber ins Bild, was die Brandinspektion herausgefunden hatte.

Erst wollte er es nicht glauben, aber die Polizei schien tatsächlich anzunehmen, dass Alix etwas mit dem ausgebrochenen Feuer im *Three Rooms* zu tun hatte.

„Und wie geht es jetzt weiter?"

Sobald sie hier raus waren, würde er seinen Anwalt anrufen. Keiner durfte Alix ohne rechtlichen Beistand weitere Fragen stellen. Dafür würde er sorgen.

„Ich kann gehen." Sie zuckte mit den Schultern. „Ich habe nur auf dich gewartet."

„Wie lange sitzt du schon hier und wartest?" Warum zum Geier hatte sie nicht versucht, ihn anzurufen? Er hätte deutlich schneller hier sein können. Schon vor Stunden, um genau zu sein. Frustriert zügelte er seinen Zorn.

„Ich weiß nicht." Sie drückte seine Hand und wirkte immer noch ein wenig verwirrt. „Ich wollte ein bisschen nachdenken, während ich auf dich warte. Wenn du in der nächsten halben Stunde nicht aufgetaucht wärst, hätte ich mir ein Taxi gerufen."

Ein Taxi! Diese Frau musste noch einiges über ihn lernen.

„Dein Taxi ist da." Er zwang sich zu einem Lächeln, das möglicherweise ein wenig grimmig ausfiel. „Komm, lass uns verschwinden." Wenig geduldig zog er sie von der Bank hoch und legte einen Arm um ihre Schultern. „Ich muss ein paar Anrufe tätigen."

Kapitel 23

Alix wäre am liebsten sofort ins Bett gekrabbelt und hätte sich die Decke über den Kopf gezogen. Der Tag hatte aus zu vielen Höhen und Tiefen bestanden. Die nervenaufreibenden Fragen, die sie bei der Polizei hatte beantworten müssen, hatten ihr den Rest gegeben. Sie war müde, ausgelaugt und brauchte Abstand, um über alles nachzudenken.

Als sie nun mit Colton das immer noch türlose Büro des *West Wellness* betrat, saß Charly auf ihrem Stuhl und hatte die Füße auf den Tisch gelegt. Seine schmutzigen Schuhe ruinierten ihre Entwürfe für die zwei Suiten in der oberen Etage.

Verdammt, ihn hatte sie vollkommen vergessen. Aber wer konnte auch ahnen, dass sie über Stunden bei der Polizei festhängen würde … Sie hätte ihm eine Nachricht schicken müssen, ärgerte sie sich über sich selbst.

„Du bist spät. Ich warte schon ewig auf dich", begrüßte ihr Bruder sie, charmant wie immer, mit dem Handy in der Hand. Den Blick hob er nur kurz. Bei den wenig liebevollen Worten verspannte Colton sich an ihrer Seite. Auch die Schuhe auf dem Tisch entgingen ihm dem Blick nach zu urteilen nicht.

„Hast du vergessen, dass ich kommen wollte?", fragte ihr Bruder sie und klang zu Recht ein wenig angefressen.

Alix spürte, dass die Energiequelle in ihrem Inneren den Nullpunkt erreichte. Ein Gespräch mit Charly würde ihr den Rest geben. Vor allem, wenn er auf Krawall aus war.

„Nein." Sie ging zum Aktenschrank, um ihre vergessene Handtasche aus der abgeschlossenen Schublade zu holen. Das war der einzige Grund, weswegen sie noch mal ins Büro gekommen war. „Ich habe dich nicht vergessen. Ich hatte nur etwas Dringendes zu erledigen. Es tut mir leid, dass du warten musstest." Sie legte sich den Henkel ihrer Tasche über die Schulter und gab seinen Füßen einen Schubs, sodass er sie vom Schreibtisch nehmen musste. Anschließend setzte sie sich ihm gegenüber auf die Kante. Colton blieb, wo er war und schien alles zu beobachten.

„Ich war in den letzten Stunden bei der Polizei. Das *Three Rooms* ist vorsätzlich angezündet worden." Das auszusprechen klang schrecklich. „Es wurde Brandbeschleuniger im Keller und der Abstellkammer für das Putzzeug sichergestellt." Alix sah Charly ins Gesicht und beobachtete jede noch so kleine Regung. Er schien auf den ersten Blick von den Neuigkeiten überrascht zu sein. „Hast du etwas damit zu tun?"
Mist! Wie ein Elefant im Porzellanladen.
Für gewöhnlich war sie feinfühliger und weniger direkt. Aber der Tag hatte ihr alles abverlangt und dass Charly in seiner großkotzigen Art in ihrem Büro saß und den Wichtigtuer rauskehrte, setzte ihr mehr zu als es sollte. Das Maß war voll. Sie vermied es, einen Blick auf die verschmutzen Pläne zu werfen. Ihre hochko-

chenden Gefühle waren schwer genug im Zaum zu halten. Sie wollte nicht über den Dreck, der ihre kostbaren Ideen beschmierte, nachdenken.

Wie erwartet schwieg Ihr Bruder und sah sie lediglich an. Ihre Frage beantwortete er natürlich nicht. Es war unübersehbar. Sie hatte ihn verletzt. Sie konnte es in seinem Blick erkennen. Er war von ihren Worten zutiefst gekränkt.

Mist!

Warum war er noch hier? Sonst wartete er auch nicht, wenn sie sich verspätete. Ihr Bruder gehörte für gewöhnlich nicht zu den geduldigen Typen.

Mist, Mist und noch mal Mist!

Warum hatte sie ihm nur keine Nachricht geschickt und das Treffen abgesagt? Ausgeruht und am nächsten Tag, hätte sie sich sicher geschickter ausgedrückt. Dann wäre er jetzt nicht gekränkt und enttäuscht. Genau wie sie.

Mit stockenden Bewegungen stand ihr kleiner Bruder auf und schloss sie in die Arme. Er drückte sie einmal kurz an sich und ließ sie danach wieder los.

„Ich habe mir Sorgen um dich gemacht, deshalb bin ich geblieben und habe gewartet. Ich wollte dich unbedingt sehen und mich persönlich davon überzeugen, dass es dir gutgeht." Er sah von ihr zu Colton und schien eins und eins zusammenzuzählen. „Aber wie ich sehe, bist du gut aufgehoben." Er vergrub die Hände in den Hosentaschen und ging. Im Türrahmen drehte er sich noch einmal um. „Ich habe dein Hotel nicht angezündet. Auch wenn ich nicht verstehen kann, was du an dem verruchten Schuppen findest, würde ich so etwas niemals tun. Ich weiß, wie viel dir dein Traum bedeutet hat." Er tippe sich an die Stirn. „Mach's gut."

Alix' Schultern sackten nach unten und sie drohte von der Schreibtischkante zu kippen. Sie hatte es verbockt. Aber sowas von. Eine Träne lief ihr über die Wange und tropfte auf ihren Oberschenkel. Sie hatte ihren Bruder verprellt. Mal wieder – eine simple Frage hatte ausgereicht. Wieso hatte sie ihre Zunge nicht im Zaum gehalten? Im Nachhinein konnte sie sich selbst nicht verstehen.

„Komm." Colton legte ihr eine Hand auf die Schulter. „Ich besorge uns ein Abendessen und danach legst du dich schlafen. Der Tag war lang." Er drückte sie. „Du brauchst eine Pause und vielleicht einen Drink. Morgen sieht die Welt schon anders aus."

***

Zwei Stunden später saß Colton in seinem Wohnzimmer, ein Glas Bourbon in der Hand. Gedankenverloren starrte er auf die Vase, die vor ihm auf dem Couchtisch stand. Alix war im Bett – in seinem Bett – und schlief. Die Ereignisse des Tages hatten sie niedergestreckt. Kein Wunder, so viel war passiert. Kaum waren sie mit dem Fahrstuhl bis in seine Wohnung gefahren, hatte sie ihm von Austins Heiratsantrag und ihrem vagen Verdacht, er könnte etwas mit dem Brand zu tun haben, erzählt. Einerseits war Colton so entsetzt wie Alix, anderseits durften sie auch keinen Hinweis übersehen.

Selbst ohne die Unterhaltung hätte Colton dafür gesorgt, dass der Fall von allen Seiten untersucht wurde. Die Polizei würde nicht allein Ermittlungen anstellen.

Gleich morgen würde er einen Privatdetektiv engagieren und ihn notfalls auf Austin St. John hetzen, um etwas herauszubekommen. Was dachte dieser Idiot sich eigentlich? Machte seiner Freundin einfach einen Heiratsantrag!

Auch wenn er sich nicht sicher sein konnte, dass sie zusammen waren, war da eindeutig noch ein persönliches Gespräch fällig.

Colton leerte sein Glas und nahm sich vor, diesem vorlauten Investmentbanker in aller Deutlichkeit klarzumachen, dass Alix vergeben war. Am besten so schnell wie möglich.

Natürlich erinnerte er sich daran, dass er St. John vor nicht allzu langer Zeit versprochen hatte, ein rein geschäftliches Verhältnis mit Alix zu führen. Aber das war, bevor er sie besser hatte kennenlernen können. Austin würde einfach verstehen müssen, dass nicht er allein die Entscheidung traf, mit wem Alix befreundet war. Die Frau, die ab jetzt an seiner Seite war, hatte auch noch ein Wörtchen mitzureden.

Es behagte ihm nicht, ein gegebenes Versprechen zu brechen, aber diesmal ging es nicht anders.

Alix hatte nicht viel von dem Essen, das er bestellt hatte gegessen, sondern war nach einem Schluck von seinem Bourbon im Schlafzimmer verschwunden. Gerade hatte er nach ihr gesehen. Sie schlief, hatte die Decke bis unters Kinn gezogen und das Gesicht ins Kissen gedrückt. Vielleicht hatte sie ein paar Tränen vergossen, von denen er nichts mitkriegen sollte.

Sein Herz zog sich vor Sorge um sie zusammen. Er konnte sich gar nicht vorstellen, wie sie sich fühlen musste.

Das Drama um das *Three Rooms* war schlimm. Aber der Zwist mit ihrem Bruder war schlimmer. Das Hotel würde Alix wieder aufbauen. Verdammt, er würde ihr dabei helfen, ihr sogar das Geld dafür geben. Aber ernsthafte Streitereien unter Geschwistern waren nicht leicht beizulegen. Er selbst konnte ein Lied davon singen. Ein klärendes Gespräch schien oft nicht einfach zu sein.

Von einem sentimentalen Gedanken erfasst, nahm er sein Handy und schrieb seiner Schwester eine Textnachricht.

Bist du noch wach? Lust zu reden? Treffen wir uns an altbekannter Stelle?

Er drückte auf „Senden" und wartete die Antwort nicht ab. Wenn Tammi noch wach war, würde sie kommen. Das hatte sie früher auch immer getan.

Colton erhob sich schwerfällig und machte sich auf den Weg zur Besenkammer. Ihr gemeinsamer Treffpunkt war nicht direkt eine Besenkammer. So etwas gab es heutzutage in einem Luxushotel wie dem *West* nicht mehr. Aber als sie noch Kinder gewesen waren, hatten sie den Ort mit Vorliebe so bezeichnet. Vor allem, weil es ihn in allen *West Hotels* gab, in denen sie ihre Kindheit verbracht hatten. Und ganz falsch war die Betitelung schließlich auch nicht. Dort, wo er hinging, standen eine Menge Besen herum.

Er erreichte das zentrale Vorratslager vor Tammi. Es befand sich in der untersten Etage, über der Tiefgarage, und war eigentlich dem Personal vorbehalten. Hier wurden sämtliche Vorräte gelagert – vom Toilettenpapier bis hin zur Bettwäsche aus ägyptischer Baumwolle gab es alles, was für den Roomservice gebraucht wurde. Sogar Staubsauger, kleine verpackte Seifen, Nähsets, Zahnbürsten und natürlich ein paar Besen und Handfeger. Alles, was ein Zimmermädchen jemals brauchen würde, befand sich hier.

Der Raum war stets abgeschlossen. Nur die Hotelangestellten konnten ein- und ausgehen, wie es ihnen beliebte.

Colton öffnete die Tür mit seinem Universalschlüssel. Als Kinder hatten sie sich einen Spaß daraus gemacht, dem Zimmermädchen in einem unachtsamen Moment die Schlüsselkarte zu klauen. Abends, wenn ihre Eltern dachten, dass sie längst im Bett waren, hatten er und Tammi sich heimlich hier hereingeschlichen. Sie hatten sogar ein paar Sachen aus den überfüllten Regalen mitgehen lassen. Einfach zum Spaß. Tammi hatte Zahnstocher geklaut und er Kondome. Seine Schwester hatte ihn damals für den coolsten und mutigsten Bruder auf der ganzen Welt gehalten.

Er stieß einen Seufzer aus, der zu seiner gedrückten Stimmung passte. Das war verdammt lange her. Mittlerweile hielt Tammi ihn nicht mehr für cool. Anderenfalls hätte sie ihm von dem Mann in ihrem Leben und der spontanen Hochzeit erzählt. Es kränkte ihn mehr, als er zugeben wollte, dass sie ihn nicht zu ihrer Strandhochzeit eingeladen hatte – egal wie klein und privat sie auch gewesen war. Zu gerne hätte er sie bei der Trauung an den Bräutigam übergeben. Dass sie es ihren oft schwierigen und sehr verklemmten Eltern verschwiegen hatte, konnte er nachvollziehen. Das hätte höchstwahrscheinlich in einer Katastrophe geendet. Aber dass sie ihn übergangen hatte, verletzte ihn. Er war stets auf ihrer Seite gewesen, hatte sie vor ihren Eltern verteidigt und für sie gekämpft. Immerzu. Sie hatte sich auf ihn verlassen können.

Colton sah sich um und suchte nach einem Eimer. In ihrer Kindheit hatten sie immer auf umgedrehten Eimern gesessen und geredet.

Er ließ seinen Blick schweifen. Früher hatte das Lager anders ausgesehen. Gerade als er zwei Eimer aus einem Regal im hinteren Teil des Raumes zog, tauchte Tammi in der offen stehenden Tür auf.

Sie grinste, als sie die Eimer in seinen Händen sah. „Deine Nachricht hat mich überrascht. Ich dachte schon, ich hätte mich verlesen." Kopfschüttelnd nahm sie ihm einen Eimer ab. „Früher war das super. Aber jetzt ... sie deutete auf ihren Bauch. Entweder bricht der Eimer unter mir zusammen oder ich komme nicht mehr hoch." Sie grinste erneut, nur breiter und erwachsener.

Wie dumm. Das hatte er nicht bedacht. „Okay, keine Eimer." Schmunzelnd sah er sich nach einem Ersatz um. „Was hältst du davon?" Er deutete auf einen Turm von etwa zwanzig Stapelstühlen, die sie im Sommer auf die Terrasse hinter dem Restaurantbereich stellten. „Nicht so cool wie die Eimer, aber bequemer." Auf einem Stuhl würde er sich auch nicht die Beine verknoten. Die waren seit damals nämlich um einiges länger geworden.

Tammi nickte und nahm ihm den Stuhl ab, den er ihr im nächsten Moment reichte. „Ich möchte auch einen, auf den ich meine Füße legen kann." Sie schnaubte ungehalten. „Ich fühle mich total aufgeschwemmt. Meine Knöchel sind so dick wie die eines Elefanten."

Colton nahm sich ebenfalls einen Stuhl und anschließend stellten sie sie so auf, dass sie nebeneinander saßen – den Blick auf die deckenhohen Regale gerichtet.

Tammi sah sich um. „Wie oft haben wir das früher gemacht?", fragte sie sich selbst. „Alles sieht anders aus. Irgendwie kleiner."

Colton wusste, dass das nicht stimmen konnte. Die Räumlichkeiten hatten sich schließlich nicht verändert. Nur die Einrichtung. Seine Schwester deutete mit dem Kinn zum Regal an ihrer rechten Seite, ohne sich zu bewegen.

„Schon überlegt, was wir mitgehen lassen sollen?" Sie zwinkerte ihm zu, aber er ging nicht auf ihren Spaß ein.

„Warum hast du mir nicht von Mateo erzählt? Du hättest mir schreiben können, dass du dich verliebt hast."

Tammi seufzte und strich sich über den Bauch. „Ich habe schon geahnt, dass du meine Entscheidung irgendwann hinterfragen würdest. Ich wusste nur nicht wann." Sie seufzte und sah ihn direkt an. „Also schön. Wie oft habe ich dir schon erzählt, dass ich mich verliebt habe?"

Colton stieß ein Schnauben aus. „Unzählige Male. Das erste Mal mit acht, als irgendein Junge aus deiner Klasse dir sein Frühstücksbrot geschenkt hat."

Tammi schmunzelte. „Genau. Ich verliebe mich schnell und bin sofort Feuer und Flamme." Sie sah auf ihren Bauch und schien plötzlich verlegen. „Aber diesmal war es anders. Versteh mich nicht falsch: Ich war auch wieder Feuer und Flamme, aber Mateo war anders." Sie zuckte mit den Schultern. „Ich wusste, dass er der Richtige für mich ist. Ich wollte das nicht kaputtmachen. Verdammt, ich wollte ihn für mich behalten. Ich hatte Angst, dass meine Seifenblase zerplatzen würde, wenn ich dir davon erzähle. Wenn ich es irgendjemandem erzähle."

Das klang völlig verdreht.

„Das verstehe ich nicht." Frauenlogik war noch nie Coltons Stärke gewesen.

„Ich verstehe es ja selbst nicht. Nicht wirklich." Sie lächelte zaghaft und entschuldigend. „Ich dachte wohl, dass ich dich vor vollendete Tatsachen stellen müsste, damit Mateo nicht zu einer meiner flüchtigen Liebschaften wird. Damit du ihn mir nicht ausreden kannst." Sie sah ihn scharf an, als er protestieren wollte. „Und das hättest du versucht. Sei ehrlich und gib es zu!"

Sie sagte die Wahrheit. Aber Himmel noch eins …

„Du bist schwanger von dem Kerl." Es war ihm egal, dass das ein anderes Thema war. Er wollte sauer sein.

„Der Kerl ist dein Schwager. Rede nicht in dem Tonfall über ihn."

Colton hatte sich hinreißen lassen. Aber er verstand es eben nicht. „Mensch, Tammi! Du kannst froh sein, dass er nicht mehr als eine aufgeplatzte Lippe abbekommen hat. Ich habe mich zurückgehalten."

„Siehst du", sie rollte mit den Augen, „das ist ein weiterer Grund, warum ich dich vor vollendete Tatsachen stellen musste. Du hättest mit allen Mitteln versucht, mir diese Hochzeit auszureden."

Aber hallo!

„Da kannst du sicher sein." Es war zum Aus-der-Haut-Fahren.

Tammi erwiderte seinen funkelnden Blick. Sie war genauso aufgebracht wie er. „Dann habe ich alles richtig gemacht. Ich liebe dich, Colton." Sie tätschelte ihm das Knie. „Du bist der beste Bruder, den eine Schwester sich wünschen kann. Aber jetzt und hier musst du akzeptieren, dass ich die Entscheidung so und nicht anders getroffen habe. Ich wollte Mateo heiraten. Der Wunsch kam von ganz tief drinnen. Und ich wollte es allein tun. Es sollte etwas zwischen ihm und mir sein. Etwas Besonderes."

Colton gab sich geschlagen. Auch wenn er es nie vollends verstehen würde. Es hatte eh wenig Sinn, dem Ereignis lange nachzutrauern. Das Kind war längst in den Brunnen gefallen. „Also schön. Wie willst du es unseren Eltern beibringen? Das wird nicht einfach."

Tammi rutschte auf dem Stuhl herum und Colton ahnte die Antwort schon, bevor sie sie ausgesprochen hatte.

„Ich ... dachte ... du könntest mir helfen."
Natürlich dachte sie das.
Er schob seine Hand über ihre, die noch auf seinem Knie lag. „Ich helfe dir." Er drückte sanft zu. „Warte, bis das Baby auf der Welt ist. Es ist keine Garantie, aber unter Umständen kann unsere Mutter blauen Babyaugen, die aussehen wie die ihrer Tochter, nicht widerstehen." Er zuckte mit den Schultern. „Vielleicht hast du Glück und alles läuft besser als vermutet."

Das dachte er nicht wirklich. Sie brauchte ein Wunder. Ohne Frage stand der größte Familienzwist aller Zeiten kurz bevor.

„Danke." Seine Schwester sah auf ihre mittlerweile verschränkten Finger. „Du bist der Beste."

„Das wollte ich hören." Colton beugte sich zu ihr und gab ihr ein Küsschen auf die Wange. „Komm, lass uns verschwinden. Hier ist es lange nicht mehr so cool wie früher."

Tammi ließ sich vom Stuhl hochziehen. „Stimmt. Außerdem macht es nur halb so viel Spaß, wenn man nichts klauen will."

Da kannte sie ihn aber schlecht.

„Wer sagt, dass ich nichts klauen will?" Colton ging zu dem Regal, in dem früher der Karton mit den Kondomen gestanden hatte. Er griff hinein. Bingo!

Grinsend nahm er sich eine Schachtel und steckte sie kommentarlos ein. Er würde sich nicht erklären. Seine Schwester war schließlich nicht besser als er. Außerdem hatte auch sie ihre Geheimnisse gehabt.

Tammi beobachtete ihn mit verhaltener Neugier. „Also du und Alix", schlussfolgerte sie messerscharf wie eh und je. „Ich habe es gleich gewusst." Hochzufrieden stellte sie ihren Stuhl weg und seinen gleich mit.

„Du hast Pech, kleine Schwester. Dazu werde ich nichts sagen." Sollte sie ruhig ein wenig schmoren. Ihre ständige Wissbegier war schließlich das Einzige, mit der sie sich aufziehen ließ.

„Alix passt gut zu dir. Meinen Segen habt ihr."

Kapitel 24

Anders als erwartet, meldete Austin sich in den nächsten Tagen nicht, um ein weiteres Mal mit Alix zu reden oder sein Angebot zu wiederholen. Sie konnte es kaum glauben, aber niemand meldete sich bei ihr. Kein Austin, kein Charly, nicht mal die Feuerwehr oder die Polizei, die noch ein paar dringende Fragen hatte. Es war merkwürdig ruhig. Zu ruhig.

Lag das an der Ruhe vor dem Sturm? Wie lange würde es dauern, bis Bewegung ins Spiel kam und alles über ihr zusammenbrach? Sie hatte immer noch Angst, dass sie womöglich der Brandstiftung bezichtigt werden würde und ins Gefängnis musste. Auch Coltons versichernde Worte, dass etwas derart Absurdes niemals geschehen würde, hatten die Zweifel nicht vollständig ausgelöscht. In jeder freien Minute dachte Alix darüber nach und machte sich Sorgen.

Sie zwang ihre Gedanken zurück ins Hier und Jetzt, sah auf die Pläne, die auf ihrem Schreibtisch ausgebreitet waren, und versuchte sich ausschließlich darauf zu konzentrieren. Sie hatte genug mit ihren Entwürfen zu tun und sollte sich freuen, dass sie ungestört daran arbeiten konnte.

Die Handwerker hatten die Bürotür wieder eingehängt und geschlossen, weswegen sie sich sehr wunderte, als sie plötzlich wie von Geisterhand aufschwang.

Jason Toms, charmant schmunzelnd, wie sie es von dem Model gewohnt war, stand unerwartet vor ihr im Türrahmen. Die Hand hatte er zum Anklopfen gehoben.

„Ich habe nichts gemacht", begrüßte er sie und fühlte sich offensichtlich sogleich schuldig. Dass er beide Hände hob, verstärkte diese Ausstrahlung noch. „Deine Tür hat ein Eigenleben. Sie ist einfach aufgegangen."

Alix ignorierte seine Worte. „Was machst du hier?" Freudestrahlend winkte sie ihn herein. Was für eine wunderbare Ablenkung! Seit er für ein kurzes Päuschen zu ihr ins *Three Rooms* gekommen war, hatte sie ihn nicht mehr gesehen. Das war Tage vor dem Brand gewesen.

„Brauchst du wieder eine Couch für ein Mittagschläfchen?", fragte sie und zwinkerte. Allein seine Anwesenheit hob ihre Laune ungemein.

Er lachte und ließ sich wie selbstverständlich auf den Stuhl vor ihrem Schreibtisch fallen. „Nein, diesmal nicht. Ich habe versucht, über die Internetseite des *Three Rooms* meine nächste Reservierung klarzumachen und habe gesehen, dass das bis auf weiteres nicht möglich ist.

Alix nickte und wurde gleich wieder ernst. „Warst du beim *Three Rooms*? Hast du gesehen, wie es dort aussieht?"

Jason legte sein übliches Strahlen ab. „Ich bin auf dem Weg hierher dort vorbeigefahren." Seine Stimme klang rau. „Ist nicht viel übrig."

„Nein."

„Wirst du es wieder aufbauen?"

„Das habe ich fest vor. Aber es wird dauern." Sie seufzte. „Ich muss erst die Ermittlungen der Polizei abwarten. Wie es aussieht, ist mein kleines Hotel nicht einfach so abgebrannt. Es war Brandstiftung."

„Was? Wieso?" Jason wirkte ehrlich schockiert.

„Ich weiß es nicht. Keine Ahnung. Lass uns über etwas anderes reden. Warum bist du hier? Und woher wusstest du, wo du mich findest?" Sie wollte das Thema wechseln. „Keiner weiß, dass ich hier einen neuen Job habe."

Jason fand sein Modellächeln zurück, Grübchen inklusive. „Ich schon." Er zuckte mit den Schultern. „Ich dachte, ich schau mal vorbei und sehe mir dein neues Hotel an." Er sah sich in ihrem Büro um. „Was ich draußen gesehen habe, gefällt mir. Wird es auch eine Suite mit Whirlpool geben? So wie im Purpursalon?" Seine Augen leuchteten bei der Vorstellung. „Eine blubbernde Sprudelwanne, in der mindestens drei Personen Platz haben?"

Alix schüttelte den Kopf. Verrückter Kerl. „Ja, das wird es. Ähnlich wie im Purpursalon. Aber das *West Wellness* wird nicht *so* ein Hotel. Außerdem gehört es mir nicht, ich plane lediglich das Design. Es wird kein Seitensprunghotel wie das *Three Rooms*", sagte sie, um es noch einmal zu verdeutlichen. „Die Zielgruppe ist eine völlig andere. Ich muss dich enttäuschen, denn die exklusiven Suiten werden nicht stundenweise vermietet. Keines der Zimmer."

Jason schien von ihren Worten unbeeindruckt. Er sah durch die offen stehende Bürotür in die Eingangshalle, wo ein paar fleißige Handwerker diskutierten.

Was wohl in seinem Kopf vorging? Plante er bereits eine nächste Show, samt Paparazzi? Coltons Begeisterung würde sich vermutlich in Grenzen halten. Beim letzten Mal hatte er wegen Jasons Spektakel den Hintereingang benutzen müssen. Der Eingang des *Three Rooms* war völlig blockiert gewesen.

War das wirklich erst zwei Wochen her? Kaum zu glauben.

„Woher wusstest du, dass du mich hier finden würdest?", versuchte sie seine Aufmerksamkeit wieder auf sich zu lenken und ein bisschen mehr zu erfahren. Es verwirrte sie immer noch, dass er unangekündigt hier aufgetaucht war.

Jason tat ihr den Gefallen, sah sie an und grinste übertrieben breit. „Ich wurde darum gebeten, dich zu besuchen und ein wenig aufzuheitern."

Wie bitte?

„Was?"

Hatte sie sich verhört?

„Ich glaube, dein neuer Freund hat in der Datenbank deines Hotels geschnüffelt und die Rechnungsdaten dazu benutzt, mich aufzuspüren." Er zwinkerte und wirkte gar nicht empört, was Alix zusätzlich verwirrte.

„Colton hat dich hierher bestellt?" Alix konnte es kaum fassen. Das war ein Ding. „Warum?" Nur um sie aufzuheitern? Das kaufte sie dem Model nicht ab. Der neue Mann an ihrer Seite ahnte nicht, wie viele Sorgen sie sich wirklich um ihre Zukunft machte. Seit die Polizei sie befragt hatte, war sie meist schweigsam geblieben und hatte versucht, ihn nicht mit den schrecklichen Gedanken, die sie quälten und ihr keine Ruhe ließen, zu belästigen. Colton hatte mit der Renovierung des *West Wellness* genug Stress. Leider klappte das nur hin und wieder.

„In erster Linie wollte er dir wohl ein wenig Ablenkung verschaffen. Jetzt, wo du mir von dem Verdacht auf Brandstiftung erzählt hast, weiß ich auch warum. Und in zweiter Linie wollte er mir das Hotel zeigen."

Hä? Das ergab keinen Sinn.

„Warum sollte Colton dir das Hotel zeigen wollen? Das noch unfertige Hotel!", verbesserte sie sich. Alix zwang ihr Gehirn, schneller zu arbeiten, damit sie kapierte, aber es funktionierte nicht. Sie stand mit beiden Füßen fest auf dem Schlauch.

„Dein Freund ist sehr geschäftstüchtig. Er hat mir ein verlockendes Angebot gemacht." Jason überkreuzte die Beine und fing an, mit dem Fuß zu wippen. Dummerweise schwieg er danach.

„Jason!" Warum redete er nicht weiter?

„Nicht so ungeduldig, meine Liebe." Er schüttelte den Kopf, sodass ihm ein paar Strähnen in die makellose Stirn fielen. „Ich erkläre es dir. Dein Mr West plant für die Zukunft ein paar exklusive Besonderheiten. Suiten, die auf bestimmte Persönlichkeiten zugeschnitten sind und jederzeit, nach Reservierung versteht sich, von besagter Persönlichkeit genutzt werden können. In der restlichen Zeit – wenn der Star von Welt nicht anwesend ist – wird die Suite vermietet, wie die anderen Räumlichkeiten auch." Er klopfte sich auf den Schenkel und richtete sich gerader auf. „Um es kurz zu machen …", ein Strahlen erhellte sein Gesicht, „… es wird bald eine *Jason Toms Suite* geben. Ist das nicht toll?"

Alix verschlug es glatt die Sprache. Hatte Jason sich gerade als „Star von Welt" betitelt? Sein Ego war wirklich überlebensgroß und unumstößlich. Und trotzdem … unabhängig davon war die Idee gar nicht schlecht. Warum war ihr das nicht eingefallen? Sie sah ihren Besuch an und wusste, dass Colton in Jason den richtigen Partner für seine Idee gefunden hatte. Jason Toms würde es schaffen, dem *West Wellness* Aufmerksamkeit zu bescheren. Sei es durch Paparazzi oder seine vielen Bekanntschaften, die er ständig anschleppte.

„Wirst du weiterhin allen weismachen, dass du immer mit zwei Frauen gleichzeitig ins Bett gehst?"

Auch wenn es jedem Hotelgast selbst überlassen war, wie viel Freunde oder Frauen er mit aufs Zimmer nahm, konnte es dem Ruf eines neuen, noch unbekannten Hotels schaden. Hatte Colton das bedacht, als er Jason das Angebot gemacht hatte?

Jason schwieg und schien sich die Antwort gut zu überlegen. „Du hast mir das nicht abgekauft?" Er tat so überrascht, dass Alix nicht an sich halten konnte. Sie lehnte sich nach hinten, lachte und schüttelte gleichzeitig den Kopf.

„Jason!" Ihr Blick wurde eindringlich. „Drei Kondome in zwei Stunden …" Sie musste schon wieder glucksen. „Ich will deine Potenz nicht infrage stellen. Bestimmt bist du zu Außergewöhnlichem fähig. Aber sorry, dreimal in so kurzer Zeit würde ich keinem Mann abnehmen. Bemerkenswerte Potenz hin oder her."

Er sah auf sein übereinandergeschlagenes Knie. Dass sein Mundwinkel zuckte und er es zu verbergen versuchte, entging Alix nicht. Sie hatte einen Volltreffer gelandet.

„Soll ich raten?" Sie war gut im Raten.

Jason sah hoch, antwortete aber nicht.

„Du bist schwul und möchtest nicht, dass die Welt es erfährt."

Ihr Gegenüber wurde schlagartig blass. „Woher …?"

„Von mir erfährt es keiner", beruhigte sie ihn. „Wenn du möchtest, helfe ich dir sogar." Jetzt war es an ihr, verschlagen zu gucken. Das fühlte sich ungewohnt, aber gut an.

„Wie willst du mir helfen? Was willst du tun?" Er war immer noch blass, schien sogar ein wenig Angst vor ihrem Angebot zu haben.

„Ich könnte deine angeblichen Betthäschen mit einem Vorwand zur Hintertür rausscheuchen und deinen Freund im Anschluss hereinlassen. Niemand würde davon erfahren. Ihr könntet euch gemeinsam eine Auszeit nehmen. Fernsehen gucken, Wellness, alles, was deine private *Jason Toms Suite* hergibt."

Alix' Fantasie formte bereits ein speziell zugeschnittenes Männerzimmer. Dunkle Farben, Holzvertäfelung sowie ein leeres Bierfass, das zu einem Tisch umgebaut war. „Wie wäre es mit einem Poolbillardtisch? Oder einer kleinen Minigolfanlage?"

Am liebsten hätte Alix gleich mit der Planung angefangen. Sie war überrascht, dass Jason nichts zu ihrem Vorschlag sagte. Offensichtlich redete er nicht gern über sein Privatleben.

„Ich bin nicht schwul." Er sah ihr in die Augen. „Aber hetero bin ich auch nicht", offenbarte er ihr nach einem Moment. „Ich mag Männer und Frauen gleichermaßen. Aber ich stehe definitiv nicht auf Dreier." Jetzt stieß er ein verstocktes Lachen aus. „Du hast mich durchschaut, das war nur für die Presse. Als angesagtes Model ist es von Vorteil, sich in vielen verschiedenen Facetten zu präsentieren. Vielleicht habe ich etwas übertrieben."

„Hast du nicht", versicherte sie ihm und beugte sich über den Tisch. „Du warst sehr erfinderisch. Ich mochte deine Ideen. Außerdem hast du das *Three Rooms* stets in den sozialen Netzwerken verlinkt und mich weiterempfohlen. Das war nett."

„Habe ich gern gemacht."

Alix schob ein paar Papiere zusammen. „Mein Angebot steht. Wenn ich deinen Freund oder eine geheimnisvolle Freundin in Zukunft für dich einschleusen soll, organisiere ich das gerne."

Sobald Jason seine eigene Suite hatte, würde er sicher nicht mehr zu ihr ins Seitensprunghotel kommen. Es schmerzte schon jetzt, ihn als Stammgast zu verlieren. Aber er war ja nicht aus der Welt, tröstete sie sich. Vermutlich würden sie sich in Zukunft des Öfteren über den Weg laufen.

„Freund." Er sah sie an und Alix brauchte einen Moment, bis sie verstand. „Ich bin aktuell mit einem Mann zusammen. Einem Kollegen." Jason schaute auf den Boden und wirkte ein wenig verlegen. „Wir werden von der gleichen Agentur vertreten und arbeiten hin und wieder zusammen. Niemand weiß, dass wir seit Monaten ein Paar sind."

Alix fühlte sich geehrt, dass er sie einweihte. Jason schien ihr zu vertrauen.

„Ich freu mich für euch." Sie schaffte mehr Platz auf ihrem Schreibtisch. „Dann lass uns überlegen, wie deine Model-Suite aussehen soll. Hast du Wünsche, die ich bei der Planung berücksichtigen soll? Hat Colton einen bestimmten Raum für dich vorgesehen?"

Erst am nächsten Morgen fand Alix die Gelegenheit, mit Colton über Jasons Ideen zu reden. Er hatte bis spät in den Abend hinein arbeiten müssen und war deshalb erst zu ihr ins Bett gekommen, als sie längst eingeschlafen war. Sie hatte gespürt, wie er den Arm um sie geschlungen und sie an seine Brust gezogen hatte. Danach war sie von seinem wunderbaren Duft umnebelt zurück in den Schlaf geglitten.

Vor wenigen Minuten hatte sein Wecker sie beide aus dem Land der Träume geholt. Als Alix die Dusche rauschen hörte, beschloss sie, sich schon mal um den Kaffee zu kümmern. Zu gerne hätte sie gesehen, wie Colton, nur mit einem Handtuch um die Hüften und nassen Haaren, das angrenzende Bad verließ. Dummerweise würde das ihr Zeitkonzept gefährlich in Verzug bringen. Colton hatte Termine und sie musste ebenfalls arbeiten. Jeden Morgen mit einem Schäferstündchen zu beginnen, war keine Option. Zumindest nicht heute. Am Wochenende sah das schon anders aus.

Sie hatte gerade die zweite Tasse Kaffee aufgebrüht, als Colton, noch unbekleidet, nur mit dem erwarteten Handtuch um die Hüften, zu ihr in die Küche trat. Wie vermutet zog er einen Flunsch und sah damit zum

Anbeißen aus. So viel dazu, sie könnte dem Anblick entkommen.

„Ich dachte, du wartest im Bett auf mich." Er nahm ihr die Tasse ab, die sie ihm reichte und trank einen Schluck. Der erste Kaffee war ihm genauso wichtig wie ihr.

„Heute nicht." Sie gab ihm einen Kuss auf die Wange und musste beide Hände an ihrer eigenen Kaffeetasse festkrallen, da sie sonst in Versuchung geraten wäre. Das Handtuch saß wirklich locker. Eine kurze Berührung an der richtigen Stelle und es würde höchstwahrscheinlich zu Boden fallen. Dass ein paar Wassertropfen über seinen Sixpack liefen und von dem Handtuch aufgesogen wurden, machte es nicht leichter.

„Bis du sicher?", fragte Colton schmunzelnd. Anscheinend hatte er ihre sehnsüchtigen Blicke bemerkt.

„Bin ich." *Gott, das Leben war hart.*

Ihr Freund stellte erst seine Tasse und anschließend ihre weg. Danach zog er sie in die Arme und sah ihr tief in die Augen. „Wenn wir nicht zurück ins Bett gehen, brauche ich einen richtigen Guten-Morgen-Kuss. Mit einem Wangenküsschen komme ich nicht durch den Tag."

Und dann küsste er sie. Auf den Mund. Die eine Hand an ihrer Hüfte, die andere schob er erst in ihren Nacken und kurz drauf in ihren Haaransatz. Zärtlich hielt er ihren Kopf und liebkoste ihren Mund. Erst sanft und dann fordernder. Er ließ seine Zunge zwischen ihre Lippen gleiten und Alix spürte, wie ihre Knie nachgaben. Heiliger Bimbam! Der Mann konnte küssen. Und er erinnerte sie tagtäglich daran.

Ihre Hüfte drückte sich automatisch nach vorn und presste sich gegen seine. Reichte das aus, um das Handtuch zu Fall zu bringen? Colton intensivierte den Kuss und Alix spürte seine Härte an ihrem Bauch. Wenn sie nicht bald einen Gang runterschalteten, würden sie zwar nicht im Bett landen, aber auf dem Küchentisch. Das war wenig hilfreich und würde ihren Plan, zeitig fertig zu werden, genauso ruinieren.

Sie genoss Coltons Zungenfertigkeit ein letztes Mal und legte anschließend ihre Hände auf seinen Brustkorb. Sanft, aber bestimmt befreite sie sich.

„Colton!" Ihre Stimme klang hart.

Er stieß einen verzweifelten Seufzer aus und sah kurz zur Decke. „Ich weiß, ich weiß. Wir haben keine Zeit dafür." Offensichtlich frustriert griff er wieder nach seinem Kaffee. „Dann lass uns wenigstens gemeinsam und in Ruhe den Morgenkaffee genießen. So viel Zeit ist allemal."

Da hatte er recht. Alix zog sich einen Stuhl an den Tresen und setzte sich. Ihren Blick hielt sie im Zaum. Obwohl es ihr unsagbar schwerfiel, weil Coltons Handtuch vorne eine Riesenbeule aufwies.

„Was macht dein Handgelenk?", fragte sie ihn, als er an den Kühlschrank ging, um sich einen Joghurt zu holen. Das war ein unverfängliches Thema.

Vor ihren Augen machte er mit der Hand ein paar lockere Kreisbewegungen. „Alles wieder gut." Er stieß ein Glucksen aus und öffnete den Joghurt, den er sich zuvor genommen hatte. „Meine Heldentat hat keine bleibenden Schäden hinterlassen."

Alix trank einen Schluck Kaffee und versteckte ihr Grinsen hinter der Tasse. „Freut mich zu hören."

„Einen solchen Bären wirst du meiner Schwester kein zweites Mal aufbinden können", erklärte Colton ihr, nach einem Löffel suchend. „Tammi ist schlau."

„Ich weiß." Alix liebte es, ihn in der Küche zu beobachten. Dafür, dass es seine war, kannte er sich denkbar schlecht aus. Es war fast schon komisch, wie er ständig nach etwas suchte. „Warum hast du mir noch nichts von deinen besonderen Ideen für einige extravagante Suiten erzählt?", fragte sie ihn in dem Moment, wo er den heiß ersehnten Löffel fand. Sie war ihm nicht böse, aber es wäre schön gewesen, *vor* Jason davon zu erfahren.

„War Jason Toms schon da?" Überrascht hielt er mit dem Löffel vor dem Mund inne. „Er hat mir versprochen, zu warten, bis ich mit dir geredet habe."

„Ist nicht schlimm." Sie lächelte und winkte ihn mit der Hand näher, weg vom Kühlschrank. „Jason war gestern Nachmittag bei mir. Er hat mir von deiner Idee erzählt und mir bereits seine Wünsche mitgeteilt." Sie streckte die Hand aus und wischte ihm mit dem Finger ein wenig Joghurt von der Oberlippe. „Er möchte einen Whirlpool, der so groß ist, dass eine Fußballmannschaft darin Platz findet." Alix stieß ein Lachen aus. Das war typisch Jason. Einfälle wie ein kleiner Junge.

Colton schnappte sich ihren Finger und leckte ihn ab. Dabei ging er sehr gründlich vor. Alix schloss die Augen und genoss die Liebkosung.

„Wie findest du meine Idee?", fragte Colton, als er von ihrem Finger abgelassen hatte.

Alix öffnete die Augen. „Die Idee ist genial. Ich bin mir nur nicht sicher, ob du dir bewusst bist, wen du dir mit Jason Toms geangelt hast. Du weißt selbst, welchen

Wirbel er im *Three Rooms* veranstaltet hat. Willst du ein solches Spektakel auch für das *West Wellness*?"

Colton steckte den Löffel in den Becher und stellte ihn weg. „Ja. Jason ist vielleicht ein wenig überdreht, aber er ist gut im Geschäft und hat Kontakte zur Presse. Er hat mir versprochen, aus dem Eröffnungstag ein wahres Schauspiel zu machen und einen Teil seiner Freunde mitzubringen." Ein Zwinkern begleitete seine Worte. „Das wird bestimmt gut. Mach dir keine Gedanken. Jason wird alles mit mir absprechen. Es wird keine Überraschungen geben."

Das beruhigte Alix ein klein wenig. Vielleicht waren die beiden doch ein gutes Team. Zumindest wusste Colton, wie der Hase lief und was er erwarten konnte.

In der Mittagszeit meldete Tammi sich bei Alix auf dem Handy. Colton hatte sie am Morgen gefragt, ob er seiner Schwester ihre Nummer geben dürfte. Diese fragte nun per Textnachricht, ob Alix Lust auf ein gemeinsames Mittagessen hätte.

Alix mochte Tammi und hoffte, bei einem Gespräch mehr über Colton zu erfahren. Er hatte ihr bereits einiges erzählt, von seiner Allergie und den Geschwisterstreitigkeiten. Aber es konnte nie schaden, von einer geschwätzigen Schwester zum Essen eingeladen zu werden. Bestimmt fanden sich schnell Themen, über die sie sich auslassen konnten.

Alix sagte zu und keine halbe Stunde später trafen sie sich im *West Restaurant*, das sich im Erdgeschoss des Hotels befand. Die Speisen waren hier eindeutig teurer und erlesener, als Alix es gewohnt war. Aber da Tammi diejenige war, die eine Bowlingkugel verschluckt hatte, wollte sie keine Umstände machen. Je weniger die Arme laufen musste, umso besser.

Coltons Schwester war vor ihr da und hatte bereits eine Karaffe Wasser mit Zitronenscheiben bestellt.

„Hey", begrüßte sie Tammi und setzte sich ihr gegenüber. „Wie geht es dir?" Ihr Blick wanderte über den gigantischen Bauch.

„Ich habe Rückenschmerzen." Sie stieß ein freudloses Lachen aus. „Kein Wunder bei den fünfzehn zusätzlichen Kilos, die ich mit mir herumschleppe. Langsam wird es beschwerlich."

Das konnte Alix nachvollziehen. Sie würde nicht tauschen wollen.

„Ich habe uns eine Auswahl aus der Küche kommen lassen", fuhr Tammi fort. „Ich hoffe, das ist okay. Wenn unser Koch Jared noch so gut ist wie früher, wird garantiert etwas dabei sein, das du magst."

„Klingt gut." Alix streckte die Beine aus und genoss die kurze Auszeit. Ihr war gar nicht aufgefallen, wie konzentriert sie in den letzten Stunden gearbeitet hatte.

„Wie läuft es denn so mit meinem Bruder?"

„Bestens", antwortet Alix leicht misstrauisch.

Offenbar sollte das tatsächlich eine gemütliche Fragestunde werden. Sie würde auf der Hut sein. Eigentlich war sie gekommen, um mehr über Colton zu erfahren und nicht, um seiner Schwester Munition zu liefern, damit sie ihn aufziehen konnte.

„Ihr seid also jetzt ein richtiges Paar?"

Zur Antwort grinste Alix über das ganze Gesicht. „Ich denke ja. Und bevor du versuchst, mehr zu erfahren …

ich rede nicht mit dir über Sex." Klare Worte. Anders würde sie diesem Verhör nicht entkommen.

„Na Gott sei Dank. Igitt!" Tammi lachte. „Glaub mir, es gibt auch für mich Grenzen. Dass ich weiß, dass mein Bruder sich eine Handvoll Kondome eingesteckt hat, reicht mir als Information."

Alix verstand nicht. Woher wusste Tammi das? Und wollte sie die Antwort darauf tatsächlich hören? Höchstwahrscheinlich war die Geschichte sehr unterhaltsam. Besser, sie fragte Colton später nach den Einzelheiten anstatt jetzt seine Schwester.

Ihre neue beste Freundin holte etwas aus der Hosentasche. „Das ist Colton neulich aus dem Jackett gefallen, als wir uns für ein geschwisterliches Pläuschchen im Keller getroffen haben. Ich habe mich gefragt, was das wohl zu bedeuten hat ..."

Neugier begleitete Tammis Worte. Auch in ihrem Blick stand ein Funkeln, das eben noch nicht dagewesen war.

Alix starrte auf den handgeschriebenen Glückskeksspruch, den sie Colton vor Wochen im *Three Rooms* ausgehändigt hatte.

Bringen Sie das Putzteufelchen nicht auf die Palme, indem Sie es nach einem Glückskeks fragen. (Weisheit des Three Rooms)

Ein Schmunzeln breitete sich automatisch auf Alix' Gesicht aus. Warum hatte Colton den Zettel nur aufbewahrt? Das war irgendwie schön. Fast schon romantisch. Alix wurde warm.

„Ich glaube, mein Bruder ist schwer verknallt“, sagte Tammi, ohne auf Alix' Erklärung zu warten. Ihr Grinsen wurde breiter. „Ich freu mich für euch.“

Alix wusste nicht, was sie erwidern sollte, also sagte sie einfach: „Danke.“

Das Essen war gerade serviert worden, als Alix ein bekanntes Gesicht am Eingang entdeckte. Ihr Bruder stand bei dem Mann, der für die Tischreservierungen zuständig war und gestikulierte aufgebracht. Er hatte ein rotes Gesicht und schien außer Atem zu sein.

Charly sah sich um und war offenbar bereit, den Mann über den Haufen zu rennen, sobald er gefunden hätte, was er suchte. Ohne Frage hielt er nach ihr Ausschau.

Alix hob die Hand und winkte in seine Richtung. Sie hatte kein gutes Gefühl. Was wollte er hier? Und woher wusste er überhaupt, wo er sie suchen musste?

Sobald er sie entdeckt hatte, setzte er sich in Bewegung und marschierte auf ihren Tisch zu. Er wirkte nicht wütend oder aufgebracht, eher bestürzt. Das machte Alix mehr Angst, als wenn er nur schlecht gelaunt gewesen wäre.

Was würde er ihr gleich erzählen? Bestimmt nichts Gutes …

Dass er hier war und nach ihr suchte, sagte ihr zumindest, dass er nicht mehr sauer war. Zumindest nicht mehr stinksauer.

„Auf der Baustelle nebenan haben sie mir gesagt, dass ich dich hier finden würde.“ Charly hielt vor ihrem Tisch und suchte ihren Blick.

Betrunken schien er nicht zu sein. Seine Kleidung war zwar dieselbe wie bei ihrem letzten Aufeinandertreffen, aber das war okay, solange sie nicht verdreckt war. Schließlich hatte auch er seine kompletten Sachen bei dem Brand verloren.

„Ich muss mit dir reden." Die Worte kamen beinahe flehend aus seinem Mund.

Warum glaubte er, dass sie ihm nicht zuhören wollte? Er schien total durcheinander zu sein.

„Setz dich." Alix deutete auf den freien Stuhl an ihrem Tisch. „Das ist Tamara, Coltons Schwester. Tammi, das ist mein Bruder Charly", stellte sie die beiden vor.

Beide nickten sich kurz zu. Bevor Tammi irgendetwas sagen konnte, sprudelte es aus Charly ungewohnt kleinlaut heraus.

„Du hattest recht ... mit dem Brand. Ich bin schuld." Er schüttelte den Kopf und wirkte verzweifelt. „Ich habe die Leute, mit denen ich Geschäfte gemacht habe, unterschätzt." Er konnte ihr nicht in die Augen sehen. „Ich habe mich zu weit aus dem Fenster gelehnt und nun bekommst du dafür die Quittung. Du ... und nicht ich."

Alix verstand nur Bahnhof. „Charly! Das kapiere ich nicht. Wie kommst du auf die Idee? Warum sollten deine Freunde mein Hotel in Brand stecken? Mein Verdacht, dich betreffend, war aus der Luft gegriffen. Ich hätte das nicht sagen dürfen. An dem Tag war ich eindeutig überfordert." Sie schenkte ihm ein entschuldigendes Lächeln. „Ich habe doch nichts mit euren krummen Geschäften zu schaffen. Das ist ein Irrtum." Sie wollte nicht glauben, was ihr Bruder da gerade erzählte. Das durfte nicht wahr sein.

Jetzt sah er sie doch an. „Es war mir nicht im Entferntesten klar, was passieren würde, wenn ich meine Schulden nicht begleichen kann.“ Er ließ den Kopf hängen und sah jämmerlich aus. „Es tut mir leid. Es tut mir so leid, Alix.“ Ihren Namen flüsterte er nur.

Kapitel 25

So musste sich ein Blackout anfühlen. Minuten verstrichen, in denen keiner etwas sagte. Alix konnte nicht glauben, was Charly da von sich gab. Sie wollte es nicht glauben. Aber sein bedröppelter Gesichtsausdruck und die tiefhängenden Schultern ließen keine Zweifel aufkommen. Er war völlig fertig und sagte die Wahrheit. Unvorstellbar! Konnte jemand so dumm sein? Was war nur los mit ihm? Wann hatte er seinen Verstand verloren? Und warum glaubte er plötzlich, doch mitschuldig zu sein? Wie kam er darauf? Weil er einen Beweis hatte, beantwortete sie sich die Frage selbst. Sonst wäre er nicht hier und hätte nicht nach ihr gesucht.

Alix konnte nicht reagieren oder etwas zu dem sagen, was er ihr gerade offenbart hatte. Die Tatsache, dass er die Brandstifter durch sein kopfloses Verhalten in ihr Hotel gelockt hatte, ging nicht in ihren Kopf rein. Schockiert saß sie da und sah auf den leeren Platzteller. Charly wollte sie nicht ansehen. Seine verzweifelte Miene würde ihr nicht über den Schmerz helfen, der gerade durch ihre Brust fegte. Ihr Bruder hatte sie runtergezogen, sie ihrer Existenz beraubt. Nach allem, was sie für ihn getan hatte.

Tammi hatte anscheinend weniger Probleme, die Fassung zu wahren. Als ihr klar wurde, dass Alix noch Zeit brauchte, um das Gesagte zu verarbeiten, nahm sie das Ruder in die Hand.

„Hast du Beweise oder ein paar Erklärungen für das, was du da erzählst? Brandstiftung ist eine schwere Straftat. Du solltest keine Vorwürfe erheben, wenn du nicht hundertprozentig sicher bist." Ihre Stimme klang ernst und streng zugleich. Sie passte überhaupt nicht zu der sonst so fröhlich-frechen Tammi.

Charly zog sein Handy heraus und legt es auf den Tisch, als wäre das der Beweis.

„Ich habe alles aufgenommen." Er tippte mit dem Finger auf das Display. „Als Alix mich vor wenigen Tagen beschuldigt hat, konnte ich es nicht glauben. Der Gedanke ließ mir keine Ruhe. Ich habe Rowe aufgespürt und ihn direkt konfrontiert. Und er hat alles zugegeben."

Rowe.

Bei dem Namen klingelte bei Alix etwas. Das war der Kerl, der sie angeschossen und ihr Geld geklaut hatte. Mittlerweile trug sie nicht einmal mehr ein Pflaster an der Stelle, wo der Schuss sie gestreift hatte. Trotzdem war die Haut noch rosig und sehr empfindlich. Sie öffnete den Mund, um etwas zu sagen.

Rowe! Dieser Mistkerl hatte ihr Hotel in Brand gesteckt! Zorn kochte brodelnd und heiß in ihr hoch. Hatte er nicht schon genug Ärger gemacht? Das war eindeutig ein durchdachter Racheakt.

„Es tut mir leid", wiederholte Charly sich, bevor Alix sich überlegt hatte, was sie sagen wollte. „Ich habe ziemlichen Mist gebaut. Das wird mir erst jetzt richtig klar."

Einatmen – ausatmen.

„MIST!?" Alix stand auf und fing an, vor dem Tisch auf- und abzulaufen. „Gott Charly, das ist wirklich übel.

Wie konntest du dir von dem Kerl Geld leihen? Mir ist plötzlich ganz schlecht." Einige Leute drehten sich zu ihrem Tisch um.

„Alix, beruhige dich und setz dich wieder hin." Es war Tammi, die sie bat, auf dem Teppich zu bleiben. „Bitte. Lass uns nachdenken. Wenn Charly tatsächlich Beweise hat, sollten wir zur Polizei gehen."

Stimmt. Tammi hatte recht. Alix ließ sich zurück auf ihren Stuhl sinken und atmete noch ein paarmal ein und wieder aus. Es half, die Nerven zu beruhigen. Auf das Gesicht der Polizisten, die sie damals am liebsten sofort verhaftet hätten, freute sie sich schon jetzt.

„Spiel es ab", forderte sie ihren Bruder auf. Zuerst wollte sie wissen, was Charly aufgenommen hatte. Nicht, dass sie sich für nichts und wieder nichts zum Affen machte. Wenn nur ein Rauschen zu hören war, konnten sie sich den Gang zur Polizei sparen.

Charly startet die Tonaufnahme und Alix bekam sofort feuchte Handflächen. Es gab kein Rauschen. Nein, die Qualität der Aufnahme war sogar ziemlich gut, stellte sie nach ein paar schrecklichen Sekunden fest.

„Ihr Schwachköpfe habt nicht gemerkt, wie ich vor euren Augen in den Puff marschiert bin", ertönte Rowes Stimme. Ein Lachen samt Schenkelklopfern folgte. „Keine Alarmanlage, keine Kamera. Nicht mal ein Aufpasser am Eingang." Alix traten Tränen in die Augen. Sie war leichtsinnig gewesen. Naiv. Jetzt bezahlte sie dafür. „Es war ein Kinderspiel, den Zünder im Heizungskeller zu platzieren. Noch schnell den Timer eingestellt ... und dann ... BUMM."

Alix konnten den Schreckenslaut, der ihr bei dem Wort BUMM entwich, nicht zurückhalten. Der Gedanke an die Explosion tat ihr fast schon körperlich weh.

Charly hielt die Aufnahme an und vermied es, ihr in die Augen zu schauen. Er sah zu Boden und erst danach zu ihr.

Eine Träne löste sich und rollte Alix über die Wange, als sie Charlys stumme Entschuldigung erwiderte. Wie konnte jemand etwas so Herzloses tun? Allein aus Rache?

Ihr schönes Hotel war eine Ruine und alles nur wegen dieses Idioten. Das war ungerecht. Das hatte sie nicht verdient.

„Ich glaube, wir wissen jetzt genug", sagte Tammi und griff nach ihrer Hand. „Das müsste reichen, um diesen kleinen Scheißer anzuklagen." Tammi ließ Alix nicht aus den Augen. Anscheinend stand ihr der tiefe Schmerz ins Gesicht geschrieben.

„Wir sollten sofort zur Polizei aufbrechen", sagte Charly. „Gut möglich, dass Rowe mitbekommen hat, dass ich etwas von der Unterhaltung mitgeschnitten habe. Ich bin nicht sicher. Ich bin abgehauen, bevor er Zeit hatte zu reagieren. Trotzdem habe ich ein ungutes Gefühl bei der Sache. Vielleicht sucht er bereits nach mir."

Ihr Bruder hatte ein ungutes Gefühl! Am liebsten hätte Alix gelacht. Was glaubte er, was sie für Gefühle hatte?

Tammi beugte sich ein Stück vor und rieb sich mit beiden Händen über den Rücken, dabei verzog sie das Gesicht. „Dann lasst uns aufbrechen. Vielleicht werden meine Rückenschmerzen besser, wenn ich mich ein wenig bewege." Mit einem Ächzen wuchtete sie sich hoch.

Alix wollte um nichts in der Welt mit ihr tauschen. Ihr Bauch war wirklich riesig und äußerst unpraktisch in Situationen wie dieser. „Du musst nicht mitkommen." Sie stand nun ebenfalls auf und legte Tammi mitfühlend eine Hand auf die Schulter.

Sie hatte sich wieder im Griff und beschlossen, die Diskussion mit ihrem Bruder später fortzuführen. Jetzt war nicht der richtige Zeitpunkt, um durchzudrehen.

„Vielleicht möchtest du dich lieber ausruhen, dich etwas hinlegen. Ich kann mit Charly allein gehen." Sie sah der Schwangeren ins leidgeplagte Gesicht und riss sich für einen Moment zusammen. „Ich schreibe Colton von unterwegs eine Nachricht. Dann kann er kommen und mich von der Polizeistation abholen."

„Uns."

„Ich verstehe nicht."

„… kann er *uns* abholen. Ich komme mit. Da passiert einmal etwas Spannendes und du willst, dass ich mich ins Bett lege!" Sie verzog das Gesicht und rieb sich erneut den Rücken. „Du spinnst wohl!"

Charly hakte sich bei Tammi ein und half ihr bei den nächsten Schritten, damit sie zwischen den Tischen nicht ins Stolpern geriet. Ihr Gang hatte etwas von einem Pinguin. Wieder sahen einige Restaurantgäste zu ihnen herüber. Kein Wunder: Sie hatten ihre Unterhaltung nicht gerade leise geführt.

So wie Tammis abenteuerliches Leben bisher verlaufen war, konnte Alix sich nicht im Entferntesten vorstellen, dass es niemals etwas Spannenderes gegeben hatte. Das war eindeutig eine Ausrede, weil sie nicht zurückbleiben wollte.

„Okay, aber dann musst du deinen Mann informieren. Sonst bekomme ich hinterher Ärger mit ihm, weil ich dich mitgeschleppt habe und es zu anstrengend für dich war."

„Natürlich. Sobald wir im Taxi sitzen, schicke ich ihm eine Nachricht." Sie stieß den Atem aus und verzog das Gesicht erneut zu einer merkwürdigen Grimasse. Das war kein gutes Zeichen.

Alix überlegte kurz, ob sie mehr auf Tammi einreden sollte. Es war wirklich nicht nötig, dass sie sich diese Strapazen zumutete. Aber mittlerweile kannte sie Coltons Schwester gut genug, um zu wissen, dass Widerstand bei ihr zwecklos war.

„Geht ihr beiden schon nach draußen und organisiert uns ein Taxi, ich rufe Colton an." Gerade hatte sie beschlossen, ihn lieber sofort anzurufen, als nur eine Nachricht zu schreiben. Beim letzten Mal hatte es Stunden gedauert, bis er sie gelesen hatte. Das sollte nicht noch einmal passieren. Denn diesmal würde es sicher nicht wieder mehrere Stunden dauern, bis die Polizei mit ihr fertig war. Die Beweislage war schließlich eindeutig.

Bei Charly sah es anders aus. Er würde sich ganz bestimmt verantworten und weitere Fragen beantworten müssen. Er hatte zwar nichts mit dem Feuer zu tun, aber seine merkwürdigen Geschäfte waren schließlich der Grund für den Racheakt gewesen, der sie ihre Existenz gekostet hatte. Alix war gespannt, was er der Polizei zu erzählen hatte. Sie rechnete ihm jedenfalls hoch an, dass er keine Anstalten machte, sich vor der Verantwortung zu drücken. Unter Umständen steckte in ihrem Bruder doch ein guter Kern. Er hatte ihn bis jetzt nur nicht hervorgeholt. Es war noch nicht alles verloren.

Als Alix auf den Bürgersteig trat, hatte sie das Gespräch mit Colton gerade beendet. Sie hatte ihm von Charly und der Aufnahme erzählt und ihn darüber informiert, dass sie sofort mit dem Taxi zur Polizeistation aufbrechen würden. Auch dass Tammi sie begleiten würde, hatte sie am Rande erwähnt. Genau wie sie war er nicht begeistert.

Alix beschloss, dass das nicht ihr oder Coltons Problem war. Sollte Mateo sich doch um seine unternehmungslustige Frau kümmern. Bestimmt war er derartige Aktionen von ihr gewohnt und wusste, wie er sie in einem solchen Fall bremsen konnte.

Als Alix Charly und Tammi bei einem wartenden Taxi stehen sah, ging sie direkt auf die beiden zu. Im nächsten Augenblick beugte Tammi sich vor und hielt sich am Wagendach fest. Sie atmete schwer und Alix wurde mit einem Schlag klar, das waren keine Rückenschmerzen. Das waren Wehen! Etwas anderes konnte es nicht sein.

Gottverflucht! Warum jetzt?

Natürlich war sie keine Hebamme. Und sicher war sie sich auch nicht, aber in dem Zustand würden sie Tammi nicht mit zur Polizei nehmen. Niemals! Ausgeschlossen! Ein Krankenhaus wäre der geeignetere Ort.

Sie hatte die beiden fast erreicht, da trat ein Mann an Charly heran. Er trug eine schwarze Jacke und hatte sich die Kapuze über den Kopf gezogen, obwohl es nicht regnete. Er hielt den Blick gesenkt und wollte offenbar wenig Aufsehen erregen.

Nein! Nein! Oh nein!

Alix ahnte Schlimmes. Ihr Herz begann zu rasen. Sie beschleunigte die letzten Schritte und bekam ein paar Wortfetzen zu hören. Der Mann, der sein Gesicht verbarg, sagte etwas zu Charly und streckte die Hand aus.

Eine üble Vorahnung beschlich sie. Entweder war das Rowe persönlich oder einer seiner Handlanger. Was er wollte, war nicht schwer zu erraten.

Tammi keuchte in kurzen Abständen hintereinander und hatte den Fremden neben Charly noch nicht bemerkt. Sie war eindeutig mit sich selbst beschäftigt.

„Hey!" Alix sammelte ihren Mut zusammen und klopfte dem Kapuzentyp auf die Schulter. Noch nie in ihrem Leben hatte sie etwas so Dummes getan. Er drehte sich um. Es war Rowe.

Ihr wurde schlecht. Dem Mann ins Gesicht zu sehen, der bereits auf sie geschossen hatte, erschreckte sie zutiefst. Schließlich wusste sie, wozu er fähig war. Dieser Betrüger war kalt und gewissenlos. Der Mistkerl erkannte sie ebenfalls. Er lachte und wandte sich wieder an Charly.

„Nun gib schon her." Ohne ihr einen zweiten Blick zu schenken, griff er mit der rechten Hand in ihre Haare und zog sie zu sich heran. Alix stieß einen Schrei aus. Sofort erstickte er ihn, indem er sich ihren Kopf unter den Arm klemmte. Mit dem Gesicht in den dicken Stoff seiner Jacke gedrückt, bekam sie kaum Luft.

„Gib mir dein Handy oder ich tue ihr weh. Mach schnell! Die schwangere Tussi sorgt bereits für Aufsehen."

Die Worte drangen nur dumpf an Alix' Ohr. Ihr Kopf war vollkommen eingequetscht. Sie konnte sich nicht bewegen, ohne sich einen Halswirbel auszurenken.

Alix sah auf den Boden. Seine Schuhe fielen ihr auf. Es waren braune Boots. Vielleicht sollte sie ihm kräftig auf die Zehen treten. Dann musste er sie loslassen und sie konnte wegrennen und um Hilfe rufen. Warum hatte sie nur nie einen Selbstverteidigungskurs gemacht?

Die Entscheidung wurde ihr abgenommen, weil Rowe plötzlich ein „Danke vielmals" ausstieß und sie losließ. Der Druck über ihrer Schädeldecke war plötzlich weg und sie bekam wieder Luft. Gierig nahm sie einen tiefen Atemzug und versuchte ihre zitternden Gliedmaßen zu beruhigen.

„Wir sehen uns", sagte der Idiot an Charly gewandt und zog ihr mit einem gezielten Tritt in die Kniekehlen die Beine weg. Eben hatte sie noch einen festen Stand gehabt und im nächsten Moment flog sie durch die Luft. Tammi sah in ihre Richtung und hatte die Augen weit aufgerissen. Sie rief etwas, aber Alix verstand kein Wort. Sie hörte nur das Fluchen ihres Bruders.

Ungelenk ging sie zu Boden und schlug mit dem Hinterkopf zuerst auf. Schmerz explodierte hinter der Schädeldecke und Sterne blitzten am Rand ihres Sichtfeldes auf. Noch nie hatte ihr Kopf so wehgetan. Alix stöhnte und schloss die Augen. Der Himmel war zu grell. Verdammter Schmerz!

„Alix!" Das war Charlys aufgeregte und besorgte Stimme. Im Nu war er neben ihr und beugte sich über sie. „Alix! Verdammt, da ist Blut."

Wo war Blut?

Wohlweislich hielt sie die Augen geschlossen. Für nichts auf der Welt würde sie die öffnen, bevor es dunkel war. Obwohl die Sonne nicht gerade grell vom Himmel leuchtete, konnte sie das auf keinen Fall riskieren. Der Schmerz in ihrem Hinterkopf war zu übermächtig. Er zog nach vorn, bis hinter die Augen. Alix spürte etwas Feuchtes an ihrem Kopf. Kaum vorstellbar, aber das unstete Pochen hinter ihrer Stirn nahm zu, wurde unerträglich.

„Charly …", stöhnte sie und versuchte die Hand zu heben, um ihre Schläfe anzufassen. Ihr Arm wog eine Tonne. Deshalb ließ sie es nach einem wenig erfolgreichen Versuch bleiben.

Charlys Stimme ertönte dicht neben ihrem Ohr. Ihr Bruder fluchte. „Tammi, gib mir dein Handy. Wir müssen einen Rettungswagen rufen." Das waren die letzten Worte, die Alix hörte, bevor das Licht ausging und sie nichts mehr mitbekam.

***

Colton machte sich auf den Weg zur Polizei, kaum dass er das Telefonat mit Alix beendet hatte. Da das Treffen mit dem Treppenbauer ohnehin beendet war, kam ihm die Unterbrechung gelegen. Sie würden die Treppe in der Eingangshalle des *West Wellness*, die vom Holzwurm befallen war, retten können. Er hatte gerade erfahren, dass es möglich war. Die Restauration der alten Treppe würde zwar mehr kosten als eine neue, aber das war es ihm wert. Er freute sich schon darauf, es Alix zu erzählen. Sie würde begeistert sein.

Kaum hatte er die Polizeistation erreicht, musste er feststellen, dass niemand da war – weder Alix noch seine hochschwangere, unvernünftige Schwester oder Charly. Möglicherweise brauchten die drei länger als er.

Colton sah auf die Uhr. Fünfzehn Minuten waren seit dem Gespräch mit Alix vergangen. Kein Grund, sich Sorgen zu machen. Vom *West Hotel* bis zur Polizeistation dauerte es auch gerne mal länger, je nach Verkehrslage.

Er beschloss, sich einen Platz zum Warten zu suchen. Ein paar Minuten konnte er ihr noch geben und dann würde er sie anrufen. Es freute ihn, dass Charly zur Vernunft gekommen war. Ihm war nicht entgangen, wie sehr Alix die ständigen Streitigkeiten mit ihrem Bruder belasteten. Dass Charly von sich aus aufgetaucht war und auch noch wusste, wer das *Three Rooms* angezündet hatte, war ein Schritt in die richtige Richtung. Alles würde gut werden, das spürte Colton.

Als fünfzehn Minuten später sein Handy klingelte und er Alix' Nummer im Display sah, breitete sich ein Lächeln auf seinem Gesicht aus.

„Hey. Ich bin bereits da. Wo bist du?"

„Hier ist Charly", sagte eine tiefe Stimme, die ungewöhnlich angespannt klang. „Wir sind auf dem Weg ins Krankenhaus." Ein Keuchen war zu hören und dann eine ihm sehr vertraute Stimme im Hintergrund. „Sag meinem Bruder, er soll Mateo anrufen. Das Baby kommt."

Colton lächelte und spürte ein Glücksgefühl in sich aufsteigen. Das war eindeutig die fordernde Stimme seiner kleinen Schwester.

„Hast du gehört?", fragte Alix' Bruder.

„Ja klar." Seine Schwester war selten zu überhören. „Ich rufe Mateo an. In welches Krankenhaus fahrt ihr?"

„Keine Ahnung. Wir sitzen im Taxi und folgen dem Rettungswagen."

Colton war verwirrt. „Warum sitzt ihr in einem Taxi hinter dem Rettungswagen? Sollte Tammi nicht besser *im* Rettungswagen sitzen?" Da war doch was faul ...

„Alix liegt im Rettungswagen."

Colton setzte sich auf. Das Glücksgefühl verschwand und wurde durch etwas anderes, Kälteres ersetzt. Was zum Geier ... hatte er sich verhört?

„Sag das noch mal."

„Alix liegt im Rettungswagen, der vor uns zum Krankenhaus fährt."

„Was ist passiert?" Wieder war das schmerzerfüllte Stöhnen seiner Schwester zu hören.

„Sie ist gestürzt und mit dem Kopf aufgeschlagen. Sie hat stark geblutet und das Bewusstsein verloren. Ich konnte nichts tun ..." Charlys Stimme brach.

Das war entsetzlich. Er wollte gar nicht darüber nachdenken, was das bedeuten konnte. Mit Kopfverletzungen war nicht zu spaßen. Colton musste zu ihr. Und zwar schnell!

„Ich komme. Gib mir schnellstmöglich Bescheid, in welches Krankenhaus ihr gefahren seid." Ihm wurde schlecht vor Sorge.

„Mach ich." Charly unterbrach die Verbindung.

Dass er betroffen klang, ließ Colton das Schlimmste vermuten. Warum Alix? Sie war erst vor wenigen Wochen angeschossen worden und hatte ihr Hotel verloren. Hatte sie nicht schon genug durchgemacht? Was für ein beschissenes Karma.

Am liebsten wäre er sofort in sein Auto gestiegen und losgebrettert. Aber solange er nicht wusste, wohin er fahren sollte, würde das wenig nützen.

Auf dem Weg zum Auto rief er Mateo an. Da er keine Handynummer von seinem Schwager hatte, ließ er sich von der Rezeption im *West* mit Tammis Zimmer verbinden. Wenigstens war der Gesuchte da und beim dritten Klingeln am Apparat. Er informierte den werdenden Vater über die Situation und ließ sich die Handynummer geben. Das sollte reichen.

Sobald Colton wusste, in welches Krankenhaus Tammi gebracht wurde, würde er ihm eine Nachricht schicken.

Als er das erledigt hatte, setzte er sich ins Auto und fuhr los. Seine Vernunft hatte sich gerade verabschiedet. Er würde sich einfach für ein Krankenhaus entscheiden und hoffen, dass es das Richtige war. Er wollte nicht länger warten.

Natürlich war er auf dem Weg zum falschen Krankenhaus. Als Charly ihm eine Nachricht schickte, änderte er die Richtung und brachte sich wieder auf Kurs. Der Umweg hatte ihn nicht viel Zeit gekostet. An der nächsten Ampel leitete er die Nachricht an Mateo weiter, damit auch er Bescheid wusste.

Als Colton wenig später die Anmeldung der Notaufnahme betrat, – sein Wagen stand im absoluten Halteverbot, aber das war ihm herzlich egal – saß Charly auf einem der Stühle und sah furchtbar aus. Blass und schweigsam hatte er die Ellenbogen auf die Knie gestützt und den Kopf in den Händen vergraben.

Colton befürchtete das Schlimmste.

Als er vor ihm zum Stehen kam, wusste er gar nicht, nach wem er sich zuerst erkundigen sollte. Da er sich mehr Sorgen um Alix machte als um seine Schwester, fragte er zuerst nach ihr. „Wo ist Alix? Wie geht es ihr?"

Charly sah hoch. Kaum erkannte er ihn, redete er gleich drauflos, als wollte er sein Gewissen erleichtern.

„Sie wird behandelt. Aber sie ist bei Bewusstsein. Gott sei Dank. Die Ärzte sind bei ihr. Ich glaube, das wird wieder."

Sein Herzschlag beruhigte sich bei den Worten.

„Und meine Schwester?"

„Ist im Kreißsaal." Charly schüttelte den Kopf. „Sie war ziemlich unleidlich und hat gleich die erste Krankenschwester angepflaumt."

Zum Glück hatte er das nicht miterleben müssen. „Meine Schwester war nie gut darin, Schmerzen zu ertragen. Mateo ist unterwegs." Colton ließ sich auf dem Stuhl neben Charly nieder. „Er wird sie sicher beruhigen können."

Zumindest hoffte er das.

Gerade wollte Colton Charly fragen, was überhaupt passiert war, da kam er ihm bereits zuvor.

„Ich habe Mist gebaut", klärte er ihn ungefragt auf. „Rowe hat Alix gestoßen und dann ist sie mit dem Kopf auf dem Asphalt aufgeschlagen. Danach ist er mit meinem Handy abgehauen." Er fuhr sich mit beiden Händen durch die Haare. „Verdammt, ich wollte es wiedergutmachen und erneut ist es meine Schwester, die den Dreck ausbaden muss."

Colton wusste seit Alix' Anruf von der Aufnahme, die Charly heimlich angefertigt hatte. Der Junge war sicher kein Unschuldslamm. Trotzdem schien der Vorfall eher eine Verkettung unglücklicher Zufälle zu sein als Charlys Schuld. Manchmal brauchte der Mensch einige Schwierigkeiten, um daraus zu lernen. Hoffentlich tat Charly das. Alix würde jedenfalls kein weiteres Mal in solche Schwierigkeiten gezogen werden, dafür würde Colton sorgen.

„Erzähl mir alles. Ich will wissen, was passiert ist. Jedes kleine Detail." Sein Tonfall duldete keine Widerrede. Es war an der Zeit, die lange Version der Geschichte zu hören.

Kaum war Charly mit der Berichterstattung fertig, da ging die Tür zum ersten Behandlungsraum auf und ein Arzt sowie zwei Schwestern traten heraus. Colton war vor Charly auf den Beinen. „Wie geht es ihr?"

Kapitel 26

Alix freute sich, dass die Schwester das Licht beim Verlassen des Zimmers gedämpft hatte. Ihr war schlecht. Sie sah verschwommen einige Konturen und Umrisse und unter ihrer Schädeldecke pochte ein Vorschlaghammer. Nein, zwei. Oder doch drei?

Gott sei Dank, war sie nicht ernsthaft verletzt. Die Ärzte vermuteten eine leichte Gehirnerschütterung. Die Platzwunde an ihrem Hinterkopf hatte aufgehört zu bluten und würde genäht werden müssen. Alix hoffte, dass sie ihr dafür nicht den halben Schädel rasieren mussten. Dem Schmerz nach zu urteilen, war die Wunde nämlich so groß wie Afrika.

Als die Tür aufging und Colton den Kopf hereinsteckte, schossen ihr sofort Tränen in die Augen. Verdammte Emotionen ...

Colton war hier. Charly musste ihn informiert haben. Ihr Freund versuchte sich an einem aufmunternden Lächeln, scheiterte aber. Sah sie wirklich so schlimm aus? Sie hatte noch nicht in einen Spiegel geschaut.

„Komm rein." Ihre Stimme klang irgendwie anders.

„Alix!" Wenigen Sekunden später stand er neben ihrem Bett und zog sie sanft in seine Arme. Es war etwas umständlich, weil er sich zu ihr herunterbeugen musste, aber für nichts auf der Welt hätte Alix diese Umarmung verpassen wollen. Sie beinhaltete so viel

Gefühl, Emotion und aufgestaute Angst. Sie brauchten es beide. Colton strich ihr über den Rücken.

„Du hast mir einen furchtbaren Schrecken eingejagt. Geht es dir gut?“

„Mein Kopf tut weh.“

Er löste sich und setzte sich auf die Bettkante. Den Blick nahm er keine Sekunde aus ihrem Gesicht. Er blinzelte nicht einmal. Zärtlich strich er ihr eine Haarsträhne aus der Stirn und steckte sie hinter ihr Ohr. „Das ist verständlich. Die Ärzte sagen, dass du eine Gehirnerschütterung hast.“ Er küsste ihre Schläfe. Der Gute war so sanft, als würde er sich kaum trauen, sie zu berühren.

„Hast du gehört, was passiert ist? Es war der gleiche Kerl, der mich angeschossen hat.“

Colton nickte. „Dein Bruder hat mir alles erzählt, während du untersucht worden bist. Er macht sich schreckliche Vorwürfe deswegen.“

„Ich möchte nach Hause“, jammerte Alix wie ein kleines Kind und schloss die Augen. Sie fühlte sich nicht wohl. „Ich möchte zu dir – in dein Bett. Meinst du, wir können gehen, sobald die Wunde genäht ist?“

Colton nahm ihr Kinn in die Hand, sodass Alix die Augen einen Spaltbreit öffnete. „Du glaubst gar nicht, wie glücklich es mich macht, dass du zu mir willst. Dass du es als Zuhause bezeichnest.“ Er küsste je ein Augenlid. „Aber wenn die Ärzte noch Untersuchungen anstellen müssen, dann möchte ich dich bitten, zu bleiben.“

Sie wollte protestieren und ihm erklären, dass sie auch auf eigene Verantwortung entlassen werden konnte. Aber er legte ihr einen Finger auf den Mund.

„Bitte! Mir zuliebe. Diskutiere das nicht mit mir. Ich mache mir schreckliche Sorgen. Und solange wir nicht hundertprozentig sicher sind, dass mit deinem Kopf alles in Ordnung ist, werden wir nicht gehen." Er stand auf und zog sich einen Stuhl an ihr Bett. „Aber du wirst nicht alleine sein müssen. Ich werde nicht von deiner Seite weichen."

Alix ließ sich brummend, soweit die Kopfwunde es zuließ, nach hinten sinken und gab sich geschlagen. „Na schön."

Wenn er es sich für sie wünschte, würde sie nachgeben. Das Gefühl, dass jemand sich Sorgen machte, nur weil sie auf den Kopf gefallen war, war vollkommen neu. Für gewöhnlich musste sie sich in Notfällen um sich selbst kümmern. Dass ab jetzt jemand an ihrer Seite war, der für sie da war, fühlte sich extrem gut an. Umgehend beschloss sie, es einfach zu genießen und nie wieder damit aufzuhören.

Zwei Stunden später musste Alix zugeben, dass sie nicht die Energie aufbrachte, um aufzustehen und nach Hause zu fahren – selbst wenn sie es gewollt hätte. Nach dem MRT hatte man ihr ein leichtes Scherzmittel gegeben und ihre Kopfwunde versorgt. Coltons Aussage zufolge war die Stelle, die rasiert werden musste, nur winzig klein. Aber was war bei Männern schon winzig klein? Alix hoffte, dass später, wenn das Pflaster ab war, die restlichen Haare die Stelle verdecken würden.

Kaum zeigten die Medikamente ihre Wirkung, machte das wunderbare Gefühl des nachlassenden Schmerzes sie müde. Colton hatte Wort gehalten und war bei ihr geblieben. Er hatte sogar zusehen dürfen, als ein Assistenzarzt gekommen war, um ihr eine wunderschöne Einzelknopfnaht zu verpassen.

Alix hatte sich nach Tammi erkundigt, aber es gab keine Informationen aus dem Kreißsaal. Mateo war bei ihr und würde sich bei Colton melden, sobald das Baby auf der Welt war. Sie würden einfach warten und geduldig sein müssen.

Dass Colton im Zehn-Minuten-Takt auf sein Handy schaute, bewies, dass er sich auch um seine Schwester Sorgen machte. Das war wirklich kein leichter Tag für ihn. Hoffentlich ging bei Tammi alles gut.

„Mach die Augen zu und schlaf ein wenig", wies sie der Mann, in den sie sich verliebt hatte und dem sie von Minute zu Minute mehr verfiel, an. „Ich werde kurz mit Charly reden. Er hat mir gerade eine Nachricht geschickt. Die Polizei ist da."

Charly!

Alix hatte vollkommen vergessen, dass ihr Bruder ebenfalls hier sein musste. Er hatte schließlich den Rettungswagen gerufen. Das war das Letzte, was sie mitbekommen hatte, bevor alles schwarz geworden war. Warum war er noch nicht zu ihr gekommen? Waren die Schuldgefühle zu groß? Oder hielt Colton ihn von ihr fern, weil er nicht wollte, dass sie sich aufregte? Beides konnte sie sich gut vorstellen.

„Wer hat die Polizei verständigt?"

„Charly. Dein Bruder wollte, dass so schnell wie möglich die Ermittlungen aufgenommen werden. Je eher die Polizei reagiert, desto besser stehen die Chancen, dass sie diesen Rowe schnappen und er noch nicht alle Beweise vernichtet hat."

Das leuchtete Alix ein. Hoffentlich würde der Mistkerl für alles bezahlen, was er ihr angetan hatte.

„Geh zu Charly. Bitte … kümmere dich um meinen Bruder." Sie schloss die Augen. „Bestimmt wird er einen Anwalt brauchen."

Alix hörte Stuhlbeine über den Boden kratzen, als Colton aufstand. „Das mache ich. Versprochen." Er gab ihr einen sanften Kuss auf den Mund und schon war sie bereit, einzuschlafen und die Männer den Rest erledigen zu lassen.

***

Colton war Onkel geworden. Was für ein neues, sonderbares und zugleich weltveränderndes Gefühl. Tamara hatte einen Sohn zur Welt gebracht. Vor nicht einmal einer Stunde war der West-Nachwuchs zur Welt gekommen. Eigentlich war es ein de Luca-Nachwuchs, aber als frischgebackener Onkel fühlte er sich ebenfalls als ein Teil dieser kleinen, wunderbaren Familie.

Die Geburt hatte keine fünf Stunden gedauert, was bei einer Erstgeburt offensichtlich eine kurze Zeitspanne war, wie die Kinderkrankenschwester ihm erklärt hatte. Ihm war es egal. Hauptsache, Mutter und Kind waren wohlauf. Mateo sah etwas grün im Gesicht aus. Aber das war vermutlich normal. Er wollte sich gar nicht vorstellen, wie viel Blut und andere Flüssigkeiten der arme Kerl in den letzten Stunden gesehen hatte.

„Glückwunsch." Colton reichte ihm die Hand und ließ sich neben ihm auf dem Stuhl nieder. „Du bist Vater."

Es war das erste Mal, dass er Mateo sah, nachdem er mit ihm telefoniert hatte.

„Danke." Mateos Miene veränderte sich. Es war, als wäre ihm erst durch Coltons Worte bewusst geworden, dass er tatsächlich Vater war. „Ich habe großes Glück mit den beiden", sagte der Italiener in gebrochenem Englisch und wirkte ungewohnt bewegt.

Da würde Colton ihm nicht widersprechen. „Wie soll euer Nachwuchs heißen?"

Mateo sah ihn an und endlich breitete sich ein stolzes Lächeln auf seinem Gesicht aus.

„Valentino Mateo de Luca." Das Lächeln fiel etwas zusammen, nachdem er den Namen voller Inbrunst ausgesprochen hatte. Aber nur ein wenig. Offensichtlich erwartete sein Schwager, dass Colton etwas dagegen hätte, ihm der Name möglicherweise zu Italienisch war. Aber Colton freute sich einfach nur. Wenn er Italiener wäre, würde er seinem Sohn auch einen italienischen Vornamen geben.

„Das klingt schön." Es war nicht gelogen. Valentino gefiel ihm. Er hatte seinen Neffen noch nicht gesehen, war sich aber sicher, dass die beiden zusammen die richtige Entscheidung getroffen hatten.

„Ich werde meine Frau und meinen Sohn mit nach Italien nehmen." Mateos Blick war fest und bestimmt, als erwartete er einen Protest. „Sie gehören zu mir. Beide! Meine Familie wird sich damit abfinden müssen, dass ich eine Engländerin geheiratet habe. Ich werde für unsere Liebe kämpfen und dafür sorgen, dass mein Sohn später seinen Erbteil bekommt. Er hat ein Recht darauf."

Interessant. Mateo schien durch einen Blick auf den kleinen Valentino seine Eier wiedergefunden zu haben. Colton war es recht. Es bedeutete zwar, dass seine Schwester weit weg leben würde, aber das war schließlich nichts Neues für ihn. Tamara hatte sich die meiste Zeit seines Lebens entfernt von London aufgehalten. Verdammt, sie war mehr als ein Jahr mit dem Rucksack unterwegs gewesen und hatte von der Hand in den Mund gelebt. Vielleicht brachten Mateo und Valentino sie dazu, endlich zur Ruhe zu kommen. Das würde ihr gewiss eine andere Sicht auf die Dinge um sich herum bescheren.

„Ich drück die Daumen, dass alles gut wird. Du bist im *West Hotel* jederzeit willkommen." Colton streckte die Hand aus und hätte sich niemals träumen lassen, dass er das einmal sagen würde. „Ich bin froh, dass meine Schwester dich gefunden hat." Wenn er nicht aufpasste, würde er sentimental werden. Sentimentaler als er sowieso schon war. Verflixte Babys!

Mateo verstand das Angebot so, wie es gemeint war. Bewegt schaute er Colton an. „Danke."

Kurz drauf wurde der Vorhang hinter der Glasscheibe, neben der sie saßen, um einen Blick auf den Nachwuchs zu werfen, zur Seite gezogen. Colton richtete sich zeitgleich mit Mateo auf. Eine Schwester stand dahinter und hielt den kleinen Valentino in eine blaue Decke eingehüllt, sodass sie beide einen guten Blick auf das Gesichtchen hatten.

„Was für ein hübsches Kerlchen", sagte Colton fasziniert.

Valentino reckte sich und streckte ein Fäustchen in die Luft.

Er klopfte Mateo auf die Schulter, der sofort breiter und stolzer grinste.

Seine Schwester hatte Colton noch nicht gesehen. Das würde er morgen nachholen. Mateo hatte ihn gebeten, sie für heute ausruhen zu lassen. Natürlich hatte er Verständnis. Er wollte sich gar nicht vorstellen, was Tammi in den letzten Stunden durchgemacht hatte. Die Schmerzen mussten furchtbar gewesen sein. Aber was wusste er schon, er war schließlich ein Mann.

Wieder boxte der Kleine einhändig in die Luft. Colton erinnerte sich an den Moment, in dem er zum ersten Mal seine Hand auf den riesigen Bauch seiner Schwester gelegt hatte. Es war der Tag gewesen, an dem Tamara von ihrer Rucksacktour zurückgekommen war. Sein Neffe schien tatsächlich einen erheblichen Bewegungsdrang zu besitzen.

Auch wenn Mateo dem Jungen seine italienische Abstammung vererbt hatte, konnte Colton nicht umhin, seine Schwester in dem Gesichtchen wiederzufinden. Sein Nachname würde de Luca lauten, aber trotzdem war der kleine Mann in seinen Augen durch und durch ein West.

Seine unerfahrenen und abenteuerlustigen Eltern würden viel Spaß mit ihm haben. Da war Colton sich sicher.

Kapitel 27

Zwei Wochen später konnte Alix zum ersten Mal aufatmen. Die Polizei hatte mit Charlys Hilfe ein paar Verhaftungen vornehmen können. Ihr Bruder hatte ein dermaßen schlechtes Gewissen, dass er den zuständigen Ermittlern nicht nur unzählige Informationen lieferte, sondern mit seiner Aussage auch dafür sorgte, dass Rowe in Zukunft kein Unheil mehr anrichten konnte. Endlich saß der Mistkerl in Untersuchungshaft. Hoffentlich würde die Anklage nicht lange auf sich warten lassen.

Alix hatte ihn heute als den Mann identifiziert, der sie nicht nur angeschossen, sondern auch grob zu Boden gestoßen und ihrem Bruder das Handy mit den belastenden Beweisen abgenommen hatte. Natürlich hatte der Mistkerl alle Daten gelöscht und das Handy im nächsten Mülleimer entsorgt. Ein umsichtiger Bürger war so aufmerksam gewesen, es im *West Hotel* abzugeben.

Der Richter würde Charlys Mithilfe berücksichtigen, wenn sein Fall verhandelt wurde. Ganz ungeschoren würde ihr Bruder aber trotzdem nicht davonkommen. Sollte er Sozialstunden ableisten müssen oder eine Strafe auf Bewährung bekommen, würde das Charly ihrer Meinung nach nur guttun. Endlich war ihr Bruder soweit, sein Leben und seine Probleme in den Griff zu kriegen.

Ihrem Cousin gebührte ein großer Teil von Charlys Verwandlung zum braven Bürger. Wenn er sich Charly nicht angenommen hätte, in der Nacht, als das *Three Rooms* abgebrannt war, würde es garantiert anders aussehen. Als wäre es von höherer Stelle bestimmt worden, hatten die beiden sich in einer Londoner Kneipe getroffen und gemeinsam einen gehoben. Charly hatte bei seinem Cousin, der eine Hilfsorganisation für jugendliche Straftäter leitete, seine momentane Lage beklagt und war auf offene Ohren gestoßen. Tage nach dem Abend hatte es wohl noch weitere Erkenntnisse gegeben. Alix wusste nichts Genaues. Ihr Bruder war verschwiegen. Offensichtlich schämte er sich und wollte nicht darüber reden. Dass ihn Schuldgefühle quälten, hielt Alix für ein gutes Zeichen. Sobald er für eine Aussprache bereit war, würde sie ihm gerne helfen, mit allem klarzukommen.

Aber sie glaubte fest daran, dass Charly es schaffen konnte. Nicht sofort, aber die Zeit würde helfen und ihm in die Karten spielen. Davon war sie überzeugt. Alles würde gut werden. Sobald die Brandinspektion ihren Bericht fertiggestellt hatte, musste auch die Versicherung für den Schaden im *Three Rooms* aufkommen. Endlich konnte Alix mit dem Wiederaufbau beginnen. Sobald sicher war, wie viel die Versicherung ausspucken würde, konnte sie loslegen. Ihr Plan beinhaltete eine Veränderung, die alles noch ausgefallener und schöner machen würde. Sie hatte unzählige Ideen für das *West Wellness*, da blieben auch noch ein paar gute für das neue und unvergessliche *Three Rooms* übrig. Der Gedanke stimmte sie außerordentlich zufrieden.

Colton war wunderbar. Er unterstützte sie und ließ ihr bei allen Entscheidungen freie Hand. Er mischte sich nur ein, wenn ihr Arbeitstag zu lange dauerte. Natürlich wollte er sein Hotel so schnell wie möglich fertig bekommen, aber nicht auf Kosten ihrer Gesundheit. Das hatte er Alix in den letzten Tagen mehr als einmal erklärt, als sie bis tief in die Nacht Überstunden machen wollte, weil eine Idee sie nicht losließ.

Sie waren ein gutes Team und würden in Zukunft so weitermachen. Bis Alix ihr eigenes Hotel wieder aufgebaut hatte, konnte sie bei Colton wohnen und dann … das lag noch in weiter Ferne. Es würde Monate, vielleicht sogar ein Jahr dauern, bis die ausgebrannte Ruine wieder bezugsfertig war. Und ob sie dann bereit war, das *West Hotel* zu verlassen, stand in den Sternen. Alix konnte sich schon jetzt nicht vorstellen, jemals wieder eine Nacht ohne Colton zu verbringen.

Sie schob den Gedanken beiseite. Das war nichts, worüber sie jetzt nachdenken musste. Sie hatte ein ganzes Leben mit Colton vor sich.

Der Gute hatte dafür gesorgt, dass sie einen eigenen Laptop bekam. Er hatte sogar ein Backup aus ihrer Cloud gezogen, sodass sie wieder Zugriff auf ihre alten Daten bekam – eine ungemeine Arbeitserleichterung. Schließlich hatte sie nicht nur ein Hotel geführt, sondern nebenbei auch Webseiten und andere Printmedien gestaltet. Sie würde ihre Kundenkartei auflösen und alle offenen Projekte an andere Firmen weitervermitteln. Sobald sie grünes Licht von der Versicherung bekäme und sich um die Renovierung zweier Hotels kümmern müsste, würde ihr keine Zeit für andere

Arbeiten bleiben. Sie baute darauf, dass ihre Kunden Verständnis hatten.

Gerade hatte sie eine weitere E-Mail an einen ehemaligen Auftraggeber geschickt, da ging die Tür zu ihrem Büro auf und Austin trat ein. Wie früher auch, hatte er geklopft und gleichzeitig die Tür geöffnet. Plötzlich stand er da.

War das gut? Wollte sie mit ihm reden?

Alix hatte sich schon gefragt, wann er das nächste Mal auftauchen würde. Es tat ihr leid, dass ihre Freundschaft dabei war, kaputtzugehen. Sein blöder und äußerst unpassender Heiratsantrag hatte alles verändert. Wenn er gekommen war, um sein Angebot für das Mittelklassehotel zu wiederholen, würde sie ihn leider rausschmeißen müssen.

„Hey", begrüßte er sie und wirkte gutgelaunt wie immer.

„Hey", erwiderte Alix und blieb vorsorglich zurückhaltend. Sie versuchte an seiner Miene etwas abzulesen, scheiterte aber kläglich. Austin wirkte wie immer, reserviert und ein wenig zugeknöpft. Ob er wütend oder gekränkt war, weil sie ihn von sich gestoßen hatte, konnte sie nicht erkennen.

„Setz dich doch." Sie deutete auf den Platz vor ihrem Schreibtisch.

Er tat, wie ihm geheißen und legte sich seinen Regenschirm in einer vertrauten Geste über die Beine. Natürlich hatte er ihn dabei, nichts anderes war zu erwarten gewesen.

„Ich komme, um dir die Unterlagen persönlich zu bringen. Ich dachte, das bin ich unserer Freundschaft schuldig."

„Welche Unterlagen?" Alix war verwirrt. Hatte sie etwas vergessen?

Austin reichte ihr einen großen braunen Umschlag, den er zuvor aus seiner Aktentasche gezogen hatte, über den Tisch. „Dein neuer Freund hat dein Darlehen bei mir ausgeglichen." Er wirkte nicht glücklich, als er das sagte.

„Colton hat *was*?"

„Deine Schulden bezahlt."

„Warum?"

Die Frage entlockte Austin ein kleines Lächeln. „Weil es möglicherweise Liebe ist." Er sah kurz zur Decke und wich ihrem Blick aus.

Alix schüttelte sich. „Das klingt kitschig."

„Da gebe ich dir recht." Er lachte lauter. „Aber ich hatte keine Möglichkeit, dem nicht zuzustimmen. Mr Wests Wunsch war sehr eindringlich." Austin zuckte mit den Schultern. „Und da ich gerne auch in Zukunft dein Freund bleiben will, habe ich eingewilligt und sein Geld angenommen."

„Du willst mein Freund bleiben?" Alix konnte eine Spur Misstrauen aus ihren Worten nicht heraushalten. Sie wollte sich nicht zu früh freuen.

Er hob die Hände, als würde sie mit einer Pistole auf ihn zielen. „Ein guter Freund. Mehr nicht."

Seine Miene verrutschte ein wenig, als hätte er Angst, Alix könnte dieses Angebot nicht akzeptieren wollen. „Bitte entschuldige meine Aufdringlichkeit und den Versuch, dich zu etwas zu überreden, von dem ich wusste, dass du es nicht möchtest. Ich habe einige Dinge zu dir gesagt, die mir im Nachhinein leidtun." Er schluckte. Der zugeknöpfte, verhaltene Investmentbanker war zurück.

Alix wusste zunächst nicht, was sie sagen sollte.

„Colton war also bei dir und hat meinen Kredit abgelöst?", fragte sie, nachdem sie sich gesammelt hatte. Warum hatte er ihr nichts davon erzählt? Und über was hatten die beiden noch gesprochen? Neugier machte sich breit.

Austin stand auf. Er schwang den Regenschirm. „Ja. Das *Three Rooms* gehört nun ganz allein dir", sagte er und hielt inne. „Entschuldige. Es gehört dir, aber du musst es erst wieder aufbauen." Er stützte sich auf seinen Schirm und ging zur Tür. „Aber ich denke, mit dem richtigen Mann an deiner Seite wird das ein Klacks." Ein Seufzen entwich ihm. „Ich bin das leider nicht gewesen. Das habe ich jetzt eingesehen."

„Austin!" Alix wollte nicht, dass er schon ging. „Warte! Vielleicht können wir noch einen Kaffee zusammen trinken." Sie würde gerne mehr über das Gespräch erfahren, das er mit Colton geführt hatte.

„Ein anderes Mal." Er lächelte und es sah ungezwungen wie immer aus. „Ich muss los. Ich habe noch andere Termine." Er drehte sich um. „Wir sehen uns bei der Eröffnung des neuen *Three Rooms*." Er zwinkerte und tippte sich an die Stirn. „Ich hoffe, du schickst mir eine Einladung."

Alix sah ihm nach.

Worauf du einen lassen kannst, Austin St. John.

Epilog

Neun Monate später

Colton West war nun schon so lange an ihrer Seite, dass Alix sich gar nicht mehr vorstellen konnte, wie sie jemals ohne ihn ausgekommen war.

„Bist du fertig?" Der beste Mann aller Zeiten stand vor dem Küchentisch mit einem Lächeln im Gesicht, das ihr sagte, dass er etwas im Schilde führte. Er trug eine tiefsitzende blaue Jeans und einen weinroten Sweater mit Kapuze. Diesen legeren Look, kombiniert mit ein paar Bartstoppeln, mochte sie ganz besonders. Er schien ohne Grund nervös zu sein.

Manchmal benahm er sich wie ein kleiner Junge. In solchen Momenten erinnerte er sie ganz stark an Tamara. Auch wenn die beiden grundverschieden waren, konnte keiner leugnen, dass sie aus dem gleichen Stall kamen.

„Wofür?" Alix blieb sitzen, hielt sich an ihrer Kaffeetasse fest und versuchte zu erahnen, was gleich passieren würde. Es war Sonntag. Sie hatten gemeinsam gefrühstückt und sich gegenseitig versprochen, einen Tag lang nicht an Arbeit und Hotels zu denken.

„Verrate ich nicht. Das ist eine Überraschung." Colton knipste sein breitestes Grinsen an. „Hopp hopp! Zieh Schuhe und Jacke an, dann können wir los."

Was sollte sie davon halten? Und dann auch noch dieser Befehlston. Sehr sexy …

„Hat es etwas mit Jasons verrückten Sonderwünschen zu tun?", fragte Alix, während sie nach ihrem zweiten Stiefel suchte. Jason war praktisch jeden Tag völlig aus dem Häuschen. Ein Dauerzustand. Die Eröffnung des *West Wellness* rückte unaufhaltsam näher, was dazu führte, dass er ständig neue Ideen hatte, um dem einzigartigen Hotel die nötige Aufmerksamkeit zu sichern. Auch wenn es hin und wieder nervte, gab er sich die allergrößte Mühe, das musste sie ihm zugestehen.

Colton ging in Jasons Ideen auf. Nicht selten tuschelten die beiden wie kleine Jungs auf dem Schulhof, die sich neue Streiche überlegten. Es war irgendwie süß und verwirrend zugleich. In solchen Momenten wünschte Alix sich einen Sofortbildapparat, um die Szene auf alte Art und Weise festzuhalten.

„Jason hat nichts damit zu tun." Colton reichte ihr die Jacke, nachdem sie es endlich geschafft hatte, ihren Stiefel zu finden und überzustreifen. „Das habe ich mir ganz allein ausgedacht", verkündete er stolz.

„Okaaaay." Was das wohl zu bedeuten hatte? „Wo gehen wir hin?", versuchte sie es erneut.

Colton griff nach ihrer Hand. „Nach draußen."

„Geht es etwas genauer?", fragte sie, nachdem er die Tür hinter sich zugezogen und sie zum Fahrstuhl geführt hatte.

„Nein."

„Das ist ungerecht." Alix schob die Unterlippe vor, weil sie wusste, wie sehr Colton ein Schmollmund anmachte.

Prompt, und wie von ihr provoziert, zog er sie in eine Umarmung. Er küsste sie hart und schnell auf den Mund. Dabei drückte er sich gegen ihre Hüfte.

„Du spielst mit unfairen Mitteln, Frau." Mit dem Finger strich er ihr über die Unterlippe. „Aber es wird dir nichts nützen. Du musst dich gedulden." Und dann küsste er sie so lange, bis ein lautes Pling den Aufzug ankündigte.

Sie fuhren mit Coltons Wagen. Wohin, konnte Alix nicht sagen. Die Gegend war ihr gänzlich unbekannt. Langsam machte es sie kribbelig, dass Colton den Schweigsamen spielte. Nicht einmal Jasons ausgefallenste Idee konnte ihm einen solchen Gesichtsausdruck verschaffen, wie er ihn gerade trug.

Endlich fuhren sie auf einen Parkplatz. Er war verlassen. Ihr Auto war das einzige auf der weiten Fläche. Eindeutig ein Platz im Nirgendwo.

„Wir sind da", informierte sie Colton. „Bleib sitzen."

Er stieg aus und ging um die Motorhaube herum, um ihr die Tür zu öffnen. Es war nicht das erste Mal, dass er den Gentleman rauskehrte. Eigentlich machte er das ständig, wenn sie ohne Chauffeur unterwegs waren. Alix ließ ihn machen. Es war ein schönes Gefühl.

„Bereit?"

„Ich weiß zwar nicht wofür, aber ich bin schon lange bereit. Du bist derjenige, der diesen geheimnisvollen Wirbel veranstaltet." Die Worte brachten ihr einen weiteren Kuss, gefolgt von einem Lächeln, ein.

„Dann komm."

Er griff nach ihrer Hand und zog sie in Richtung des Gebäudes, das an den Parkplatz grenzte. Alix konnte nicht leugnen, dass sie mächtig interessiert war, als er einen Schlüssel aus der Hosentasche zog und die Tür aufschloss.

„Warum glaube ich, dass du der Besitzer dieser Immobilie bist?"

Sie folgte Colton hinein und sah sich im Eingangsbereich um. Hohe Decken, Marmorfliesen auf dem Boden und kahle Wände zeugten von viel Potenzial. Es gab keine atemberaubende Treppe wie im *West Wellness*, aber es gab tatsächlich einen Paternoster. Wenn der noch funktionstüchtig war, wäre das ein uriges Highlight. Alix verliebte sich sofort in das altertümliche Gebäude.

„Weil ich der Besitzer dieser Immobile *bin*", beantwortete er ihre Frage absichtlich verspätet. Colton zog sie den Gang hinunter und ließ ihr keine Zeit, sich weiter umzusehen. „Komm. Ich habe etwas vorbereitet, dass du unbedingt sehen musst." Der kleine übermütige Junge war noch da.

Die Aufregung war ansteckend. Was hatte Colton nur vor? Das Gebäude war groß genug, um ein Hotel zu werden. Aber Alix hatte mit dem *Three Rooms* genug zu tun. Die Renovierungsarbeiten kamen nur langsam voran. Alles lief schleppend und war viel mehr Arbeit als ursprünglich angenommen. Und da sie den Eröffnungstermin des *West Wellness* auf keinen Fall verschieben wollte, fehlte ihr die Zeit, um ordentlich Druck zu machen und sich reinzuknien.

So leid es Alix tat, aber das *Three Rooms* würde dieses Jahr nicht mehr eröffnen. Das war nach jetzigem Stand unmöglich zu schaffen.

„Und? Was sagst du?", fragte Colton, als er sie durch

mehrere Gänge gezogen hatte. „Hast du den Paternoster gesehen? Ist der nicht toll?“

„Natürlich ist mir der nicht entgangen. Was denkst du denn?“ Sie boxte ihn spielerisch in die Seite. „Was ist das für ein Haus?“

„Rate.“

„Ein neues Hotel?“

„Yap. Es ist eine ehemalige private Bibliothek und bald ein neues Hotel.“ Er trat vor eine Tür, die geschlossen war. „Ich möchte es zu einem weiteren *West Wellness* umbauen. Die ländlichere Version, du verstehst.“

Alix traute ihren Ohren nicht. „Wäre es nicht schlauer, zu warten, bis wir wissen, ob das *West Wellness Erlebnishotel*, das ich geplant habe, erfolgreich wird? Vielleicht mögen die Leute meine besonderen und sehr ungewöhnlichen Zimmer nicht und dann brauchst du ganz sicher kein zweites Hotel wie dieses.“ Alix spürte, wie der winzige Klumpen in ihrem Magen, anschwoll. Colton hatte keinen Schimmer, welchen Druck sie sich machte. Sobald die Eröffnung erfolgreich über die Bühne gegangen wäre, würde es ihr bessergehen. Ganz sicher. Natürlich nur, wenn der Großteil der Gäste zufrieden war.

Colton funkelte sie böse an. „Die Leute werden deinen Einfallsreichtum lieben. Genau wie ich.“ Erneut küsste er sie. „Und weil der Erfolg vorprogrammiert ist, wenn wir zusammenarbeiten, werde ich dich einfach nicht mehr gehen lassen.“

Er liebkoste ihren Hals und Alix lachte, weil seine Bartstoppeln sie kitzelten. Sie liebte es, wenn er so besitzergreifend war. Dann konnte sie den Stress vergessen.

„Nun mach schon. Was befindet sich hinter der Tür?“ Ungeduldig schob sie ihn zurück. „Spann mich nicht länger auf die Folter. Das ist gemein.“

„Mach die Augen zu.“

Alix gehorchte, blinzelte aber, als sie die Türscharniere quietschen hörte. Neugierige Frauen taten so etwas.

„Hast du die Augen geschlossen?“

„Natürlich“, log sie und ließ sich von Colton führen, als würde sie nichts sehen. Der Boden knarrte unter ihren Füßen, als sie vorwärtsging. Der Raum, den sie betrat, war groß, mindestens sechs mal sechs Meter. Außerdem besaß er eine lange Fensterfront, von der man auf den angrenzenden Wald gucken konnte. Sehr schön.

Aber das Beste war natürlich das Bett, das mitten im Raum stand. Gerne hätte Alix sich alles genauer angesehen, aber dafür müsste sie die Augen weiter öffnen und dann würde Colton höchstwahrscheinlich merken, dass sie schummelte.

Ihr Führer ließ ihre Hand los. „Bleib hier stehen und beweg dich nicht.“ Er ging zu den unzähligen Kerzen, die rund um das Bett aufgestellt waren, und begann sie anzuzünden.

„Kann ich die Augen jetzt aufmachen?“, fragte sie, um keinen Verdacht aufkommen zu lassen. Colton wusste schließlich, dass sie ein sehr neugieriger Mensch war.

„Nein! Zulassen und genau da stehen bleiben. Ich bin gleich fertig.“

Alix blieb wie zur Salzsäule erstarrt stehen und blinzelte ein letztes Mal, bevor Colton sich zu ihr umdrehte.

Er hatte sich wirklich Mühe gegeben. Ihr war der Sektkübel, der neben dem Bett auf dem Boden stand, nicht entgangen. Das würde der perfekte Sonntag werden. Sie wusste es schon jetzt und freute sich diebisch.

Colton trat an sie heran. „Jetzt kannst du die Augen aufmachen." Sein Körper versperrte ihr die Sicht. „Du hast geschummelt."

„Ich?" Ihre Stimme quiekte merkwürdig. Leider klang sie auch ein wenig schuldbewusst.

„Ja, du." Er griff mit einer Hand in ihren Nacken und hielt sie. „Was soll ich nur mit dir machen?" Er schüttelte in gespieltem Entsetzen den Kopf.

„Du hättest mir die Augen verbinden sollen", antwortete sie frech.

Sein Mundwinkel zuckte. „Vermutlich wäre das schlauer gewesen." Er ließ seinen hungrigen Blick über ihr Gesicht schweifen, als sähe sie heute anders aus. Dabei war sie nicht mal geschminkt.

Diesmal war es Alix, die die Initiative ergriff. „Und jetzt?" Sie drückte sich gegen ihn und gab ihm einen Kuss aufs Kinn. „Was machen wir mit dem Bett, das du so wunderbar hast herrichten lassen?"

Er rollte mit den Augen, als hätte sie eine unglaublich dumme Frage gestellt. „Wir werden natürlich Sex haben. Laut, schweißtreibend und weltverändernd. Freu dich ... hier kann uns niemand hören. Wir sind mitten auf dem Land. Du kannst meinen Namen so laut rufen, wie du willst." Der eingebildete Kerl grinste und wurde gleich wieder ernst. „Aber erst ...", Colton griff in seine Tasche und zog ein kleines samtbezogenes Kästchen aus der Jackentasche, „... muss ich dich etwas fragen."

„Okaaaay." Alix ahnte, was gleich passieren würde. Nie dagewesene Freude blubberte in ihr hoch. Passierte das gerade wirklich? Offensichtlich schon.

„Ich liebe dich, Alexandra Harrison. Möchtest du meine Frau werden und in Zukunft noch viele Hotels mit mir bauen?"

Er klappte das Kästchen auf und präsentierte Alix den schönsten Ring, den sie je gesehen hatte. Er war nicht protzig oder klobig. Er war schlicht und besaß einen wunderschön glitzernden Stein. Noch nie hatte ein Mann ihr etwas so Wundervolles und verdammt Teures geschenkt. Sie war überwältigt und von tiefem Glück erfüllt. Einfach sprachlos. Colton verstand ihr kurzes Zögern falsch. Schnell fiel er vor ihr auf die Knie und sah zu ihr hoch.

„Bitte sag ja. Ich liebe dich."

Alix ging das Herz auf. „Ich liebe dich auch." Sie gab ihm einen Kuss und zog ihn hoch. „Und natürlich will ich dich heiraten und selbstverständlich noch viele Hotels mit dir bauen." Überglücklich schlang sie die Arme um ihren zukünftigen Ehemann.

„Jetzt bin ich der beneidenswerteste Mann auf Erden!" Im nächsten Moment ließ sie sich von ihm hochheben und zum Bett tragen, das einladend auf sie wartete.

Alix war schwer verliebt. In einen Mann, von dem sie zuerst gedacht hatte, dass er unter einem schlimmen Waldfetisch litt. Wie hatte sie nur so falsch liegen können?

Nachwort

Lange habe ich überlegt, ob ich ein Buch über ein Seitensprunghotel schreiben kann. Ist es überhaupt schicklich oder viel zu verrucht? Keine leichte Entscheidung.

Meine beste Freundin hat mich überhaupt erst auf die Idee zu diesem Thema gebracht. Um ihren Mann zu überraschen, schenkte sie ihm eine gemeinsame Nacht in einem solchen Hotel. Ich fand die Idee unglaublich kreativ und konnte mir die überraschten Blicke ihres Mannes bildhaft vorstellen (die beiden sind seit mehr als zwanzig Jahren verheiratet). Das Geschenk war ein voller Erfolg und meine Inspiration für *Check-in for love*. Ich schätze Menschen mit ungewöhnlichen Träumen und Lebenszielen sehr. Alexandra Harrison hat es mir leicht gemacht, eine gute Geschichte zu schreiben. Ich hoffe, sie konnte unterhalten.

Natürlich sind die Hotels *Three Rooms, London West Hotel* & *West Wellness* reine Fiktion. Eine Zimmerreservierung ist daher nicht möglich.